KB275006

동시대 문학사
사랑

3

동시대 문학사 3

사랑

펴낸날 2025년 12월 18일

지은이 황종연 황호덕 권보드래 강동호 오혜진
기획 강동호
펴낸이 이광호
주간 이근혜
편집 허단 김필균 윤소진 유하은 조아혜 최은지 김다연
마케팅 이가은 허황 최지애 남미리 맹정현
제작 강병석
펴낸곳 ㈜문학과지성사
등록번호 제1993-000098호
주소 04034 서울 마포구 잔다리로7길 18(서교동 377-20)
전화 02)338-7224
팩스 02)323-4180(편집) / 02)338-7221(영업)
대표메일 moonji@moonji.com
저작권 문의 copyright@moonji.com
홈페이지 www.moonji.com

ⓒ 황종연 황호덕 권보드래 강동호 오혜진, 2025. Printed in Seoul, Korea

ISBN 978-89-320-4504-7 04800
ISBN 978-89-320-4501-6(세트)

사랑

1910 — 동시대 문학사 — 2020

문학과지성사

황종연 | 황호덕 | 권보드래 | 강동호 | 오혜진

한국 근현대문학은 백 년이 넘는 역사를 축적해왔다. 근대 이후 문학의 역사를 기술하려는 노력은 '문학사의 불가능성'이라는 명제를 피할 수 없이 마주해야 한다. 한국문학의 집적물과 제도적 양상에 역사적 인과성을 부여하는 총체적 문학사는 더 이상 유효하지 않다. 거대한 동일성으로서의 보편적인 진보 이념으로는 개별 텍스트들이 생성하는 비동일적이고 비균질적인 사건들을 탐구할 수 없기 때문이다. 한국문학사는 하나의 일관된 사건이 아니며 여러 층위에서 발생하는 사건들의 '장소들'이다. 문학사는 단일한 이념과 역사적 필연성의 무게를 덜어내고 각각의 시간들을 내포하며 역동성을 드러낼 수 있어야 한다. 이 다층적인 문학사를 재구성하기 위해 이제, 문학사를 횡단하고 분절하면서 작은 계보학의 문학사를 재구축하려 한다. 이 작은 복수의 문학사는 지배적인 역사와는 다른 층위에서 불연속적으로 움직이는 문학사의 동인과 변이의 지점들을 보여줄 수 있을 것이다.

'현대문학사' 대신 '동시대 문학사'라는 개념을 도입하는 이유는 무엇일까? '현대'라는 시간적 구획은 중세와 근대를 넘어선 선조적인 시간대를 의미하지만 '동시대'는 과거적인 것이 잔존하는 채로 '현대적인 것'이 발생하는 비균질한 시간대를 의미한다. '동시대' 안에서는 과거와 미래의 시간이 교차하고 경쟁하며 뒤섞인다. 그곳에서 우리는 '현재가 개입된 과거'와 '과거가 잔존하는 현재'라는 시간의 혼융을 만나게 되며, '동시대'라는 이름 아래 비동시성을 사유할 수 있다. 동일성으로서의 현재와 기원으로서의 과거, 그리고 미래라는 발전의 형상에 의지하지 않고 현시대 속의 틈과 불확실성을 고찰할 수 있다. 그것은 과거적 준거에도 의지하지 않고 미래의 약속에도 속박되지 않는 문학사의 잠재성을 찾아내는 작업이 된다. 이제 문학사적 실천은 '현대' 혹은 '현재'라고 부르는 시간 속에서의 다층적인 동시대성을 성찰하는 자리가 될 것이다. 어떤 기원도 특권화하지 않는 문학사적 실천은 도래할 문학사의 잠재성이다. 이러한 문학사적 수행은 문학사를 '열린 시제'로 쓸 수 있도록 한다. 우리는 이런 새로운 문학사 기획이 문학과지성사 창립 50주년을 맞아 시작된 것에 대해 작은 긍지를 가지며, 그 긍지를 독자 여러분과 나누고자 한다.

〈동시대 문학사〉 기획위원 일동

기획의 말

불가능한 사랑의 역사

"사랑은 덧없는 시간과 계절에 흔들리지 않으며/세상이 끝날 때까지 그것을 견뎌낸다네." 셰익스피어의 『소네트』에 적힌 이 유명한 구절은, 진정한 사랑을 향한 인류의 오래된 열망과 낭만주의적 신념을 상징적으로 보여준다. 사람들은 오래전부터 사랑은 시간의 변덕에도 굴하지 않고, 그 어떤 감정보다 숭고하며, 인간 존재의 본성을 증명하는 영원한 보편적 가치라고 믿어왔다. 이러한 신념은 시대와 문화를 넘어 반복되었으며, 사랑이 지금 이 순간에도 노래되고 탐구되며 끊임없이 다시 씌어지는 이유를 설명해준다.

그러나 이러한 믿음과는 달리, 사랑은 초역사적 본질로시 존재해온 것이 아니라, 언제나 특정 시대의 언어·윤리·권력의 형식 속에서 재구성되어온 역사적 실체였다. 시대적 조건이 달라지면 사랑을 표현하는 어휘가 변화하고, 사랑을 둘러싼 윤리가 흔들리며, 사랑이 가능하거나 불가능해지는 방식 또한 새롭게 전개되기 마련이다. 그만큼 사랑의 역사를 쓴다는 것은 이러한 변동의 진폭을 더듬는 일이며, '진정한 사랑'이라 불리는 불가능한 믿음이 실은 사회적·문화적 조건 속에서 끊임없이 새롭게 말해지고 재조직되어야 했던 형식임을 환기하는 작업이다. "사랑에 관해 말하는 행위 자체가 하나의 주

이상스jouissance이다"*라는 라캉의 명제가 시사하는 바는, 사랑이 불가능함에도 우리가 그것을 반복해 말하고자 하는 욕망, 그리고 그 욕망이 낳는 담론적 반복이야말로 사랑의 지속성을 구성하는 힘일지도 모른다는 점이다.

문학은 이러한 사랑의 가능성과 불가능성을 실험하고, 그 모순과 대면하는 과정 속에서 사랑을 새롭게 발명해온 대표적인 문화적 장(場)이었다. 근대와 식민지, 개발과 냉전 체제가 정립한 다양한 이데올로기적 질서 속에서 문학 텍스트들은 현실이 허용한 사랑의 언어를 단순히 반복하는 데 머물지 않고, 그 언어의 경계를 넘어서는 다른 관계망, 다른 감정 구조, 다른 윤리적 형식을 꾸준히 탐색해왔다. 그런 의미에서 문학에서의 사랑은 당대의 문화사적 풍경을 반영하는 동시에, 그 풍경을 둘러싼 욕망의 담론으로는 포착되지 않는 어떤 실재를 향한 충동이 교차하는 자리이기도 하다. '사랑'이라는 기호가 특정 시대의 질서를 반영하면서도 그 질서를 넘어서려는 잉여와 과잉을 품어온 까닭도 바로 여기에 있다.

역사적 임계점을 넘어가려는 이러한 과잉의 충동이 유난히 '사랑'이라는 언표를 중심으로 응축되는 것은 우연이 아니다. '사랑의 담론'(롤랑 바르트)은 언제나 진실한 사랑을 지향하는 언어이지만 동시에 그 진실에 닿지 못하는 결여를 드러내는 증상적 기호들의 복합체이기 때문이다. 그런 점에서 사랑은 주어진 질서를 수용하는 사적 감정을 넘어, 역사적·문화적 억압과 충돌하는 지점에서 호출되는 핵심 이념이자, 제도화된 관계의 형식을 교란하고 재배열하는 문학적 상상력의 시험대가 된다. 결국 문학의 역사는 사랑이 무엇이었는가를

---

* Jacques Lacan, *The Seminar of Jacques Lacan(Book XX)*: *Encore 1972~1973*, trans. Bruce Fink, W. W. Norton & Co Inc, 1999, p. 83.

묻는 언어의 역사이자, 사랑이 무엇이 될 수 있는가를 끊임없이 시험해온 역사라고 할 수 있을 것이다.

그런 의미에서 사랑의 문학사를 쓴다는 것은 익숙한 연대기적 서술과는 다른 방식으로 한국 근현대문학의 시간을 다시 더듬어보는 일이기도 하다. 이 책이 '사랑의 문학사'라는 이름 아래 시도하고자 하는 것은, 특정 시대와 사회에서 인간의 관계를 상상하고 규정해온 감정·언어·윤리의 역사적 형식과 구조를 탐구하는 작업이다. 여기서 드러나듯 사랑은 근대성과 식민성, 전쟁과 개발독재, 혁명과 신자유주의적 체제가 교차하는 지점에서 지속적으로 새롭게 이름 붙여지고 다시 조직되어온 역사적 상상력의 형식이다. 이 책에 실린 글들은 이러한 전제 아래, 사랑을 하나의 역사적 형식이자 동시에 불가능성의 형식으로 재고해보려는 서로 다른 시도들이다. 각 글은 특정한 시기와 장르, 작가와 텍스트의 결을 따라가며 사랑의 언어가 어떤 사회적 규범과 정치적 질서를 지탱해왔는지, 또 어떻게 그 규범을 내부에서 비틀고 어긋나게 만들어왔는지를 조명할 예정이다.

황종연의 「연애의 탄생─조중환에서 염상섭까지」는 개화기부터 1920년대에 이르는 근대 초기 국면에서, 한국 근대문학의 형성과 근대적 사랑의 탄생이 어떻게 긴밀하게 결합되어 있었는지를 동아시아 지식망의 구조 속에서 폭넓게 추적한다. 그에 따르면 '연애의 탄생'으로 정식화될 수 있는 관계의 새로운 트렌드는, 근대 이행기 지식인들이 개인의 자유와 자아실현을 탐구하는 과정에서 작동한 번역·종교·사상·예술의 국제적 네트워크와 밀접하게 맞물려 있었다. '연애소설이 먼저고 연애가 다음이다'라는 그의 핵심 명제는, 연애가 본래 존재했던 자연적 관계가 아니라 문학적 장치와 감정교육의 수행적 효과를 통해 구성된 근대적 감정 형식임을 분명히 짚는다. 이른바 문학은 '연애란 무엇인가, 문명한 사랑이란 무엇인가'를 학습하게 하는 감정교육의 장이자, 근대적 개인을 훈육하는 새로운 테크놀로지의 무대였던 셈이다. 조중환의 『쌍옥루』를 비롯해 이광수, 김동인, 염상섭에 이르는 연애·혁명 서사의 계보를 따라가며, 이 글은 사랑이 어떻게 한국 근대문학의 중심 테마이자 윤리적 형식으로 자리 잡았는지를 설득력 있게 보여준다. 아울러 그는 연애 담론을 둘러싼 욕망의 구성 방식, 계몽주의적 정념의 이중성, 근대적 가족 모델의 재편 등이 각각의 서사에서 어떤 방식으로 서사적 긴장을 발생시키는지를 면밀하게 분석함으로써, '연애의 탄생'이 근대 한국문학의 형식적·정치적 문제와 직결된 사유의 장이었음을 역설한다. 근대성과 식민성이 교차하는 역사적 조건 속에서 한국 근대문학의 사랑 담론이 직면했던 긴장과 균열을 면밀히 드러내는 이 글은, 사랑의 문학사를 사유하기 위한 하나의 계보적 출발점으로 읽힐 수 있을 것이다.

황호덕의 「사랑의 심화와 확대—식민지 시기 모더니즘 문학에서 사유된 사랑과 자기 실험」은 1930년대 식민지 모더니즘 문학을 가로지르며, 사랑이 근대성·식민성·현대성의 복합적 긴장을 드러내는 핵심 장치로 작동했음을 설득력 있게 보여주는 글이다. 황호덕은 이 시기 사랑이 단순한 서사적 테마를 넘어, 억압적 현실과 재현의 위기 속에서 새로운 형식 실험을 촉발하는 문화적 장치이자, 식민지 근대의 감각적 균열을 가시화하는 중요한 지표였다고 진단한다. 그의 분석 가운데 특히 주목되는 부분은, 사랑을 둘러싼 상상력의 급진적 전환이다. 하강·체액·배설·폐허 등의 이미지가 '사랑'의 이름으로 전면화될 때, 문명·순정·숭고의 언어로 포장된 근대적 사랑의 환상은 해체되고, 모더니즘의 감수성과 문체는 이전과는 전혀 다른 낯선 실험의 장으로 이동한다. 황호덕은 이러한 변화를 세 개의 형식적 계보로 정교하게 구성한다. 정지용·이태준에게서 사랑은 산수적 관조와 자기지방화를 매개로 한 아나크로닉한 감수성으로, 이선희·박태원에게서는 도시 산책자와 여성 산책자의 시선이 포착한 식민지 일상의 표면으로, 이상·최명익에게서는 폐병·성병·체액·폐허의 이미지가 드러내는 절대적 타자성과 파국적 미학으로 구체화된다. 황호덕은 이를 단순한 결핍이나 미완의 징후로 보지 않고, 근대화의 미완성 자체가 식민성을 재생산하는 역설적 구조였음을 지적하며, 식민지 모더니즘의 사랑을 하나의 "비판적 완전성"으로 재위치시킨다. 그런 점에서 이 글은 사랑의 문학사가 직면해야 할 역사적 특수성뿐 아니라, 모더니즘의 역사를 새롭게 탐색할 수 있는 중요한 문제틀을 제시하는 전환점으로 읽힐 수 있을 것이다.

　권보드래의 「방황의 권리, 고통의 미학—해방 후 1960년대까지 이성애의 문학적 양상」은 해방과 전쟁, 냉전과 개발독재로 이어지는 격변의 시기 속에서 사랑 담론이 어떻게 형성되었는지를 정밀하게 조명하는 글이다. 그는 이 시기 사랑이 전후의 "무법선(無法善)" 상황에서 새롭게 구축해야 했던 윤리의 문제이자, 냉전 체제가 요구한 국민·가족 규범과 맞물려 작동한 권력의 장이었음을 강조한다. 권보드래의 분석이 특히 의미심장한 것은, 사랑의 윤리가 남성 평론가와 남성 작가 들이 구축한 공론장에서만 작동했다는 통념을 비틀고, 여성 주체의 삶과 여성 작가 들의 서사가 구성한 또 다른 '사랑의 현실'을 전면에 세운다는 점이다. 전쟁 미망인·재가녀·여대생 등은 전후의 도덕과 생존, 욕망과 억압이 교차하는 구체적 삶의 조건 속에서, 공론장이 이상화한 사랑의 형식과는 전혀 다른 관계의 구조를 획득하며 살아가고 있었다. 요컨대 '연애 공론장'이 구축한 사랑의 이데올로기가 혼란한 시대를 훈육·통치하려는 가부장적 장치였다면, 실제 여성들의 삶과 글쓰기는 그 규범적 언어의 위계를 끊임없이 비켜가거나 교란하며 새로운 윤리를 형성하고 있었던 셈이다. 강신재와 박경리의 소설을 비롯해 1960년대 여대생들의 글쓰기는, 국가·가족이 부과한 이데올로기를 내면화하면서도 그 언어를 미세하게 비틀고 갱신하려는 여성 청년들의 감각을 포착하며, 사랑의 윤리를 다시 쓰는 중요한 실험의 장이 된다. 이처럼 권보드래는 사랑이 주제에서 멀어졌다고 여겨졌던 1950~60년대를 오히려 사랑의 윤리가 여성 주체와 여성 작가 들에 의해 재조정되던 시기로 새롭게 자리매김한다. 사랑을 국가·가족이 부과한 도덕규범이자 동시에 그 모순을 드러내는 감정의 장으로 재해석하는 그의 논의를 통해, 우리는 이후 도래할 여성 문학의 또 다른 계보학적 기원을 확인할 수 있을 것이다.

강동호의 「종언 이후의 사랑—1990년대 이후의 문학과 사랑」은 1990년대를 '혁명의 종언 이후'라는 역사적 시간 위에서 재조망하며, 이 시기 문학에 나타난 사랑을 시대를 관통하는 감정 구조이자 새로운 역사 인식의 형식으로 해석한다. 그는 에른스트 블로흐의 '비동시성의 동시성'과 피터 게이의 '내부자가 된 외부자' 개념을 참조하여, 1980년대 운동의 언어와 1990년대 개인·내면·일상이 단절이 아니라 회색의 시간대 속에서 공존하고 있었음을 설득력 있게 제시한다. 이러한 회색의 영역에서 사랑은 '혁명 이후'에야 비로소 말해질 수 있는 것으로 등장하며, 정치적 언어의 소멸과 혁명 담론의 실패 이후 시대를 감각하는 주체의 새로운 감정 형식으로 자리 잡는다. 이 글은 1990년대의 사랑을 지나간 시간을 향한 상실과 애도의 감수성, 그리고 당대를 해석하려는 자기지시적 서사가 교차하는 역사적 장치로 재독해한다. 혁명의 언어가 더 이상 현재를 설명하지 못하는 순간, 사랑은 과거의 몰락과 현재의 불안, 자기 정당화의 욕망이 중첩되는 지점에서 형성되는 감정 구조이자 인식론적 도구가 된다. 기형도의 신화, 후일담 서사, 신경숙과 한강의 글쓰기를 가로지르며 강동호는 1990년대를 사랑의 귀환이 아니라 실패한 혁명 이후를 살아가는 주체들의 불안·죄책감·상실·애도가 교차하는 복합적 시간으로 재배치한다. 그 점에서 이 글은 1990년대 문학을 이해하는 새로운 시각을 제공할 뿐 아니라, 사랑이라는 감정이 역사성의 외부에 놓여 있지 않다는 사실을 탐구하려는 시도로도 읽힐 수 있다.

　　오혜진의 「퀴어 친밀성과 '낭만적 사랑'에 대한 소문들—문학(사)의 규범과 1990~2020년대 비규범적 친밀성 서사의 도전」은 1990년대 팬픽·야오이 문화에서 2020년대 퀴어 소설에 이르기까지, 비규범적 성적 주체들이 실천해온 친밀성 서사의 형식과 그 글쓰기의 양상을 입체적으로 추적하는 글이다. 에세이적 글쓰기와 독서문화사의 시선을 동시에 취하는 이 글에서 오혜진은, 1990년대 이후 '강제적 이성애'에 기반한 낭만적 사랑의 이데올로기가 은폐해온 비규범적 글쓰기 현장을 복원하며, 그동안 한국 근현대문학사에서 주변으로 밀려나 있던 또 다른 문학사의 층위를 본격적으로 재구성한다. 이를 위해 이 글은 성석제와 신경숙 같은 정전적 텍스트에서 동성 간 욕망이 어떻게 일회적 일탈로 처리되며 망각의 서사 속에서 봉합되는지를 면밀히 분석한다. 동시에 이 글은 정이현·유성원·김비·김봉곤·김멜라 등의 작품을 일별하며, 비규범적 섹슈얼리티를 도착적 욕망으로 낙인찍는 현대적 친밀성의 이데올로기와 충돌하는 상변들, 나아가 신자유주의적 주체 형성이 요구하는 자기 계발적 자아 기획과 불화하는 글쓰기의 순간들을 예리하게 포착한다. 결국 이성애 규범적 플롯이 전제하고 있는 질서의 허구성이 노출되는 지점들을 통해, 오혜진은 비규범적 친밀성 서사와 퀴어 로맨스가 어떻게 새롭게 사유될 수 있는지를 보여주는 하나의 결정적 문제틀을 제시한다. 이는 사랑을 둘러싼 기존의 문학적 규범성을 근본에서부터 재검토하게 할 뿐 아니라, 한국문학사 내부에 잠재되어왔던 또 다른 섹슈얼리티의 지도와 친밀성의 형식을 본격적으로 조명하는 데 중요한 이론적 실마리를 제공할 것이다.

이러한 글들이 보여주듯, 한국 근현대문학에서 사랑이라는 테마는 특정 시대의 문화적·정치적 현실을 비추는 거울이자, 그 현실의 주류적 이해를 위태롭게 만드는 균열의 징후로 기능해왔다. 그 점에서 사랑은 각 시대의 역사적 조건 속에서 달리 구성·배분·검열·재발명되어온 관계의 형식이며, 그 경계를 끊임없이 시험해온 문학적 상상력의 또 다른 이름이다. 이 책이 사랑이라는 화두를 통해 제안하고자 하는 것도 바로 이 지점에 있다. 다시 말해 사랑의 가능성과 불가능성 사이에서 문학이 시대의 질서와 어떻게 대면하고, 그 질서를 어떤 방식으로 비틀고 재배열해왔는지를 살피는 일은, 문학이 오래도록 탐문해온 '진실의 언어'를 새롭게 사유하게 하는 하나의 유효한 방법이 될 것이다. 서로 다른 시공간에서 전개된 사랑의 실험들을 따라가며, 독자 또한 사유의 여정을 함께 이어갈 의미 있는 계기를 얻게 되기를 바란다.

기획위원 강동호

차례

연애의 탄생

—조중환에서 염상섭까지

황종연

—조중환에서 염상섭까지

1. 사랑의 근대적 형식

국립국어원 편찬『표준국어대사전』의 '사랑' 항목을 보면 "어떤 사람이나 존재를 몹시 아끼고 귀중히 여기는 마음. 또는 그런 일"이라는 해설이 나온다. 고려대학교 민족문화연구원의 『한국어대사전』이 제공하는 사랑의 정의 역시 비슷해서 "이성을 애틋하게 그리워하고 열렬히 좋아하는 마음. 또는 그런 관계나 사람"이라고 한다. 사랑이라는 말의 한어(漢語) 기원설에 따라 추측하자면 그것은 생각한다는 뜻의 '사(思)'에서 파생되었을 공산이 크다. 고전 한자어로서 '사'가 의미하는 생각이란 그 범위가 그리워함이나 귀애(貴愛)함과 연결될 만큼 넓고 '사'는 실제로 합성어를 이루어 한국어의 사랑에 가까운 의미를 산혹 낳고 있기 때문이다. 널리 알려진 예를 들면, 『시경』 '국풍 주남' 편의 시 「관저(關雎)」에는 '언제나 마음속으로 생각함'이라는 뜻의 '사복(思服)'이라는 단어가 보이고, 삼국시대 위나라의 문인 조식(曹植)의 시 「정의에게 주다〔贈丁儀〕」에는 '생각하고 그리워함'이라는 뜻의 '사모(思慕)'라는 단어가 보인다.[1] 한자어 '사'와 한국어 '사랑' 사이에는 한

---

1.   "窈窕淑女, 寤寐求之, 求之不得, 寤寐思服"(『詩經』, 国風, 周南, 關雎). 대의: "품위 있고 정숙한 여자, 자나 깨나 그녀를 구한다네, 그녀를 구하지 못해 자나 깨나 마음속으로 생각한다네."
    "思慕延陵子, 寶劍非所惜°子其寧爾心, 親交義不薄"(曹植, 「贈丁儀」, 『文選』卷二十四). 대의:

글이 창제되고 나서 얼마 되지 않아 등가 관계가 만들어진 것으로 추측된다. 15세기 『두시언해』 초간본에는 '사'가 '᷏᷏ᄉᆞᆼ'으로 번역된 예가 발견된다.[2] 사랑이라는 말의 경우, 『청구영언』을 비롯한 현전 가집에서 그것은 '사랑(思郞)'으로 음차(音借) 표기되곤 했고, 『해동소악부』의 시조 번역에 보이는 그것의 대응 한자는 '사애(思愛)'였다.[3] 사랑의 어원에 관한 국어학계의 유력한 설에 따르면 그 말은 '생각하여 헤아림'이라는 뜻을 가지는 한자어 'ᄉᆞ랑(思量)'에서 유래했다. 'ᄉᆞ랑'은 15세기 문헌에 처음 나타난 후 표기상 변화를 보여 '사랑'이 되었고, 그렇게 출현한 '사랑'은 점차 '생각[思]'보다 '사랑[愛]'을 뜻하는 경향을 보였다. 17세기 이후에 이르러 사랑은 현대 한국어 사전에 해설된 바와 같은 의미를 가지게 되었다고 추정된다.[4] 좋아하고 아낀다는 의미에서의 사랑이 정서적으로 혹은 성적으로 친밀한 남녀 사이의 관계를 가리키는 데에 사용된 예는 조선 후기의 판소리(「열녀춘향수절가」)에서 발견된다.

사랑이라는 말을 사용하는 방식에서 21세기 한국인은 18세기 조선인과 별로 다르지 않다고 해야 옳을지 모른다. 우리는 몽룡과 춘향이 신분의 벽을 넘어 사랑했다는 발언에 대해서도, 김우진과 윤심덕이 서로 사랑하던 끝에 함께 자살했다는 발언에 대해서도 말이 오용됐다고 느끼지 않는다. 그러나 우리 중에 전자의 사랑과 후자의 사랑을 동일한 종류라고 보는 사람은 그리 많지 않을 것이다. 열(烈)이

"나는 연릉 땅의 영주 계찰(季札)을 사모하는 터라 나에게는 보검 따위 아끼는 바가 아니다. 정의 군, 그대의 마음을 편안히 한다면 우리의 친교하는 정의(情義)가 박해지지 않으리라."

2. 두보의 「江漢」이라는 시의 제1행 "江漢思歸客"이 "강한애셔 가고저 ᄉᆞ랑 ᄒᆞᄂᆞᆫ 나그내여"로 옮겨졌다. 『개편 두시언해초』, 이병주 편교, 집문당, 1982, p. 374.

3. 조선 중기의 관료 김상용(金尙容)의 시조 중 "ᄉᆞ랑 거즛말이 님 날 ᄉᆞ랑 거즛말이"라는 행이 『해동소악부』에는 "向儂思愛非眞辭"라고 옮겨져 있다. 정병욱 편저, 『시조문학사전』, 신구문화사, 1980, p. 244.

4. 조항범, 『우리말 어원 사전』, 태학사, 2022, pp. 362~63.

라는 덕목을 구현하고, 그럼으로써 사회적 보상의 꿈을 이루는 춘향의 사랑과, 모든 사회적 책무와 도덕적 구속으로부터 해방되는 길을 정사(情死)에서 구하는 윤심덕의 사랑은 서로 다른 형식이다. 이 두 형식은 그 배경에 크게 상이한 문화를 가지고 있다. 전자의 경우, 사랑의 문화가 재자가인(才子佳人)으로 통칭되는 특권적인 남녀의 인연 맺기를 범례로 만들면서 기성 신분 사회를 자연화하는 경향을 가지고 있다면, 후자의 경우 사랑의 문화는 남녀 간의 사랑을 당사자 개인의 자유의 문제로, 자아를 실현하는 과정 중의 사연으로 간주하는 경향이 있다. 사랑의 이 두 형식 사이에는 주지하다시피 엄청난 역사적 변화가 가로놓여 있다. 그 변화는 한국사에서 일반적으로 근대의 성립이라고 불리는 것이다. 왕조 국가 체제의 몰락, 신분 사회의 해체, 식민 자본의 침략, 민족운동의 대두, 계몽사상의 유입 등과 같은 사태가 복합된 가운데 출현한 한국의 근대 시기는 재래의 사랑 문화를 근본적으로 침식하는 여러 사상의 발흥을 보았다. 근대적인 사랑 관념의 선구적이고도 강력한 표현은 20세기 초반 일본에 유학한 조선인 청년 집단 내에서 발견된다. 그들은 사랑을 새롭게 사유하는, 사랑을 전통 도덕과 분리시키고 개인의 자유 감각과 연결하는 일군의 새로운 어휘를 가지고 있었는데 그중 하나가 연애(戀愛)다.

연애라는 한자어는, 널리 알려진 바대로, 메이지 시기 일본에서 영어 명사 러브love의 번역어로 출현했다. 러브가 남녀 간의 애정을 가리키는 재래의 일본어 고이(恋)나 이로코이(色恋)와 의미상 상당한 차이가 있다는 것은 메이지 시기의 일본인들에게 명확하게 의식되었고, 그래서 일본 근대소설의 효시로 손꼽히는 쓰보우치 쇼요(坪内逍遥)의 『당세서생기질(当世書生気質)』(1885~1886) 같은 작품에서는 러브가 표음 형식("ラアブ")으로 출현하기도 했다.[5] 그러다가 교육자이자 평론가 이와모토 요시하루(巖本善治)가 자신이 주재한 『조가쿠잣

시(女学雜誌)』에 발표한 평론들을 통해 러브에 상당하는 새로운 단어로 연애(恋愛, 렝아이)를 유행시켰다. 그는 1890년의 한 평론에서 연애가 재래의 '고이'보다 등급이 높은 말로, "깊이 혼(소울)으로부터 사랑한다"는 의미를 가진다고 주장했으며, 다음 해에는 연애를 배척한 도쿠토미 소호(徳富蘇峰)와 논전을 벌이면서 "연애는 신성하다"는 요지를 내세웠다.[6] 연애 찬양이라는 면에서는 기타무라 도코쿠(北村透谷)의 발언 또한 눈에 띈다. 그는 1892년 이와모토의 잡지에 "연애는 인간 세계의 비밀을 푸는 열쇠이며 연애 있은 연후에 인간 세계 있으니 연애를 빼버리면 인생에 무슨 색과 맛이 있으리"라는 유명한 선언으로 시작하는 평론을 발표했다.[7] 「염세시가와 여성」이라는 그 평론을 통해 그는 시, 낭만적 이상, 연애의 환상과 환멸 사이의 긴밀한 관련을 만들었다. 여기에 덧붙이면, 이와모토가 "참사랑"을 정의하여 "영혼이 서로 공경하는" 청결하고 고상한 관계라고 했던 것, 도코쿠가 연애를 찬미하여 "천상으로부터 지하로 내리는 신의 사자 같은 것"이라고 했던 것에 유념할 필요가 있다. 그들의 연애관에 공통되는 연애의 영성화(靈性化) 혹은 신성화는 명백히 기독교의 영향이다.[8]

연애라는 신조어의 출현은 메이지 국가의 성립 이후 일본인들이 문명개화라는 이름으로 추진한 서양 문화 수용의 거대한 드라마 중의 한 사건이었고, 연애는 그 최초의 제창자들에게 바로 문명한

---

5.   예컨대 소설의 제11화에서 다노지라는 게이샤에게 연정을 품고 고민하는 주인공 고마치다에게 그의 친구는 이렇게 권유한다. "이봐, 고마치다. 정말 자네는 우유부단해서 글렀어. 일단 러브하는(ラアブする) 정도면 어떻겠나. 어디까지든 러브함이 좋지 않겠나"(坪内逍遥, 「当世書生気質」『坪内逍遥集 明治文学全集』16, 筑摩書房, 1969, p. 118). '러브한다'는 김동인도 그의 소설 「마음이 옅은 자여」에서 쓰고 있는 어휘다. "Y는 나를 러브한다. 오늘〔에〕야 그것을 알았다"(김동인, 『김동인전집』1, 조선일보사, 1987, p. 76).

6.   柳父章, 『翻訳語成立事情』, 岩波新書, 1982, pp. 90, 101.

7.   北村透谷, 「厭世詩家と女性」『透谷全集 1』, 岩波書店, 1950, p. 254.

8.   佐伯順子, 『「色」と「愛」の比較文化史』, 岩波書店, 1998, pp. 13~16 참조.

사랑의 형식이었다. 그들과 동시대의 문명개화론자들이 대개 그러했듯이, 인간 문명의 단계적 진보라는 관념을 가지고 있었던 그들은 남녀 관계를 그 관념에 따라 이해하려 했다. 이와모토는 남녀 관계가 색(色)에서 치(痴)를 거쳐 애(愛)에 이른다고 여겼고, 도코쿠는 육정(肉情)에서 정애(情愛)를 지나 연애(戀愛)에 이른다고 여겼다. 조선어 연애의 용례는 1910년 한일병합조약 이후 일본어가 조선어 공론에 번역이나 번안을 통해 다량으로 이식되면서 보이기 시작한다. 그 가장 이른 용례는 『매일신보』에 1912년과 1913년에 각각 연재된 조중환의 번안소설 『쌍옥루』와 『장한몽』에서 발견된다.[9] 그런데 조선에서 최초의 연애 전도사 격이었던 사람은 일본 문명개화주의의 열렬한 추종자로부터 나왔다. 바로 이광수이다. 그는 1917년 『학지광』에 기고한 논설 「혼인에 대한 관견」에서 혼인의 조건 중 하나로 연애를 들고, 세상의 오해를 바로잡는다는 취지에서 연애에 대한 개략적 정의를 내놓았다. 거기서 기독교의 영육이원론은 주요 설명 도구로 기능한다. 그는 비문명적 연애와 문명적 연애를 구분하면서 전자는 오직 육적 요구를 만족시키려 하는 반면 후자는 육적 요구와 함께 영적 요구를 만족시키려 한다고 주장했다. 조선에서 연애론의 발생은 서양식 인간 이해가 공적·집합적·이성적 삶의 영역만 아니라 사적·개체적·감정적 삶의 영역에서도 위세를 띠기 시작했다는 것을 알려준다.[10] 이

<hr>

9.   "오정당은 〔……〕 청년 남녀의 연애라 하는 것은 극히 신성한 일이라고 가르쳐주어 아무쪼록 경자로 하여금 남녀의 애정이라 하는 뜻을 깨닫도록 힘을 쓰니"(조중환, 『쌍옥루』, 박진영 편, 현실문화연구, 2007, p. 26). "연애(戀愛)라 하는 것은 신성(神聖)한 물건이라"(조중환, 『장한몽』, 박진영 편, 현실문화연구, 2007, p. 46). 조선어 연애가 출현한 시기에 관해서는 권보드래, 『연애의 시대』, 현실문화연구, 2003, pp. 12~13 참조.

10.   이광수, 「혼인에 대한 관견」, 『이광수 초기 문장집』 II (1916~1919), 최주한·하타노·세츠코 엮음, 소나무, 2015, p. 321. 이광수의 연애론은 그의 혼인론, 가정론과 한 세트로 합치면, 김동식이 주장했듯이, '계몽의 기획'처럼 보인다(김동식, 「연애와 근대성——신소설과 계몽적 논설을 중심으로」, 『민족문학사연구』 제18호, 민족문학사연구소, 2001, pp. 318~22). 다만

광수의 연애론으로부터 10년가량 지났을 즈음 젊은 남녀 사이에 만연한 듯한 연애 갈망을 두고 염상섭이 "'아담·이브' 시대부터의 선천 고질이요 구풍(歐風)의 유행병" 운운한 것은 단지 장난기 많은 독설이 아니다.[11]

2. 『쌍옥루』와 감상소설

연애라는 단어가 유행하게 되자 개화 풍속을 좇고 있던 조선인 남녀가 그들의 관계에 대해 새로운 관념과 기대를 가지기 시작했으리라는 것은 쉽게 추측되는 일이다. 그들은 남녀 교제에 대한 전통적 통제가 더 이상 옳지 않고 남녀 각자의 사랑할 자유가 공인되었다고 생각했을 것이다. 연애라는 말과 자유연애라는 말이 동시에 유행한 것은 당연한 사태다. 그러나 연애가 문명한 삶의 한 양식이라면 연애의 기술은 남녀의 선천적 정열로부터 저절로 생길 리가 만무하다. "연애에 대해 남들이 하는 말을 들어본 적이 없었다면 결코 연애를 안 했을 사람들이 있다"(「잠언」 136)는 라로슈푸코의 말은 근대 조선인에 대한 정확한 묘사일지 모른다. 그들이 연애를 하기 위해서는 연애 이야기가 필요했다. 영어 '러브'와 종종 바꿔 쓰이는 '로맨스romance'는 알다시피 연애를 뜻하는 말이면서 이야기 장르 중 하나를 뜻하는 말이다. 한국에서 근대소설의 발생은 연애란 무엇인가, 문명한 사랑이란 무엇인가, 진정한 사랑이란 무엇인가, 하는 물음에 답하려는 시도와 깊은 관계가 있다. 한국 근대소설의 효시라고 흔히 언급되는 이광

그것이 유럽의 계몽주의적 합리성을 모델로 하지 않는다는 점은 강조될 필요가 있다. 앞으로 보겠지만 그것은 기독교적, 낭만적 관념을 중심 성분으로 한다.

11.   염상섭, 「감상과 기대」, 『조선문사의 연애관』, 방인근 편, 설화서관, 1926, p. 3.

수의 장편소설『무정』의 메인 플롯, 즉 주인공 이형식이 부모 또는 그와 동격인 손윗사람에 의한 정혼의 구습을 따르지 않고 자기 의지에 따라 배필을 정한다는 반항의 플롯은 연애를 연애이게 하는 요소(자유)에 관한 천명이다. 그러나 한국에서 문명한 사랑 이야기가 그로부터 시작된 것은 아니다. 남녀 간 사랑에 관한 계몽적인 서사는 1910년대의 수년 동안『매일신보』의 연재소설란을 점령했고 이후『무정』을 비롯한 한국 소설에 많은 영향을 미쳤다고 인정되는 번안된 일본 소설들의 주요 레퍼토리였다. 가장 인기 있는 번안소설 작가였던 조중환은 신예 로맨서romancer로서 중요하다.[12] 기쿠치 유호(菊池幽芳)의 장편소설『저 자신의 죄(己が罪)』(1899~1900)를 번안한 그의 첫 작품『쌍옥루』(1912~1913)는 특히 주목할 가치가 있다. 그것은 문명한 사랑이란 무엇인가라는 물음에 대한 한국어 최초의 진지한 응답이기 때문이다.

　　『쌍옥루』는 원작의 내용을 충실하게 살린 편이다. 번안의 목적에 걸맞게 인물과 지역의 이름, 인물의 이력과 사회 풍속의 세목을 조선식으로 바꾸고 플롯의 전개를 방해하지 않는 선에서 삽화와 장면의 일부를 생략했을 뿐, 원작의 내용에 큰 변조를 가하지 않았다. 기쿠치의 풍부한 변설은 조중환의 어법에서 느끼기 어렵지만 기구지의 여주인공 미노와 다마키의 행로는 조중환의 여주인공 이경자의 사연에 고스란히 옮겨져 있다. 그 사연은 여성에게 유독 엄혹한 사랑의 문화를 통과한다. 재학 중 한 교사에게 연애의 꿈을 주입당한 이경자는 그 교사의 주선으로 만난 서병삼에게 농락당해 아내의 법적 지위를 가지지 못한 채로 출산하고, 정신병을 앓던 중 발광한 순간 갓

12.　　조중환의 번안 업적 전반에 관해서는 다음 참조. 박진영, 『번역과 번안의 시대』, 소명출판, 2011, pp. 301~21.

난아이를 죽이려는 행동까지 한다. 고향 공주로 돌아와 건강을 회복한 그녀는 아버지 이기장을 위한다는 마음으로 같은 지역에 기거하고 있던 정욱조와 자신의 중매를 마지못해 받아들인다. 정욱조는 자신과 가문의 명예에 집착하고 여자를 혐오하는 강직한 양반으로, 결혼 이후 이경자는 부정(不貞)이라는 죄를 지었다는 의식, 또 그 죄를 감춰 남편을 속였다는 의식 때문에 마음이 괴롭다. 그들 부부가 목포에 머무는 중에 이경자가 낳은 서병삼의 아들과 정욱조의 아들이 친한 사이가 되고 이어 두 아이 모두 사고로 죽자 이경자는 자신의 비밀을 더 이상 정욱조에게 숨길 수 없게 되고 그래서 그들의 결혼은 파국을 맞는다. 소설의 결말에서 그들의 연이 다시 이어지는 희극적 반전이 일어나지만 소설 내용의 태반은 이경자가 순진한 탓에 혹은 효녀인 탓에 범한 죄 때문에 겪는 번민과 비애를 중심으로 한다. 독자는 홀로 눈물 흘리는 이경자의 애통한 모습을 자주 접하게 되어 있다. "쌍옥루(雙玉淚)"라는 제목은 통속적이면서도 그녀의 인상을 압축한 한문 키치다. 독자의 마음속에 그녀에 대한 연민을 일으키려 열심인 저자-서술자는 어떤 경우 아예 "슬프다"와 같은 원문에 없는 탄식을 연발하면서[13] 노골적으로 그녀의 가련한 처지를 강조한다.

　　이경자에 관한 서술은 감상적인 것의 전형이다. 그렇다는 것은 그 서술이 단지 이경자에 대해 동정하도록 독자에게 호소하고 있기 때문은 아니다. 독자의 동정을 간청하는 서술 문체, 그것과 정확히 통하는 방식으로 그녀의 삶을 이해하고 있기 때문이기도 하다. 즉 저자-서술자는 그녀의 삶을 '정(情)'의 문제로—그녀의 이해(利害)를 결정적으로 좌우하는 사람들이 유정한가 무정한가에 따라 희비와 영욕이 갈리는 문제로 보고 있다. "신성한" 연애를 꿈꾸던 그녀의 믿음

13.　　조중환, 같은 책, pp. 5, 390; 菊池幽芳, 『己が罪』, 春陽堂, 1920, pp. 16, 652.

을 저버리고 그녀를 처량한 미혼모로 만들어놓은 서병삼, 그녀가 자신과 결혼하기 전에 다른 남자의 아이를 낳았다는 것, 그러한 과거를 자신에게 줄곧 감춰왔다는 것을 알게 되자 그녀를 버리는 정욱조 모두 작중에서 "무정한" 사람이라고 불린다. 이 유정과 무정이라는 주제는 1910년대 한국문학에서는 새로운 것이지만—그래서 이광수의 『무정』에까지 영향을 남기고 있지만—일본 문학에서는 전혀 그렇지 않다. 그 주제는, 과거에 일본 사상사가들이 자주 주목한, 특히 미나모토 료엔이 일본적 휴머니즘의 중심을 이루는 것으로 설명한 바 있는 '정'이라는 주제의 한 변주다.[14] 에도시대에 이르러 '정'의 문화는 의리와 인정이라는 서로 연합되기도 하고 대립되기도 하는 심정의 두 형식을 낳으면서 중요한 문학적 표현을 얻었다. 지카마츠 몬자에몬(近松門左衛門)의 희곡은 특히 의리와 인정의 갈등에 비극성을 부여한 것으로 유명하다. 의리와 인정의 대립은 『쌍옥루』에도 보인다. 정의에 대한 신념에 따라 자신과 가족의 삶을 철저히 규율하려는 정욱조가 '의리의 삶'을 예시한다면, 허물을 감추고 결혼한 이경자의 잘못을 자신의 책임으로 돌리고 정욱조에게 이혼하지 말아달라는 간청을 남기고 자결하는 이기장은 '인정의 삶'을 대표한다. 『쌍옥루』는 비극이 아니라 소실인 만큼 여주인공이 인정 혹은 사랑의 성소(聖所)를 죽음에서 구하는 지카마츠식 결말로 나아가지 않는다. 해외 유랑 중 병을 얻어 위중한 상태였다가 이경자의 간호로 회생한 정욱조가 매사에 자신의 신념을 관철하려던 잘못을 뉘우치고 이경자에게 용서를 구하면서 그들의 이야기는 유정한 가족적·사회적 삶의 약속으로 끝난다.

그런데 감상소설을 하나의 장르로 이해하고자 한다면 그 원

14.　源了圓, 『義理と人情』, 中公文庫, 2013. 특히 pp. 17~40 참조.

천에 비극이 있다는 문학사의 사실은 다시 주목할 필요가 있다. 에도
시대의 닌조본〔人情本〕 중에 개화한 일본 감상소설이 그 뿌리에 도시
상인 계급의 애정 비극을 가지고 있다면, 장 자크 루소의『신엘로이
즈』에서 시작됐다고 말해지곤 하는 유럽 감상소설은 그 전사에 18세
기의 부르주아 가정 비극을 두고 있다.[15] 헤겔의 비극 모델은 감상소
설 장르론에 유용하다. 헤겔에 따르면, 비극 플롯의 근원은 윤리적 삶
의 두 극단, 예컨대 크레온이 신봉하는 국가, 즉 정신상으로 보편적
인 윤리적 삶과 안티고네가 고수하는 가족, 즉 천연의 윤리적 삶 같
은 두 극단 사이의 갈등이다. 그 두 입장은 서로 다르면서도 똑같이
정당한 것이어서 한쪽이 정의이고자 한다면 다른 한쪽을 위반하지
않으면 안 된다. 그런데 헤겔의 생각은 비극이 두 윤리적 힘의 갈등을
보여주는 데서 나아가 그 힘들의 상대적인 정당화에 우선하는 "영원
한 정의"에 대한 일별을 산출한다는 것이었다. 그는 그 정의가 이성과
연결되어 있고, 그렇기에 한쪽만 향하는 열정을 버티지 못하게 한다
고 보았다.[16] 현대 미국의 학자 마거릿 코언은 플롯의 층위에서 비극
과 감상소설이 닮았다는 것에 주목한 바 있다. 두 윤리적 입장이 비극
에서는 주인공들에게 육화되는 반면 감상소설에서는 부차적인 유력
인물들에 의해 대표된다는 차이가 있지만, 그 두 장르 모두 적대적인

15.　　닌조본의 선구로 간주되는 다니시 긴쿄(田螺金魚)의『유녀 세가와 고교의 애정
　　　　비극〔契情買虎之巻〕』에서, 조중환에 의해 번역되기도 했던 도쿠토미 로카(德富蘆花)의
　　　　『불여귀(不如歸)』에 이르는 애정소설을 그 감상성에 주목해서 고찰한 예로, Jonathan E.
　　　　Zwicker, *Practices of the Sentimental Imagination: Melodrama, the Novel, and the
　　　　Social Imaginary in Nineteenth-Century Japan* (Harvard University Asia Center, 2006,
　　　　pp. 71~124, 169~205) 참조. 18세기 유럽의 부르주아 가정 비극에 관해서는 Peter
　　　　Szondi, *"Tableau and Coup de Théâtre*: On the Social Psychology of Diderot's Bourgeois
　　　　Tragedy" (*On Textual Understanding and Other Essays*, trans. Harvey Mendelsohn,
　　　　University of Minnesota Press, 1986, pp. 115~32) 참조.
16.　　G. W. F. 헤겔,『헤겔 미학』3, 두행숙 옮김, 나남출판, 1996, pp. 683~86.

두 지상명령 사이의 갈등과 그 해소에 관심을 가진다. 헤겔의 비극론 중의 관념론적 윤리관에 반대하는 코언은 그녀의 연구 대상인 18세기 프랑스 감상소설을 당대 자유주의 사상의 토대에 자리하면서 자체 분열을 가져온 긴장과 관련시킨다. 그러면서 감상소설에 두드러진 갈등 요인인 개인적 자유와 집합적 복지의 대립에서 부정적 권리(개인이 제재받지 않고 행위할 권리)와 실정적 권리(개인이 국가 통치에 참여할 권리)를 통합하려는 자유주의적 기획을 읽어낸다.[17]

　　『쌍옥루』에 비극적 플롯이 작동하고 있음을 알아차리기는 어렵지 않다. 앞에서 그 작품의 감상성의 요인으로 언급한 무정과 유정의 대립은 정치적, 윤리적으로 의미를 확장한다. 정욱조가 이경자와 그 밖의 인사들에게 무정한 사람으로 비치는 것은 "양반사회의 부패한 풍속"을 교정한다는 목적을 가지고 우선 자기 가정을 도덕적으로 무결하게 유지하려 노력하기 때문이고, 이기장이 유정한 사람으로 보이는 것은 자기보다 약한 혈손을 동정하고 염려하는 나머지 자기 목숨까지 희생하기 때문이다. 정욱조의 무정함은 작중에서 그 스스로 "유교주의"라고 명명한 "정의"에 대한 집착과 표리 관계이며,[18] 이기장의 유정함은 전통적 가부장 문화의 토양에서 자라났을 성실성이라는 넉의 표현이나. 세나가 정욱조가 서울 징부의 재싱(원작에서는 일본 제국의회의 상원에 해당하는 귀족원의 의원)이고 이기장이 누대에 걸쳐 명망과 재산을 일군 공주의 토호(원작에서는 오사카의 전신인 세츠의 덴카차오쿠 지역의 호농)라는 작중 정보는 암시적이다. 일본어 원작의 시대 배경을 참조하면 그 무정과 유정의 대립은 근대 국가 형

17.　　Margaret Cohen, *The Sentimental Education of the Novel*, Princeton University Press, 1999, pp. 40~46.

18.　　"유교주의(儒敎主義)"라는 어휘는 일본어 원작의 제3부 제66절에 무게 있게 나오지만(菊池幽芳, 같은 책, p. 762), 조선 유교의 권위가 의식된 까닭일까, 조중환의 번안본에는 남아 있지 않다.

성기의 관료주의와 국가에 대해 타협하며 존속한 향토 사회의 도덕 사이의 그것으로 해석될 법하다. 소설 내에서 그 대립을 해소하는 기능을 맡는 것은 '정'의 성스러운 형식, 즉 기독교적 사랑이다. 정욱조는 해외 편력 중『성경』의 감화를 받아 도덕주의의 잘못을 뉘우치고, 평소 기독교 교양을 다소 가졌던 이경자는 나이팅게일적 간호에 헌신하다가 마침내 기독교적, 정신적 사랑 안에서 다시 부부의 연을 잇는다.『쌍옥루』의 원작은 일본 문학사에서 감상소설이 아니라 가정소설이라고 불린다. 가정소설이라는 명칭은 그 범주의 작품들이 가정에서 읽히기에 적당하다는 데서 생겨났고, 기쿠치 유호 외에 도쿠토미 로카, 다구치 기쿠테이(田口掬汀) 등이 지은 가정소설의 대표작들은 중상류층 사회를 묘사하면서 가정 도덕의 미를 발휘하려 한다는 인정을 받았다.[19]『쌍옥루』 원작의 교훈적 의도는 조중환의 손에 의해 전혀 손상되지 않았다. 조선어 독자는『쌍옥루』를 통해 무정과 유정의 문학적 표상과 함께 기독교적 사랑의 해피엔드를 처음 접했을 것이다.

3.「어린 벗에게」와 고백 형식

이광수가 추앙한 일본인 중에 도쿠토미 소호가 있다. 와세다 대학 유학 시절 이광수는 당시 일본 언론계 보수파의 거물 소호를 문명개화의 교사처럼 받들었고,[20] 자신의 청년론이나 수양론에서 소호의 영향

---

19.   瀬沼茂樹,「家庭小説の展開」,『明治家庭小説集, 明治文学全集』93, 筑摩書房, 1969,
        pp. 421~22.

20.   이광수는 1916년 9월 와세다 대학 문학부에 입학하고 나서 발표한 논설에서 자신이
        생각하기에 "신문명"을 대략 이해하려면 반드시 읽어야 하는 책으로 서양사, 세계지리,
        경제원론과 같은 교과서류 서적과 함께『소호문선(蘇峰文選)』을 꼽았다. 이광수,「동경잡신」,

을 드러냈다. 소호는 문학 평론이 아니라 정치 평론을 본령으로 했지만 경력 초기에 낭만주의 문학의 발흥을 도왔다고 평가되는 약간의 평론을 썼다.[21] 그중 기타무라 도코쿠의 「내부생명론」이라는 일본 낭만주의 비평의 대문자에 영향을 미쳤음이 분명한 「인스피레이션」이 있다. 평론의 서두는 이렇다. "사람은 언제나 자기 마음속 비밀을 말하려 하는 자이다. 혹은 말하고 싶어 그것을 말하는 자 있고, 혹은 말하지 않게 하고 싶어 그것을 말하는 자 있다. 이와 같이 유심무심의 차별은 있을지라도 마음속 비밀은 결코 오래 마음속에 숨어 있는 자가 아니니, 입에 나타나지 않으면 거동에 나타나고 거동에 나타나지 않으면 용모에 나타난다. 옛노래에 이르나니, '몰래 해도 겉으로 나와버리네, 나의 사랑은. 무슨 생각 하느냐고 남들이 묻기까지'라고 도대체 몰래 한다고 겉으로 나오지 않으랴, 하물며 몰래 하지 않음에 있어서랴."[22] 이 구절을 이광수가 읽었는지, 읽지 않았는지는 알 수 없다. 그러나 "사람은 언제나 자기 마음속 비밀을 말하려는 자"라는 말은 그에게 확신을 주는 금언처럼 들렸을 법하다. 그가 1909년에 일문(日文)으로 발표한 최초의 단편소설은 한 소년의 숨기기 어려운 마음속 비밀, 바로 그것에 관한 것이다. "사랑인가"라는 제목을 가진 그 소설은 도쿄의 어느 중학교 3학년인 조선인 소년 분키치가 일본인 소년 미

같은 책, p. 105. 이 소호의 문장선집은 1915년 12월에 간행되었다.

21. 笹淵友一, 『浪漫主義文学の誕生』, 明治書院, 1968, pp. 545~84.

22. 德富蘇峰, 「インスピ—レ—ション」, 吉田精一·浅井清 編, 『近代文学評論大系 1: 明治期』 1, 角川書店, 1971, p. 53. 소호가 주재한 월간지 『国民之友』 22호(1888. 5)에 처음 발표된 이 평론은 이광수가 신문명의 교전(敎典) 중 하나로 언급한 각주 20번의 『소호문선』에 실려 있다. 소호의 문구 "마음속 비밀"의 비밀은 앞에서 인용한 도코쿠의 문구 "인간 세계의 비밀"의 비밀과 마찬가지로 낭만주의 문학의 모티프에 속한다. 쿠르티우스는 연애의 비밀을 비롯한 개인과 사회의 갖가지 비밀을 발자크가 얼마나 유난스럽게 숭배했는가를 논의하면서 그것이 그의 개인적 성향만이 아니라 그의 시대를 풍미한 낭만주의와 관계가 있다는 것을 논증한 바 있다. Ernst Robert Curtius, *Balzac*, trad. par Henri Jourdan, Grasset, 1933, pp. 36~37.

사오의 사랑을 확신할 수 없게 되자 괴로운 나머지 스스로 목숨을 끊고 싶어 한다는 이야기다. 작중에는 분키치가 미사오의 면전에서는 한없이 수줍은 까닭에 말하는 대신에 "혈서"를 썼다는 문장이 나온다.[23] 「사랑인가」는 일인칭 대신에 삼인칭을 취한 분키치의 마음의 백서(白書), 즉 이방(異邦)의 어린 동성에 대한 짝사랑이라는 비밀의 열성적인 토로이다.

이광수가 1917년 7월, 『무정』 연재를 마친 직후에 발표한 「어린 벗에게」는 연애 서사라는 점에서 전작보다 기념비적이다. 그 장편 소설이 결혼의 구습에 반발하는 주인공을 보여주고 있긴 해도 연애라는 이름에 값하는 그의 행위를 제시하고 있지 않은 반면, 이 중편 소설은 주인공 - 서술자 임보형의 연애 경험 전달을 목표로 삼고 있다.[24] 서간 형식을 취한 한국 최초의 소설로 인정되는 「어린 벗에게」는 서술자가 중국 상하이에서 러시아 블라디보스토크를 거쳐 조선 소백산에 이르는 여로 중에 그가 "벗" 또는 "그대"라고 부르는 익명의 수신인에게 쓰는 총 네 통의 긴 편지로 이루어져 있다. 편지에 담긴

---

23.   이광수, 「사랑인가」, 『이광수작품선』, 사에구사 도시카쓰 엮음, 이룸, 2003, p. 567.

24.   임보형의 서술은 여러 대목에서 저자 이광수의 위장된 자전적 서술처럼 보인다. 예컨대 임보형이 와세다 대학 재학 중에 김일련이라는 고등여학교 학생에게 구애한 일은 이광수가 같은 대학 재학 중에 여자 예술대학 학생이었던 나혜석과 염문을 낳은 일과 비슷하다. 김일련이 어느 여자 대학에 진학한 후 도쿄의 "제대" 출신의 시인 "모씨"를 사랑했으나 결국 결핵으로 잃은 일과 나혜석이 촉망받는 시인 최승구와 연인 사이였으나 역시 결핵 때문에 사별한 일 또한 비슷하다. 그렇게 임보형의 이야기와 이광수의 개인사를 대치시켜놓고 보면, 임보형이 "그대"라고 부르는, 소설 서두에서 그가 과거에 병으로 누웠을 때 구완해주었다고 소개되는 수신자는 이광수가 1917년에 만났고 1921년에 재혼한 허영숙일 공산이 크다. 1917년 무렵 허영숙은 도쿄의학여자전문학교 학생으로 당시 결핵을 앓고 있던 이광수를 보살폈다. 건강을 회복한 이광수는 전처와의 관계를 청산하고 허영숙과 함께 베이징으로 건너갔다. 그러니까 상하이의 김일련의 모습에는 허영숙 역시 투영되어 있을지 모른다. 1926년에 단행본으로 출간된 「어린 벗에게」의 수정판 「젊은 꿈」은 김일련 대신에 "H, K, S"라는 수수께끼 같은 영문 이니셜을 쓰고 있다. 초간본을 구하기 어려운 작품인 「젊은 꿈」은 사에구사 도시카쓰가 엮은, 앞 각주의 이광수 선집에 수록되어 있다(pp. 290~347).

이야기의 주요 부분은 김일련이라는 여자와의 만남, 이별, 재회의 사연이다. 그는 수신인과 친밀한 사이여서 수신인에 대해서는 "아무런 비밀도 없었"다고 말한다. 그러나 그의 "흉저(胸底) 속속 깊이 있는 비밀" 중에는 수신인에게 알리지 않은 일이 하나 있었으니 그것이 김일련과 얽힌 그의 과거이다.[25] 그의 편지는 그가 상하이에서 병을 얻어 고생하고 있을 때 나중에 가서 김일련으로 밝혀지는 여성의 친절한 간호를 받은 일, 그가 탑승한 미국행 선박이 조난을 당했을 때 익사 직전의 승객 중에 그녀가 보이자 영웅적 용기를 발휘해 그녀를 구한 일, 그들이 모두 조선으로 돌아와 함께 열차를 타고 소백산 속을 통과하던 때 그가 그녀에 대해 목숨조차 아끼지 않는 사랑을 하리라 결심한 일을 순서대로 이야기하고 있는데 그 모든 일의 원점에는 그가 비밀이라고 부른 것이 자리한다. 그가 김일련을 처음 만난 것은 수년 전 와세다 대학에 유학하던 때다. 그는 같은 대학을 다니던 연상의 김일홍과 가까운 사이였는데 김일련은 후자의 누이로 도쿄의 어느 여학교에 재학 중이었다. 김일홍의 소개로 그녀를 만난 후 그녀의 용모에 매혹된 그는 그녀에게 편지를 써서, 자신을 "발가벗은 어린 영"이라고, 그녀를 "구름 위에 앉으신 천사"라고 칭하며 사랑을 간구했다(p. 65). 그러나 구애한 보람은 없었다. 그녀의 차가운 침묵으로 인해 그는 낫지 않을 마음의 상처를 입었을 뿐이다.

그렇다면 김일련에 대한 사랑은 어째서 그의 "흉저(의) 비밀"이 되었을까. 이유 중 하나는 아마도 그가 겪은 비참함과 관계가 있을 것이다. 그는 쓰기를, 자신은 부모도 형제도 없는 외로운 사람이라 남달리 사랑을 갈망했고, 그래서 구애에 실패하자 크게 낙담하여 종전

---

25.   이광수, 「어린 벗에게」, 『소년의 비애』, 문학과지성사, 2006, p. 59. 이하 이 책의 인용은
       본문의 괄호 안에 쪽수만 표시한다.

의 자신이 아니게 되었음은 물론 생을 포기하려는 시도까지 했다고 한다. 그러나 그의 술회 중에는 그보다 더 중요한 것으로 보이는 이유가 있다. 그것은 그의 사랑이 도덕적으로 옳지 않았다는 것이다. 김일련에게 구애한 시점에 그는 자신의 의사와 무관한 사정이라곤 해도 어쨌든 결혼한 처지였다. 그는 그녀에게 편지를 부치기 전에 그녀를 사랑하는 것이 "죄"가 아닐까 자문하기도 했고, 처지를 똑바로 알라는 비난을 그녀의 오빠로부터 받게 되자 "과연 옳은 말"이라고 수긍하기도 했다(같은 쪽). 그가 자신의 사랑을 비밀로 삼은 것은 그것이 금지된 일, 자신에게 사회적 매장을 가져올 일이었기 때문일 것이다. 이렇게 보면, 그 비밀의 발생으로부터 수년이 지난 시점에 그가 익명의 벗에게 보내는 편지 중에 그것을 털어놓는 것은 단지 솔직한 추억만은 아니다. 그 비밀의 토로는 말의 엄밀한 의미에서 고백이다. 그것은 주로 기독교 제의에서 자라난, 자기에게 중요한 누군가를 상대로 자기 잘못을 자백하는 자전적 진술 양식에 속한다. 우리는 일본 사소설의 출발점으로 유명한 다야마 가타이(田山花袋)의 중편소설 「이불」(1907)— 제자로 받아들인 연하의 여자에게 남몰래 연정을 품은 30대 기혼 남성 작가의 자기 폭로—을 고백적이라고 말할 수 있는 것과 같은 이유에서 「어린 벗에게」를 고백적이라고 말할 수 있다. 그리고 이 이광수의 1917년 작품이 한국 최초의 서간체소설이라면 그것은 또한 한국 최초의 고백 소설이기도 하다.[26]

---

26. 김윤식은 그의 『한국근대소설사연구』(을유문화사, 1986)에서 염상섭의 초기 단편 3부작이 "고백체 소설 형식의 기원"이라는 견해를 내놓았고, 이후 이에 동조하는 여러 연구가 나왔으나 김윤식의 견해는 재고를 요한다. "내면의 소설화" 또는 "심리적 묘사" 유형에 속하는 서사를 고백으로 간주하는 것은 아우구스티누스와 장 자크 루소의 자전적, 참회록(懺悔錄)적 서사가 고백문학의 전범인 이유에 대해 너무 소홀한 것이다. 김윤식이 "내면의 발견"이라는 착상을 위해 의존한 가라타니 고진은 일본 근대문학의 고백이라는 "제도" 성립에 기독교가 깊이 관여했다는 사실에 대해 많은 주의를 기울이고 있다(가라타니 고진, 『일본 근대문학의 기원』, 박유하 옮김, 민음사, 1997, pp. 103~13).

그러나 종교 제의로서의 고백과 문학 형식으로서의 고백은 같지 않다. 이광수는 그 차이를 영리하게 이용했다. 서간 작자 임보형은 조선인에게 알려지면 수치를 가져올 자신의 비밀을 노출하면서 잘못의 시인과 참회로 나아가기는커녕 오히려 자신을 변호하고 주장할 기회를 잡는다. 자신을 단죄하는 가상의 사회에 대해 자못 격정적인 어조로 반발한다. 이십대 후반의 이광수를 시대의 총아로 만든 사랑의 복음사가(福音史家)풍 발언은 그 반론 중에 나온다. "나는 조선인이로소이다. 사랑이란 말은 듣고 맛은 못 본 조선인이로소이다"로 시작되는 그 발언은 조선의 젊은 남녀가 재래 관습과 도덕에 억눌려 사랑으로 만나보지도 못하고 "부모의 완구(玩具)와 생식(生殖)하는 기계"로 일생을 살고 만다는 고발을 거쳐, 남녀에게는 "변치 못할 천명"과 같은 사랑에 대한 설교로 나아간다. 임보형은 남녀 간의 사랑이란 "조물(造物)이 품부(稟賦)한 천성"이므로 "거룩한 것"이며 이 사랑의 본능을 "자연한 (즉 정당한) 방면으로 계발시켜 인성의 완전한 발견을" 기약해야 한다고 주장한다. 또한 남녀 사이에 교제가 허락되고 사랑이 만개하면 정조, 용기, 헌신 같은 미덕이 생기고, 개인이 "조악무미"한 상태, 사회가 "건조무미"한 상태에서 벗어나리라고 추측한다(pp. 50~57). 이 사랑의 복음에서 주목할 것은 기독교적 인간관의 이휘들이다. 육(肉, 육체)과 영(靈, 정신)의 구분은 사람의 욕구나 사랑의 형식들을 분별하고 그것들 사이에 등급을 정하는 수단이 되어 있다. 임보형이 조선인은 맛보지 못했다고 주장한 사랑은 정확히 말하면 육의 사랑이 아니라 영의 사랑이고 그가 "문명한 민족"에게 있다고 믿은 사랑은 육체적 욕구의 만족을 넘어 "정신적 애착과 융합"을 지향한다. 그는 김일련에 대한 자신의 사랑이 영의 활동임을 그의 수신인 "그대"가 알아주기를 바란다. 와세다 대학 재학 중 김일련의 사랑을 구한 편지에서 불우한 환경에 처한 "나의 영"과 그 열망에 대해 썼듯이, 그녀와 함께 열차를 타고 이동하는 중 그의 마음속에 일어난 사랑의 각오를 적은 편지에서 "내 영의 요구"에 순종할 결심을 밝힌다 (pp. 64, 90).

그가 그녀와 나란히 열차에 앉아 소백산 속을 달리는 삽화가 담긴 그의 네번째이자 마지막 편지는 재삼 주목을 요한다. 거기에서 그는 어떤 역경에도 굴하지 않고 그녀에 대해 헌신적 사랑을 "실험" 하련다는 의지를 천명하는 동시에 영적 존재로서의 자신에 대한 긍지 어린 의식을 드러낸다. 그가 "악인"이라는 비난을 겁내지 않고 사랑하기로 결심하는 것은 그의 사랑 욕구를 발생시키고 그 내부에 활동하는 그의 영이 다른 무엇보다 권위 있다고 그가 믿기 때문이다. 그는 자기 영의 요구에 충직하게 따른 결과 도덕과 법률을 위반한 사람들이 역사상 존재했고, 예수 같은 위인들은 대개 그러한 사람들이었다고 주장한다. 위반이 영의 일이라면 악이 아니라 선이라는 전도의 논리를 밀어붙인 그는 자신이 시작한 반(反)도덕적 사랑에 투신해서 장차 "인도(人道)상 〔……〕 혁명자"가 되어보려 한다고, 호기를 부리기까지 한다. 그의 영적 사랑 옹호에는 사회의 어떤 권위도 선험적으로 인정하지 않는 개인 관념이 수반되어 있다. 그는 사회가 어떻게 자신을 단죄한다 해도 "내 영의 신성한 자유"(p. 90)를 양보하지 않을 것이고, 사회의 권위에 복종하면서까지 "노예적 안전과 쾌락"(p. 91)을 꾀하지 않을 것이라고 선언한다(pp. 90~91). 그의 사상 기반인 기독교에서 인간의 자아의식은 본래 이중적이다. 신을 향해서는 겸손하고 인간 자신 이외의 만물에 향해서는 오만하다. 인간이 신의 이미지로 창조되었다고 믿어지는 한 인간의 숭고한 자아의식은 불변이다.[27] 자

---

27. Rudolf Otto, *Mysticism East and West*, Meridian Books, 1957, p. 136(Irving Singer, *The Nature of Love I*: Plato to Luther, second edition, The University of Chicago Press, 1984, p. 362에서 재인용).

기 영의 신성한 자유를 확신하는 임보형은 자신을 숭고하다고 여기고 있고, 그런 만큼 자신을 세속의 주권자라고 상상했을 법하다. 1910년대 후반의 조선에서 자유롭고 주권적인 개인이란 물론 순전히 관념이다. 그러나 임보형—이광수에게 그 관념의 보급은 조선의 문명화에 불가결한 것이었다.[28] 임보형이 조선에서는 "갇혀" 있다고 개탄한, 힘써 "해방"하자고 촉구한 사랑은 결국 사람 각자의 자아와 다르지 않다(p. 55). 그래서 「어린 벗에게」는 근대적 사랑의 복음서이자 동시에 영웅적 개인주의의 로맨스처럼 읽힌다.

4. 「마음이 옅은 자여」와 낭만적 동경

서양사에서 기독교는 한때 휴머니즘 혹은 계몽사상으로 대표되는 근대정신이 자신을 정립하기 위해 청산해야 하는 낡은 교의이자 제도였던 반면, 조선사에서는 오히려 근대 문화 건설에 필요한 교훈의 원천이었다. 조선인의 사랑은 기독교적 인간관과 결합하면서 비로소 근대적인, 게다가 강력한 형식을 가지게 되었다. 그 사랑의 형식은 사랑의 해방과 자아의 해방이 결국 같은 뜻임을 시시한 이광수에 의해 명확히 표현되었다. 그가 감금과 해방이라는 수사를 사용한 것은 「어린 벗에게」에서가 처음이 아니다. 1910년 1월 『대한흥학보』에 발표한 산문시 「옥중호걸」이 처음이다. 이 제목이 가리키는 바는, 사람에게 붙잡혀 쇠사슬에 묶인 채로 우리에 갇혀 있는 호랑이다. 시의 화

---

28. 이광수의 영 관념은 보다 자세한 검토를 요하지만 여기서는 지면의 경제를 위해 생략한다. 대신에, 이철호, 『영혼의 계보: 20세기 한국문학사와 생명 담론』, 창비, pp. 143~93 참조. 이광수의 근대적 개인 관념에 관해서는 황종연, 「신 없는 자연——초기 이광수 문학에서의 과학」, 『문학과 과학 I——자연, 문명, 전쟁』, 황종연 엮음, 소명출판, 2013 참조.

자는 여느 가축과 다를 바 없이 가련한 노예 상태로 추락한 호랑이를 향해 대자연 속에서 "자유로 생활"하던 과거를 상기시키면서 온 힘을 다해 사슬을 끊고 우리를 부수라고, 만일 탈출하지 못한다면 자기 피를 뿌리고 죽으라고 호소한다.[29] 감옥은 문학의 동서를 막론하고 낭만적 상상력에 친근한 이미지 중 하나로, 서쪽 끝에는 바이런의 「시용의 죄수」, 동쪽 끝에는 기타무라 도코쿠의 「죄수의 시」가 있다.[30] 「옥중호걸」은 인간에 대한 은유가 되기에 충분한 방식으로 호랑이를 말하고 있어서 「어린 벗에게」에서 언급된 조선인의 비참한 상황의 우화처럼 읽힌다. 우리에 갇힌 호랑이는 사회의 관습에 얽매여 본래의 "신성한 자유"를 잃어버린 조선인의 영을 연상시킨다. 호랑이에게 우리를 부수고 나오라 하는 화자의 명령은 사회의 속박을 끊고 거대한 혹은 초월적 힘과 하나가 되고자 하는 개인 의지의 선동과 유사하다. 「옥중호걸」이 바이런의 영향 아래 씌어졌다고 추정한 하타노 세츠코는 호랑이에서 자유를 갈망하는 이광수의 자아 표상을 찾았다.[31] 이광수의 낭만적 열정은 1920년대 동인지 문단에도 반향을 일으켰다. 『창조』 제3호(1919. 2)부터 제6호(1920. 5)까지 연재된 「마음이 옅은 자여」에서 김동인은 연애가 주인공 남자 K에게 선사한 군주적 자아의 감격을 가히 우주적 타이탄의 환상으로 묘사했다. "한 발로 지구를 짚고 또 한 발로 해를 짚고 머리로 하늘 천정을 뚫고 우주의 삼라만상

---

29. 이광수, 「옥중호걸」, 『이광수 초기문장집 I (1908~1915)』, 최주한 · 하타노 세츠코 엮음, 소나무, 2015, pp. 56~59.

30. Victor Brombert, "The Happy Prison: A Recurring Romantic Metaphor," *Romanticism: Vistas, Instances, Continuities*, ed. David Thorburn and Geoffrey Hartman, Cornell University Press, 1973, pp. 62~79; W. B. Carnochan, *Confinement and Flight: An Essay on English Literature of the Eighteenth Century*, University of California Press, 1977; 前田愛, 『都市空間の中の文学 前田愛著作集 5』, 筑摩書房, 1989, pp. 132~41.

31. 하타노 세츠코, 『『무정』을 읽는다 ── 무정의 빛과 그림자』, 최주한 옮김, 소명출판, pp. 128, 190~91.

을 굽어보는 기쁜 맘."[32]

　　동인지 문단은 현대판 도학(道學) 선생으로 변모한 이광수에게 반감을 가지고 있었지만 그가 일찍이 제창한 낭만적 개인 관념을 거부할 정도는 아니었다. 그것을 거부하기는커녕 오히려, 영혼, 사랑, 자유, 개성의 문학적 방정식을 세우는 데에 열심이었다. 1920년대는 언론 출판 면에서 보면 연애의 시대라는 명칭이 과하지 않을 정도로 연애에 관한 담론이 무성했다. 1921년 시인 노자영의 엘렌 케이 소개를 시작으로 서양과 일본의 연애론이 유입되었고 연애의 도덕과 풍속에 관한 논설과 기사가 저널리즘의 단골 품목이 되었다.[33] 청년 작가들은 너나없이 연애 이미지와 이야기를 생산하는 일을 자임했다. 「마음이 옅은 자여」의 주인공 K의 친구인 작가 C는 자비출판을 위해 모금하려고 평양을 다녀가는 길에 K를 만나 대화하는 중에 조선에서는 "문예(文藝)를 너무 낮게" 여긴다고 불평하는 한편, "소설이라는 소설은 모두 연애결혼 주창(主唱)의 무기에만" 쓰이고 있다고 개탄한다(p. 81). 스물네 살 나이의 학교 교사인 K는 사실 연애론의 열풍에 휘말려 속으로 앓고 있다. 애정이 식어 이제는 남과 같은 아내를 어머니, 아들과 함께 약간의 사유 토지가 있는 시골로 보내 농사짓게 만든 그는 노래히는 기생과 활보하는 여학생을 구경하거나 미인과 결혼한 자신을 공상하는 일로 외로움과 답답함을 달랜다. 그의 머릿속은 솔로몬에서 타고르에 이르는 시인들의 사랑 찬가, 단눈치오의 희곡 「프란체스카 다 리미니」에서 아리시마 다케오의 『선언』에 이르는 사랑 서사로 가득 차 있다(pp. 68, 70). 그에게 연애란 동서고금의 문

32.　　김동인, 「마음이 옅은 자여」, 같은 책, p. 68. 이하 이 책의 인용은 본문의 괄호 안에 쪽수만 표시한다.

33.　　동인지 문단의 연애론에 관해서는 김지영의 『연애라는 표상』(소명출판, 2007) pp. 91~115을, 서양과 일본의 연애론을 수용한 1920년대 저널리즘에 관해서는 서지영의 『역사에 사랑을 묻다』, 이숲, 2011, pp. 163~99를 참조.

학작품이 그 모델을 제공하는—귀감으로 삼을 가치가 있는 정념과 행위를 제공하는 사건, 한마디로 문학적인 사건이다. 그는 그의 남매교의 졸업생이자 남매교의 여교사인 Y가 자신을 "러브"한다는 것을 알게 되자 그녀를 자기 집으로 오게 해서 고소설 『양산백전』의 남녀 주인공 같은 연인이 되자고 유혹한다.[34] 그리고 간절히 바라기는 했어도 자신의 것이라고 믿지 않았던 연애 기회가 마침내 "내 몫에 돌아왔다"고 감격한다(pp. 79~80). 「마음이 옅은 자여」의 전반부는 K가 경험하는 연애의 쾌락과 고뇌, 환상과 환멸로 점철되어 있다. 이 전반부는 그것만으로 한 편의 연애소설을 이루기에 부족함이 없다.

　　「마음이 옅은 자여」의 전반부는 K가 친구 C에게 쓰는 "9월 21일" 자 편지로 시작한다. 그날은 K가 Y의 배신으로 약 두 달 만에 연애에 실패하고 이후 약 한 달 동안 고뇌와 저주를 거듭하다가 마침내 어머니 앞으로 "유서"를 써놓은 날로부터 이틀 후다. 그가 연애의 전말을 간단히 알리고 자살 의사를 철회했음을 밝힌 편지의 본문 다음에는 지난봄과 여름에 그가 작성한 일기의 초본(抄本)이 길게 이어진다. 그가 일기를 동봉한 편지를 C에게 보낸 것은 그의 말에 따르면 C에게 "고백"하기 위해서이고 그렇게 함으로써 C의 "동정"을 구하기 위해서이다(p. 63). 그의 고백에는 물론 많은 문학적 선례가 있다. 그 중 고려할 필요가 있는 것은 그가 Y와 헤어진 후 위안을 얻고자 읽었다고 말한 책 가운데 하나인 아리시마 다케오의 『선언』이다. 「마음

34.　주인공 양산백과 추양대의 사랑은 그들 사이에 자발적으로 발생했고, 그들 각자의 죽음을 마다하지 않는 열정으로 입증되었다는 점에서 고소설에 그려진 사랑으로서는 특이한 편이다. 중국 당대(唐代) 설화의 번안으로 확인된 이 국문소설에 대해 성현경은 "자유연애 의지의 승리를 구가하고 있는 작품"이라고 평한 바 있다(성현경, 『한국소설의 구조와 실상』, 영남대학교출판부, 1981, p. 111). 「마음이 옅은 자여」 내의 「양산백전」 참조는 K와 Y의 자칭 자유연애가 허상임을 강조하는 효과가 있다. 추양대는 부친이 명한 대로 결혼해야 하는 압력에 굴하지 않고 양산백을 따르는 반면, Y는 같은 종류의 압력을 이유로 들어 K와의 관계를 중단한다.

이 옅은 자여」의 발표 시점으로부터 약 4년 전인 1915년에 『시라카바』에 발표되고 1917년에 아리시마의 두번째 개인 저작집에 묶여 나온 그 장편소설은 남자 A가 친구 B와 주고받는 편지로 되어 있다는 점, 그 남자가 사랑한 여자 Y코의 변심이 주요 사건이라는 점에서 김동인에게 참고가 되었을 법하다. 그러나 그 두 소설은 다르다. 서간체를 구사하는 기술과 세 인물 사이의 관계에서 생성되는 플롯 면에서 뚜렷한 차이가 있다. 특히 주목할 것은 여성의 욕망을 다루는 방식에서의 차이이다. 아리시마는 A와 결혼했으나 마지못해 별거하고 있는 처지에 B를 문득 사랑하기 시작한 Y코의 성욕을 포함한 마음속 비밀을, 그것을 고백하는 Y코의 곡진한 편지를 제시하는 식으로, 이해가 가도록 전달하는 반면에[35] 김동인은 아버지의 명이라는 이유로 영원한 사랑을 함께 꿈꾼 K를 버리고 평양의 무역상과 결혼하려 하는 Y에게 단지 육체의 욕구를 좇는 영혼 없는 여자라는 인상을 부여한다. 소설 제목의 출처인 "아— 마음이 옅은 자여— 네 이름을 계집이라 하노라"(p. 108)라는 햄릿의 유명한 독백 중 한 행 번역은 K가 Y에게 버려진 후 원망하는 대목에 나온다.

'마음이 옅은 자'라는 조롱 혹은 비난의 말이 작중에 쓰인 순서를 보면, K가 자신에게 박정한 듯한 아내를 속으로 불평하는 대목이 처음, 사랑의 서약을 지키지 않은 Y를 원망하는 대목이 다음이다. K의 연애사를 전하는 방식에서 김동인의 여성혐오증을 적출하는 것은 불가능하지 않다. 그는 여성을 비하하는 서양식 담론을 학습한 청년 집단의 일원이었고, 그 자신 여성을 멸시하는 발언을 『창조』의 지면에 남겼다.[36] 하지만 문제는 조금 미묘하다. 소설 전반부의 허두에 자

35.　有島武郎, 「宣言」, 『有島武郎集 現代日本文学全集』21, 筑摩書房, 1954, pp. 254~57.

36.　이경훈, 「창조와 실연」, 『역사의 일요일, 역사 이후의 일요일』, 소명출판, 2018, pp. 382~83.

리 잡은 K의 편지는 Y와 연애한 일에 대해 그가 후회하고 있음을 보여준다. K는 그 일이 아내와 이별한 후 빠져든 "허튼 규칙 없는 생활"의 와중에 시작되었고, 그 일이 계속되는 중에 일련의 타락—기독교 신자로서의 태만, 육체적 쾌락에의 몰입, 시기라는 악덕의 발동 등을 겪었다고 알려준다. 그는 "고백"한다는 그 자신의 말에 합당하게 그의 과오를 드러내고 있다. 그가 뉘우친 흔적은 소설 후반부에 분명하게 나타난다. 그를 외부에서 바라보는 삼인칭 문체를 취하고, 그가 C의 도움으로 실연의 충격에서 깨어나는 과정을 서술한 그 후반부에서 그는 아내에 대해 가지고 있었던 생각을 완전히 바꾼다. 그는 자신이 서울에 유학한 과거 5년 동안 빈방을 지키며 자기를 기다렸고 시골에 내려가 생활하던 중에 "돌림고뿔"—추정컨대, 1918년에 발생한 스페인 독감—에 걸려 죽은 아내야말로 자신이 Y와 환락에 빠진 중에도 기대했던 "참사랑"—정신적 결합에 대한 욕구를 충족시키는 사랑을 주었다고 생각한다. 보다 주의를 요하는 것은 그가 자신을 대하는 방식이다. 그는 C에게 하는 편지 중에 "나의 성격 가운데는 참 여자의 성격 분자가 많았다. 좀스러운 자존심, 시기"(p. 69)라고 쓰고 있고, 그의 일기는 마치 그 자기 분석을 증빙하기라도 하듯 상처 입은 자존심과 쉴 없는 시기심의 요동을 기록하고 있다. 소설은 그가 아내의 무덤 앞에 참회의 눈물을 뿌린 후 서울의 C에게 쓴 편지의 한 문장을 통해 작은 경이를 선사한다. "'마음이 옅은 자'는 나의 안해도 물론 아니고, 또는 Y도 아니고, 그 실로는 이 나—K다"(p. 151).

「마음이 옅은 자여」는 그것이 발표될 무렵 학력 청년 집단을 중심으로 번지기 시작한 연애 열풍을 얼마간 반영하고 있지만 연애 찬미와 거리가 멀다. K가 "참사랑"을 신여성 Y가 아니라 구여성 아내에게서 발견한다는 플롯 전개를 통해 오히려 연애 미화 풍조에 저항한다. 그것은 연애의 의미에 관한 한, 「어린 벗에게」에 대한 반박임이

분명하다. 당대의 연애 담론에 대해 그것이 무엇을 하고 있는가를 보다 명확히 하자면 대항 담론의 시작을 알렸다고 말하는 편이 옳다.[37] K는 Y가 훗날 자신과의 연애를 돌아볼 때 "로-만틱한 꿈을 볼 뿐"(p. 108)이라고 탄식하지만 이것은 K 자신이 하게 될 일에 대한 예언이라고 해도 무방하다. 그에게 연애는 현재의 물질적으로 정신적으로 제약된 삶 너머에 대한 동경의 한 형식이어서 연애의 환상이 깨지자 그는 연애의 대체물을 찾는 쪽으로 직관력을 발휘한다. 그에게는 사랑의 은유인 빛("나의 맘에 사랑꽃이 피었다. 둥그렇게 분홍빛으로", p. 80), 그것을 이제 그는 살아 있다는 자각에 감격하며 마주한 반월도 언덕 위의 하늘에서도 보고("차차 흑갈색으로 청갈색으로 푸른 빛으로 남빛으로 변하는 하늘", p. 72), 경의선 열차의 창밖에 펼쳐진, 장대한 합주 음악을 연상시키는 광활한 산야에서도 보고("신비의 눈에 비친 신비의 빛이 거기서는 밝게 빛나고 있다", p. 119), C와 강원도 장전항에 이르러 비로소 만난 조선의 바다("그 밝은 바다 빛과 그 넓은 바다 기운", p. 122)에서도 본다. 그의 낭만적 동경은 연애를 넘어 신비로— 그가 알지 못하는, 다만 자연적 미(반월도와 조선해)와 예술적 미(서도창과 오케스트라 합주) 덕택에 느끼는 신비로 향한다. 그가 소설 끝에서 서약히는 "참 삶"이 그 신비와 접촉하기를 열망하는 삶이리라는 것, 무한자에 대한 동경으로 움직이는 삶이리라는 것은 의심할 나위가 없다.[38] 그것은 세속의 제약을 수락하는 것이 아니라 그 제약의 해

---

37. 대항 담론counter-discourse은 한 사회의 문화를 구성하는 담론들의 상쟁(相爭) 관계를 염두에 두고 사회 내의 우세한 담론에 대해 도전하거나 대립하는 담론을 가리키는 데에 쓰이는 용어다.

38. K가 그의 여로에서 광대한 자연과 만나면서 거듭하는 신비 체험을 강조한 점에서 김동인은 사람이 나타내는 초령(超靈, over-soul)의 성스러운 거처는 자연이라거나, 사람 사이의 사랑 너머로 사람을 인도하는 사랑이 참사랑이라고 말한 랠프 월도 에머슨을 연상시킨다. 김동인이 그의 세대의 정신적 사부 중 한 사람이었던 에머슨으로부터 받았을 감화는 앞으로 논증될 가치가 있다.

소에 대한 욕망을 더욱 심화하는 것이다. 그가 금강산의 "영기(靈氣)" 충만한 계곡에 잠시 머문 중에 문득 "구운몽(九雲夢)의 성진"이 되어 선계(仙界)에서 호강하는 공상에 잠겼다는 삽화는 암시적이다(pp. 131~32).

5. 『환희』와 육체의 해방

「마음이 옅은 자여」가 시사하는 바대로 연애가 문학적인 사건이라면, 연애 서사는 그 선례에 대한 다양한 방식의 참조를 수반할 수밖에 없다. 1920년대의 연애 서사는 신문 연재 같은 발표 형식을 취하는 경우 대중 독자의 예상에 호응한다고 여겨지는 기존의 문학적 자원에 그 주제와 형식의 많은 부분을 의존했다. 그것은 특히 1910년대의 출판계를 풍미한 번안 소설에 대해 그러했다. 1922년 11월부터 이듬해 3월까지 걸쳐 『동아일보』에 연재된 나도향의 『환희』는, 번안 소설의 대중적 성공을 고려에 넣지 않으면 어째서 그와 같은 모양인지 이해하기 어려울 정도로 번안 소설에 많은 빚을 지고 있다. 첫째, 그 장편소설의 플롯을 형성하는 두 세트의 삼각관계—이혜숙을 사이에 두고 김선용과 백우영이 경쟁하는 관계와 김설화를 사이에 두고 이영철과 백우영이 경쟁하는 관계— 는 조중환의 『장한몽』이 창시한 삼각관계의 재판에 가깝다.[39] 전자와 후자는 기본적으로 금력(金力)과 사랑의 대립을 표현한다는 점에서 비슷하다. 둘째, 『환희』는 번역되거나 번안된 일본 소설의 두드러진 감상주의를 서술상 특징으로 가지고 있다. 저자 나도향은 작중인물들이 자신, 타인, 세계와의 관계에

---

39.   최원식, 「『장한몽』과 위안으로서의 문학」, 『한국근대소설사론』, 창작과비평사, 1986.

서 느끼는 슬픔의 강도가 마치 그들의 인간다움의 척도라도 된다는 듯이 그들의 슬픔 토로를 장면화하는 데에 주력한다. 셋째, 작중인물 중 정월(결혼 전 이름 혜숙)과 설화는 병마에 시달려 애잔한 몸으로 현상하는 순간들에서, 조중환에 의해 번역된『호토토기스』의 나미코에서부터 진학문에 의해『홍루(紅淚)』라는 제목으로 번안된 알렉상드르 뒤마 피스 원작, 오사다 슈토(長田秋濤) 번역『춘희』의 마르게리트에 이르기까지 조선어에 출현한 '병든 미인morbid beauty' 부류에 합류하고, 그럼으로써『환희』는 메이지시기 일본을 한 지역 거점으로 하는 국제적 문학 세계의 통속화한 데카당스 취향과 접선한다. 감상주의는 한국 근대문학 연구가들이『환희』를 낮게 평가하는 주요 이유이지만, 역사적 관점에서 보면 그것은 그 소설이 국제화하고 있던 당시 조선어 문학 환경의 영향을 크게 받았다는 증거이다.

　　그러나『환희』가 하고 있었던 일은 단지 대중 사이에 인기 있는 연애 서사의 요소들을 취합하고 가공하는 것은 아니다. 그 일은 문명개화 엘리트들의 연애론에 대한 도전을 포함한다.『환희』는 그 연애론에 정당성을 부여하는 기독교의 영육론에 대해 우선 회의적이다. 작중인물 영철은 사람과 짐승이 똑같이 "생물"이라는 생각에서 시작해서 인생에 대해 철학적 물음을 제기하는 대목에서 육체에 대한 영혼의 우위라는 기독교적 관념과 정면으로 맞선다. 그는 육체가 생의 실체여서 육체의 "원소"들이 결합하여 육체가 활동하는 데서 생이 시작되고 이어 영혼도 활동한다고 생각한다. 그리고 인간의 생이 영원하다면 그것은 인간 각자의 영혼이 불멸하기 때문이 아니라 인간의 집합적 생이 육체에서 육체로, 혈연을 따라, 연속되기 때문이라고 생각한다.[40] 작중에 묘사된 청춘에는 영철의 인생관에 조응하는 듯한 이

40.　　나도향,『환희』,『나도향전집』하, 주종연 외 엮음, 집문당, 1988, pp. 132~35. 이하 이 책의

미지가 적지 않다. 그 청춘의 첫째 특징은 어떤 이상을 향하여 움직이는 마음이 아니라 성욕을 품고 있는 몸이다. 청춘 남녀의 교제는 은밀하나 강렬한 관능의 활동이어서, 예컨대 선용은 혜숙의 치장한 전신을 훔쳐보며 구석구석에서 "사랑의 냄새"(p. 159)를 느끼고, 영철은 가까이 다가온 설화에게서 "붉은 육체(의) 따뜻한 향내"(p. 186)를 맡는다. 후각을 포함한 감각의 활동이 두드러진 그들의 사랑에서 육체적인 것과 정신적인 것의 구별은 존재하지 않으며 그것들 사이의 서열은 더더욱 그러하다. 서술자가 영철의 목소리로 말한 바대로, 두 몸이 서로 끌어안고 한껏 울어 "눈물"(p. 349)이 섞여 흐른다면 그것은 사랑이다. 사랑을 본질적으로 사람 사이의 영통(靈通, communion)으로 이해하고 그 세속 형식을 성교 없는 오누이의 애정에서 찾은 청년 이광수와 다르게 나도향은 사랑에서 육체적 감응과 교합의 계기를 강조한다. 『환희』에 그려진 청춘 남녀의 육체는 영혼의 감옥에서 해방되어, 그 관능을 발하기 시작한 것처럼 보인다.

　　작중인물 중 영철은 반기독교적이라고 불릴 만한 인생관과 사랑관을 누구보다 명확하게 드러낸다. 그는 아마도 저자 나도향을 대변하고 있을 것이다.[41] 그러나 『환희』를 반기독교적 사고의 표현으로 읽는다면 그것은 그 작품에 대한 합리적인 대우가 아니다. 사실, 사상의 표현이라는 면에서 보면 그 소설은 모순과 허점이 많다. 예컨대 "자아"라는 사안은 어떤가. 영철은 한편으로 "우리 인생"이라는 집합적 육체의 생을 상정하고 그것의 연속성과 영원성을 추측하면서 다른 한편으로 나의 자아가 인생을 존재하게 하는 불가결한 조건이 아닌가 하는 의문을 제기한다(p. 133). 그런데 그렇게 자아를 개인적, 집

인용은 본문의 괄호 안에 쪽수만 표기한다.

41.　나도향의 반기독교 경향에 관해서는 박헌호, 「나도향과 반기독교」, 『한국학연구』 제27집, 인하대학교 한국학연구소, 2012 참조.

합적 생의 조건으로 여기는 생각은 육체의 활동으로부터 생이 시작된다고 보는 생각과 들어맞지 않는다. 육체는 처음부터 자아가 아니기 때문이다. 기독교에서는 사람이 품수(稟受)한 영혼이 바로 그 사람의 자아다.[42] 영철이 추구하는 사랑은 그 자신의 어휘로 말하면 하나의 자아가 다른 하나의 자아와 온갖 차이를 넘어 융합하고자 하는 행위이고, 그가 사람과 동물을 같은 생명이라고 보는 삽화에 예증되어 있듯이, 사람의 동정(同情) 능력을 자연과 사회의 넓은 범위로 확대하는 행위이다. 『환희』에 그려진 사랑이 낭만적이라는 기존의 반복된 논평은 일리가 있다. 그것은 정월의 사랑과 관련하여 특히 그러하다. 남편 우영의 배신과 선용과의 절연으로 자신의 비참함을 통절히 깨달은 그녀는 옛날 백제 왕국의 궁녀들이 스스로 죽어 지금 사람들의 연민을 받듯이 자신도 스스로 죽어 선용의 동정을 받기를 원한다. 그런데 사랑을 절대화하는 낭만적 사고는 전도된 형태의 기독교 복제라는 것이 상식이다. "중세 기독교에서는 신이 사랑이다. 반면 낭만적 이데올로기에서는 사랑이 신이다."[43] 사정이 이러하니 『환희』가 기독교와 맺고 있는 관계는 애매하다.

　　물론, 작중 남녀 인물은 종교적 관념이나 실천으로 규율된 몸이 아니다. 금융계 거물의 아들이자 인물 곱고 맵시 있는 우영에게 매료된 열일곱 살 여학생 혜숙은 그의 유혹을 이기지 못하고 혼자서 그의 집에 들렀다가 결국 겁탈당하고 만다. 혜숙의 이복오빠 영철은 기생 설화에게 연민을 느끼는 한편 설화의 육감적인 몸에 끌려 그녀의 애인이 되기로 작정한다. 그러나 그들이 연애를 통해 얻기를 바라는

42.　　바울의 영혼pneuma론에 대한 루돌프 불트만의 주석 참조. Rudolf Bultmann, *The Theology of the New Testament*, trans. Kendrick Grobel, Baylor University Press, 2007, pp. 203~10.

43.　　Irving Singer, *The Nature of Love 2: Courtly and Romantic*, The University of Chicago Press, p. 294.

충족은 단지 성적인 것은 아니다. 그들은 상대에게 성애 못지않게, 아니 성애 이상으로 동정을 바란다. 그들은 서로 처지가 다르지만 모두 똑같이 자신을 불쌍하게 여기고, 상대에게 자신을 불쌍하게 여겨 달라고 간청한다. 결혼에 실패한 정월과 기생 신분인 설화는 물론 고학생인 선용, 은행원인 영철 모두 그렇다. 그들에게 말의 참다운 의미에서의 사랑은 상대를 위해 울어주는 것이다(pp. 202, 267). 그러나 『환희』는 눈물의 맛에 취한 소설은 아니다. 동정에 굶주린 까닭에 사람들은 결합하기도 하지만 분열하기도 한다는 이치에 대해 무지하지 않다. 겉으로 혹은 속으로 연인 관계인 작중 남녀는 어느 순간 자신이 동정을 받고 있다고 느끼지만 다른 어느 순간에는 자신이 기만을 당했다고 느낀다. 남자들이 특히 그러하다. 선용은 혜숙이 자신을 생각하는 척하면서 계속 자신을 속였다고 분노하고, 영철은 설화가 정조를 파는 여자의 악덕이 시키는 대로 돈 많은 다른 남자에게 갔다고 의심한다(pp. 277, 377). 남자들이 그처럼 여자들을 불신하고 있는 것은 그들이 그들 자신의 열등한 처지를 아프게 의식하고 있다는 것, 사람의 우열을 한시도 잊지 못하게 하는 계급사회가 존재한다는 것과 밀접한 관계가 있다. 정녕 암시적이게도, 선용과 영철 각각의 연애를 방해한 인물은 상류 계급의 무자비한 난봉꾼 우영이다.

　　우영이라는 인물을 독자에게 소개하는 대목에서 저자-서술자는 그가 "중앙은행 사장의 아들"로, 세상에서 중요한 사람은 총리대신을 제외하면 자기 아버지 같은 은행가밖에 없는 줄로 안다고 귀띔한다. 경제 방면에서 하고 있을 어떤 일을 제외하면 그가 마음에 두는 것은 "아름다운 여자의 사랑을 맛보면서 〔……〕 활동사진" 속에서처럼 달콤한 인생을 누리는 것이다. 서술자의 제보에 따르면, 폐병을 얻은 아내 혜숙을 버려두고 평소대로 "방종한 생활"에 빠져 있는 그는 자신의 행복 이외에는 어디에도 관심이 없는 남자 유형이다(pp.

142~43). 영철은 그와 아주 대조적이다. 그는 위선적인 기독교 신자이자 계급 관념에 철저한 아버지에 대해 마음속으로 반항하면서도 금전 문제에서는 아버지의 지원에 의지하고 있다. 사회생활에는 신통치 않은 듯한 반면 선용에 대한 우정과 설화에 대한 애정에 보이듯이 다정다감한 사람이다. 영철과 우영의 대조는 일반화해서 보면 앨버트 허시먼이 그의 명저 『정열과 이익』에서 상술한 두 인간 동기의 대조에 상응한다.[44] 『환희』는 어렴풋하게나마 자본이 득세한 조선 사회를 배경에 두고 개인 자신의 이익에 몰두하는 영리의 원칙과 타인의 안녕을 위해 손실을 감수하는 동정의 원칙 사이의 경쟁을 그려내고 있는 셈이다. 그렇지만 영철과 우영의 경쟁은 비극적 결말로 나아가지 않는다. 『환희』는 소설 장르의 전형적 작품들이 대개 그렇듯이 그 두 원칙 중 어느 하나의 승리를 보여주는 대신에 두 원칙이 경쟁하는 현실을 인생의 괴로우나 불가피한 조건으로 수락한다.[45] 작중인물들의 의식 중에 문득 표나게 출현하는 "공허(空虛)"(pp. 264, 353) 관념은 그 소설적 타협의 기반이다. 인생의 모든 희비는 "조물(造物)의 코웃음치는 한때의 희롱"일지 모른다는 생각은 영리의 삶도, 정열의 삶도 궁극적으로 집착할 이유가 없다는, 폐허의 전설로 남은 고대 왕국 백제처럼 다만 헛되다는 판단을 부추긴다. '환희'라는 일본식 한자 제목—헛것(幻, 마보로시)의 장난(戱, 다와무레)으로 읽히는 제목은 그 작품의 감상소설이라는 장르 성격에 은근히 어울린다.

---

44. Albert O. Hirshman, *The Passions and the Interests — Political Arguments for Capitalism Before Its Triumph*, Princeton University Press, 1977.

45. 프랑코 모레티의 주장이 옳다면, 현대 생활의 모순들에 대한 소설의 해법은 '이것 아니면 저것'이 아니라 '이것, 저것 모두'이다. 프랑코 모레티, 『세상의 이치』, 성은애 옮김, 문학동네, 2005, p. 37.

6. 「너희들은 무엇을 얻었느냐」와 연애의 탈신성화

문학작품이 연애의 교재 혹은 비첩(祕帖)으로 기능하는 시대는 염상섭이 1923년 8월부터 이듬해 2월까지 『동아일보』에 연재한 그의 첫 장편소설 『너희들은 무엇을 얻었느냐』(이하 『너희들』로 약칭)에도 반영되어 있다. 김덕순은 헨리크 입센의 『인형의 집』에 의해 고무된 1세대 신여성의 한 사람으로, 노라의 자유 추구에서 나아가 여성의 연애 모험을 생각한다. 최한규는 영국 런던의 한 청년이 희한한 곡절로 무일푼 신세에서 벗어나 원하던 결혼을 성사시킨다는 오스카 와일드의 단편소설 「모범적인 백만장자」를 이용해서 애인 경애가 사랑이 있으면 재력 없는 결혼도 괜찮다는 평소 생각을 재고하도록 자극한다. 김중환은 춘향이를 "거의 연애의 신"이라고 받들면서 그와 같은 열녀가 소멸했기 때문에 조선에서는 연애가 가망 없는 일이라고 주장한다.[46] 『너희들』에 등장하는 사랑과 결혼의 보전(寶典) 중에 주인공 나명수의 플롯과 관련하여 중요한 것은 김동인의 『마음이 옅은 자여』의 주인공 K도 읽었다고 말한 아리시마 다케오의 『선언』이다. 이 소설의 Y코는 결혼한 사이인 A가 자신을 도쿄의 친정에 남겨두고 고향 센다이에서 아버지의 유산인 제분소를 떠맡아 가족 부양을 위해 분투하고 있는 동안, Y코의 병약함을 염려한 A의 부탁으로 자신의 거처에 함께 숙식하고 있던 B에게 존경과 연정을 느낀다. 자신의 욕망 앞에 정직하기로 결심한 Y코는 A에게 편지를 보내 B에게도 비밀로 하고 있던 그 욕망의 진실을 밝힌다. 만일 A가 이혼해주지 않는다면 "나는 허한 마음을 품고 당신에게 갈 수밖에 없다고 생각한다"고 쓴다.[47] A

---

46. 염상섭, 『너희들은 무엇을 얻었느냐』, 글누림, 2020, pp. 26, 31~39, 161, 207. 이하 이 책의 인용은 본문의 괄호 안에 쪽수만 표기한다.

47. 有島武郎, 같은 글, p. 257.

와 B 사이의 감동적일 만큼 돈독한 우정에 낮지 않을 손상을 입힌 Y코의 여심(女心)은 어떤 독자에게는 시빗거리일 것이다. 그러나 명수에게는 그렇지 않다. 그는 Y코가 "이론을 초월하고 상식을 초월한" 연애의 "절대경(絕對境) 신비경(神祕境)"에 도달했다고 본다. Y코의 사랑은 그녀 자신의 "양심"에 충실하고 "전심전령(全心全靈)"을 고양시킨 것이어서 "하느님이 기뻐 놀랄 만"하다고 칭송한다(p. 274).

명수는 Y코가 남편 A의 품으로 가지 않은 데에는 "'지각' 있는 현대인의 자랑이 있는 것"이라고 말한다. 이 지각은 물론 사회의 관습과 도덕에 굴종하기를 거부하는, 양심의 명령에 따라 자기 자신을 스스로 규율하기를 원하는 개인의 자각과 같다. Y코가 명수에게 진정한 연애의 표본이듯이, 아리시마는 염상섭에게 개인주의 사상의 원천 중 하나였을 것이다. "나는 나의 것, 나는 단지 하나의 것. 나는 나 자신을 어떤 것으로도 대체하기 어렵게 사랑하는 것으로부터 시작하지 않으면 안 된다" 혹은 "나의 개성은 나에게 이렇게 말한다. 나는 너다. 나는 너의 정수(精髓)이다"와 같은 문장을 1920년에 공표한 아리시마는 1920년대 개성 관념의 주창자로서의 염상섭에게 좋은 선편(先鞭)이었을 것이다.[48] 그러나 식민지 조선 엘리트 계층의 개인주의적 자아 관념은 에머슨이든 아리시마든 개별 사상가로부터가 아니라 기독교로부터 유래했다고 말하는 편이 옳다. 이광수는 기독교가 조선에 준 은혜 중 하나로 "개성의 자각, 또는 개인의식의 자각"을 들고 "각인은 각각 개성을 구비한 영혼을 가진다 함이 실로 개인의식의 근저"라고 썼다.[49] 그러나 명수가 살고 있는 1920년대 조선 사회에서 기독교는 도무지 자각한 개인들의 제도 같지 않다. 명수의 친구 중환은 기독교

---

48.   有島武郎, 「惜しみなく愛は奪う」, 같은 책, pp. 371, 378.

49.   이광수, 「야소교의 조선에 준 은혜」, 『이광수 초기 문장집』 II (1916~1919), 최주한·하타노 세츠코 엮음, p. 397.

인들이 신앙 때문이 아니라 "호구지책"으로 선교 사업을 하고 있다고 의심하면서 사회주의의 종교 비판은 타당하다는 전제하에 "장래에 실현될 새 사회에 적합하도록" "종교 혁명"이 일어나야 한다고 주장한다. 그리고 그렇게 되지 않는다면 기독교는 위선의 극치로 끝날 따름이라고 조롱한다. "경전은 훌륭한 기계나 치부책이 되고 교회는 큼직한 공장이나 상점이 되고 교인은 어리석거나 그렇지 않으면 간교한 흥정꾼이 되고 그리고 젊은 남녀의 밀회하는 구락부가 되고" 말리라(pp. 67~70).

　　중환이 기독교인 사이에 현저하다고 보고 있는 "위선"은 중환과 그 밖의 조선 사회 비판자들의 관점에서는 기독교 사회를 넘어 중상류 계층 전반에 만연한 사태이다. 그 계층은 재래의 유교 도덕과 결별하고 개인의 자유를 내세우고 있지만 그 새로운 원리가 그 계층 사람들의 생활 내용을 규정하고 있는가에 대해 그들은 몹시 회의적이다. 작중인물 중 일본의 미술학교에서 수학했으리라 추측되는 한 청년 화가는 "부인해방"이나 "자유연애" 주장이 조선에서는 한낱 구호에 불과한 상황에 주의하면서, 사회는 차치하고 "개인으로 말하더라도 소위 자각이라는 것이 어떠한 정도까지 심각한지 모르"겠다는 의문을 제기한다(p. 336). 『너희들』에는 조선 청년들의 자각이 윤리적 주체성의 획득에 이르지 못했고, 따라서 그들의 해방 추구나 자유의 실험은 위선적이기 쉽다는 것을 알려주는 삽화가 적지 않다. 그중 대표적인 것이 덕순이의 이야기다. 소설의 상권에서 그녀는 여성의 자유와 연애를 지지하는 공론에 관여하고 있지만 그러한 활동은 주위 사람들에게 그리 진실한 것으로 보이지 않는다. 그녀의 남편 김응화는 나이가 그녀의 아버지뻘이고 결혼 전력이 있는 데다가 한쪽 다리가 불구이고 성격마저 사납다는 중평이다. 조만간 그가 미국으로, 그녀가 일본으로 떠날 계획임이 알려지자 그녀의 흑심이 화제에 오른다. 한규는 추측하기를, 그녀가 당초에 그렇게 결함 많은 웅화와 결혼한 것은 그가 "미국 출신"이라는 데에 그녀가 홀렸기 때문이고, 이제 늙은 그를 버리려고 하는 것은 사회적 교제 범위가 넓어지다 보니 미국보다 좋은 뭔가가 그녀에게 보였기 때문이라고 한다. 소설의 하권은 덕순과 한규 사이에 누구도 예상하지 못한 일이 일어났음을 보고한다. 도쿄에서 두 달 남짓 생활하는 동안 덕순이 그곳에 유학 중인 한규와 가까이 지내는 바람에 좋지 못한 소문이 돌았다는 것, 알고 보니 한규가 미국으로 가게 되었고 종전에 약혼한 사이였던 경애를 배신하고 덕순을 데려가기로 했다는 것을 알려준다. 이러한 덕순이의 행로 전체를 고려하면 그녀가 주재한 잡지를 '탈각'이라고 명명한 저자 염상섭의 의도는 자못 의뭉하다. 그 제목은 조선이 껍질(구습)을 벗고 면목을 일신하게 하고 싶다는 덕순이의 포부만이 아니라 허영을 좇아 계속 '타락'하는 덕순이의 진실도 지시하는 듯하다.

　　『너희들』에 따르면 조선에서 자아, 사랑, 자유 같은 가치는 진심으로 그것을 원하고 전력을 다해 그것을 구하는 사람들이 아니라 그것을 중하게 여기는 척하면서 다른 뭔가를 도모하는 사람들을 낳고 있다. 그 가치에 비추어보면 조선인은 삶다운 삶을 살고 있지 않다. 조선인이 밉다는, 물론 자기 자신까지 밉다는 중환은 조선인을 가리켜 한 우물이 아니라 "열 우물 백 우물"을 파려고 하는 "인종"이라고 한다. 그가 보기에 조선인에게는 "근기도 없고 정열도" 없으며 그런 만큼 참된 의미에서의 연애도 없다. 조선인 사이에서, 기독교가 그 종교의 교리와 의례를 빙자한 집단 사기이듯이 연애는 "입술에서 입술로 날아다니는 연애"에 불과하다(p. 160). 자아, 사랑, 자유 같은 가치는 조선에 들어오면 거의 하나같이 가면이 되고, 그 가치의 추구는 거의 예외 없이 연극이 된다. 『너희들』의 작중인물들에 나타나는 특징 중 하나는 그들이 "배우"(p. 293) 같다는 것이다. 유쾌하게 놀아보

자는 뜻에서 말을 농락하고 협기를 부리거나, 그들 자신을 실제의 자
신과 다르게 보이려고 교활하게 꾸미거나, 다른 사람과의 관계에서
이득을 취하려고 계략을 쓰거나 하는 일이 그들 중에는 흔하다. 조선
인의 생활에서 그렇게 가면이 진심을 이기는 이유가 무엇인가는 조
금도 모호하지 않다. 그 이유는 주로 돈 욕심이다. 소설의 저자 – 서술
자는 작중인물 대다수를 움직이는 가장 강하고도 음험한 동기가 돈
이라는 것을 잔인할 정도로 추궁하여 보여준다. 배금족(拜金族) 중 놀
라운 인물은 문수라는 청년이다. 조선 청년 중에서는 드물게 철학 삼
매(三昧)에 빠져 있는 듯하고, ‘칸트’라는 별칭까지 가지고 있는 그는
일본인의 돈을 끌어다가 여기저기 “월수”(p. 165)를 놓고 재미를 바라
는 중이다. 그렇게 허위가 판치고 사기가 극성인 세상이니 중환 같은
위악의 재사(才士)가 생겨나는 것은 필연적일지 모른다. 그는 “유물사
관”을 들먹이는 냉소가답게, 사람들의 행위를 그 더러운 경제적 동기
를 폭로함으로써 조롱하기 좋아할 뿐 아니라 신성한 척하는 어떤 이
상이나 가치에도 관여하기를 거부한다. 연애 문제에 골몰하고 있는
친구들 옆에서 “자네들이 미적지근한 계집애의 입술이나 빨고” 있는
동안 나는 “뜨거운 밥숫가락이나 빨고” 있겠다고 빈정거리는 판국이
다(p. 321).

　　풍자적 이지가 번뜩이는 많은 중환의 발화는 『너희들』을 연
애 풍속지(風俗誌)를 넘어 교훈소설roman à thèse에 닿게 하는 주요인이
다. 그렇지만 흥미의 초점은 중환이 아니라 명수이다. 중환은 작중 여
기저기 등장해서 자연주의적, 유물론적 폭로의 변설을 늘어놓고 있
지만 자신의 행위로 일정한 이야기를 만들지 못한다. 반면에 명수는
작중인물 중 이례적으로 연애의 이상을 담지하고 소설의 메인 플롯
을 형성한다. 중환과 명수는 실로 대조적이다. 중환이 도홍이나 마리
아나 그 속을 보면 “동록내”(p. 225)가 나기는 마찬가지라고 경계하는

반면, 명수는 도홍이와 마리아의 미색에 끌려 그들의 유혹에 넘어간다. 명수는 한마디로 낭만적 영혼이다. 그는 조선인이 정신적으로 모호한 상태에서 뭔가 꿈을 꾸지만 그것이 "영원을 바라보는 아름다운 꿈"(p. 132)은 아니라고 아쉬워한다. 그렇지만 조선인의 마음과 조선의 경관은 달라서 "달빛"이 흘러내린 광화문 남쪽 육조거리는 "영원"을 생각하게 해서 좋다고 찬미한다(p. 145). 달빛은 그의 낭만적인 기분의 친근한 상관물이기도 하다. 그는 도홍이나 마리아와 교분이 생긴 후 "달빛의 미감"(p. 222)을 그들을 대하는 자신의 애틋한 심정과 연결해서 떠올린다. 그러나 그의 연애는 참담하게 끝난다. 도홍의 경우, 그는 마지 못해 일본인 상점에 취직해서 변통한 돈을 그녀에게 주면서까지 절조를 기대했으나 그녀는 다른 남자와 거래를 계속해서 그를 분노에 빠뜨린다. 마리아의 경우, 그는 간절하게 사랑을 호소하는 마리아의 편지에 마음이 움직였으나 결국에는 마리아가 자신을 상대로 연애하는 연기를 하고 있었음을, 그녀의 진짜 관심은 그녀와 육체 관계를 가졌고 그보다 월등히 많은 재력을 가진 석태 쪽에 있었음을 통렬하게 깨닫는다. 명수는 조선 민족은 당초 연애가 불가능하다고 조롱한 중환에게 맞서고자 했으나 오히려 그가 옳다는 것을 입증한 셈이 되었다. "너희들은 무엇을 얻었느냐"라는 소설 제목은 연애라는 주제와 관련하면 수사적 물음으로 이해하는 편이 타당하다. 즉 청춘 남녀가 연애에 투신해서 얻은 바를 알고 싶다는 의사 표현이 아니라 얻은 바가 전혀 없다는 판단의 암시로 대하는 편이 타당하다.[50] 『너희들』은 지난 20년간 조선 문단을 석권한 연애 신성화 담론

---

50.   『너희들』에 대한 논의에서 그 제목을 수사적 물음으로 읽는 데에 반대한 이보영은 저자 염상섭이 명수의 사랑 열망을 "동정적"으로 다루었음을 강조하면서 명수의 "자기인식"에 "로맨틱 아이러니"의 구조를 부여했다고 주장한다(『난세의 문학 — 염상섭론』, 예지각, 1991, pp. 178~79). 이것은 그 교훈적인 작품론의 가치를 애석하게도 떨어뜨리는 오판이다. 명수의 자기 인식은 그 구조의 핵심인 초극의 움직임, 프리드리히 슐레겔이 "자기창조와 자기파괴의

의 냉정한 결산이라 해도 무방하다.

7. 예술보다 혁명—결론을 대신하여

"한숨 쉬고 신음합니다,/그러려고 하지 않았는데도./가슴이 뛰고 몸이 떨립니다,/그러는 이유를 모르는 채로./마음이 가라앉지 않습니다,/낮에든, 밤에든./하지만 이렇게 괴로운 것이/나는 좋아요." 케루비노는 자기 마음이 이상하다고 느낀다. 마음속에 무엇이 생겼기에 이렇게 탄식하고 신음하는 것일까, 이렇게 낮이나 밤이나 안절부절 못하는 것일까. 그러나 케루비노는 자기 마음임에도 그 속에 무엇이 있는지 알지 못한다. 그것이 무엇인지 모르니 그것을 가지고 무엇을 해야 할지도 모른다. 그래서 묻는다. "사랑이 무엇인지 아시는 당신들/제 마음속에 있는 것이 혹시 그것인지, 숙녀님들, 봐주세요."[51] 사랑은 그것이 무엇인지 아는 사람이 사랑이라고 말해주기 전에는 사랑이 아니다. 마음속에 부침하는 모호하고 어지러운 감정이 사랑이라는 형태를 가지는 것은 사랑에 대한 담론 덕분이다. 모차르트의 통찰은 18세기 오스트리아 귀족 사회의 연애와 전혀 판이한 20세기 조

지속적 운동"이라고 불렀던 움직임을 보여주고 있지 않다(Fridrich Schlegel, "Athenaeum Fragments", *Philosophical Fragments*, trans. Peter Firchow, University of Minnesota Press, 1991, p. 55). 명수의 자기의식의 결정적 부분인 절대적 사랑 관념이 마리아라는 현실에 부딪혀 좌절한 다음 그에 대립하는 어떤 관념에 길을 내주면서 자기의식 자체가 혼돈으로 열리도록 자극하지 않는다. 아이러니한 자기의식을 말하기로 하자면 그것은 명수의 것이 아니라 염상섭의 것이라고 해야 한다. 사랑과 관련하여 서로 대립하는 중환과 명수를 한 의식 내의 두 관념이라고 본다면, 그들을 동등하게 대하며 그들 사이를 왕복하는 것은 한 의식의 자기 패러디에 해당하기 때문이다.

51.   모차르트의 오페라 「피가로의 결혼」 제2막 중 케루비노의 아리에타 "사랑이 무엇인지 아시는 당신들"의 가사 일부 졸역.

선의 청년 집단의 연애와 관련해서도 유효하다. 연애라는 근대 한국의 풍속을 다루는 사람들은 흔히 연애가 세상에 출현하고 나서 그것을 묘사하는 문학이 나왔다는 식으로 생각하지만 저 연애 철학자의 통찰은 그 순서가 반대임을 시사한다. 연애소설이 먼저고 연애가 다음이다. 1910년대 일본 소설의 번안을 시작으로 한국 소설은 연애 이야기와 이미지를 열심히 생산했다. 그럼으로써 연애란 무엇인가, 연애는 어떤 사람됨을 요구하는가, 연애는 인생에 대해 어떤 의미가 있는가를 독자 대중에게 가르쳤고, 연애가 어떤 대가를 치르더라도 실험할 가치가 있는 문명한 삶의 일부라는 관념이 근대화하는 사회 영역에 정착하도록 도왔다. 그러면서 한국 소설은, 한편으로 기독교의 영육관을 둘러싸고 신념과 의심이 맞서는 장소가 되었고, 다른 한편으로 자체의 하위 형식—감상 형식, 고백 형식, 교훈 형식—을 근대 경험이라는 재료에 걸맞게 개발하는 최초의 작업에 성공했다.

이광수에서 염상섭에 이르는 한국 작가들이 자기 시대의 새로운 이상으로 간주한 연애는 서양의 기독교적, 낭만적 문화에서 자라난 사랑의 번안이었다. 그들의 작중 낭만적 인물들의 의식 속에서 연애는 신, 영, 열정, 동경, 초월, 영원 같은 단어와 친연성을 가지고 있었다. 그러나 이광수가 연애의 이상을 선점하고『무정』, 어린 벗에게『개척자』등을 잇달아 발표한 후 한국 소설은 그 이상을 보다 구체화한 청춘 남녀의 생활을 배경으로 부연하는 동시에 그 이상과 현실 사이의 간극에 주의를 기울였다. 김동인의 K와 염상섭의 명수는 연애의 현실 속에 자기 자리가 없는 비참한 낭만적 영혼을 예증한다. 그러나 1910년대와 1920년대의 연애 모티프 소설은 그 이상에 대해 똑같이 반응하지 않았을지라도 최초의 근대적 유형으로 인정될 만한 인물 유형을 공통으로 창출했다. 그 인물 유형은 재래의 도덕을 자신에 대한 억압으로 경험하는 한편 그 도덕의 속박으로 해방되는 계기를 연애에서 발견한다. 연애 경험을 통해 그는 개인으로서의 자신을 만나며 선악의 기준을 스스로 정하는 윤리적 주체화의 가능성을 가진다.[52] 식민지 조선에서 연애의 현실이 참담했다면 그것은 청춘 남녀 모두가 아직 사회의 구습에 매여 윤리적 자각에 이르지 못했기 때문이다. 김동인의 K는 낭만적 영혼의 성소를 연애가 아니라 예술에서 구하기로 결심하고, 염상섭의 중환은 청춘 남녀의 생활을 근본적으로 변화시킬 혁명을 생각한다. 김동인의 길과 염상섭의 길. 1920년대 이후 소설의 대항적 연애 담론에서 우세한 것은 후자이다. 염상섭의 걸작 『사랑과 죄』(1927. 8~1928. 5)는 연애의 이상적 형식을 반제국주의 혁명을 위한 투쟁에 통합된 남녀 관계에 위치시킨다. 주인공 이해춘은 화가로서의 진로를 포기하고 지순영과 함께 투쟁을 위한 중국 망명을 택한다. 예술보다 혁명—이것은 근대 한국의 낭만적 개인이 자신의 발전을 저지하는 식민지화라는 질곡과 정직하게 대면했다는 증거이다.

---

52. 연애 경험을 통한 개인의 자각이란 한국 소설의 사연만은 아니다. 그것은 서양산(産) 사랑 관념의 영향에 노출되었던 근대 초기 일본 소설과 중국 소설의 사연이기도 하다. 野口武彦, 『近代日本の恋愛小説』, 大阪書籍, 1987, pp. 32~33; Leo Ou-fan Lee, *The Romantic Generation of Modern Chinese Literature*, Harvard University Press, 1973, pp. 265~66.

사랑의 심화와 확대

—식민지 시기 모더니즘 문학에서 사유된 사랑과 자기 실험

황호덕

1. 사랑의 문학사: 식민지·현대성·사랑, 풍유적인 것

사랑의 문학사가 가능할 뿐 아니라 요청되는 데에는 몇 가지 이유가 있다. 우선, 사랑의 사건성. 이를테면 알랭 바디우는 사건의 네 영역을 정치, 과학, 예술, 사랑에서 찾았다. 사랑은 정치와 과학, 예술과 '더불어' 새로운 진리에 다가서는 진리의 절차이다. 사랑은 낭만적, 계약적, 회의적 개념으로 이행한 한편 그것으로 환원될 수 없는 진리의 구축이다.[1] 사랑을 그리는 예술로서의 문학은 이중의 의미에서 진리 사건에 관계되어 있다. 문학은 사랑의 행로에 놓인 윤리적, 정치적 선택들 속에서 진리의 형식을 발명하고 갱신한다. 이 과정에서 어떤 사랑의 형태는 새로운 장르와 사조를 생성하기도 한다. 둘째, 사랑의 역사성. 사랑은 체험과 행위의 지평인 세계를 변화시킨다.[2] 타자를 이해하는 무한의 행위로서 사랑은 (타자의) 세계에 대한 한계를 모르는 전면적이고 인격적인 이해를 요구한다. '나'도 변하고 '너'도 변하며, 궁극적으로 세계가 변화한다. 세계의 변화와 그 궤적을 다루는 것이 역사라면 '사랑의 역사' 혹은 '사랑의 문학사'는 사랑뿐 아니라 역

---

1. 알랭 바디우, 『사랑 예찬』, 조재룡 옮김, 길, 2010, pp. 31~32.

2. 니클라스 루만, 『열정으로서의 사랑: 친밀성의 코드화』, 정성훈·권기돈·조형준 옮김, 새물결, 2009, p. 45.

사의 이해 그 자체에 본질적이다. 셋째, 사랑의 매체성. 화폐, 권력, 진리와 함께 사랑은 매우 자율적인 의미론을 형성하는, 상징적으로 일반화된 소통 매체이다. 사랑을 감정이 아니라 상징적 코드로 다루어야 하는 이유이다. 그런데 이 사랑이라는 매체는 근원적으로 문학의 관여에 의해 그 틀이 마련되었다. 서구의 소설 장르가 연애에서 학습과 방향 설정을 위해 쓰였다는 것은 17세기 이래로 잘 알려진 사실이다.[3] 이를테면 열정으로서의 사랑의 역사와 그 종언은 이미 소설의 역사, 문학의 역사와 직접적으로 동기화되어 있다. 문학과 사랑이 아니라, 문학의 사랑인 것이다.

사랑이라는 의제는 이처럼 진리의 구축으로서의 사건성, 세계의 변화와 관계된 역사성, 언어의 변화와 관련된 매체성에 걸쳐 있으며, 그런 한에서 하나의 문학사적 과제이다. 사랑은 화폐와 권력에 의해 매개되는 비인격적 관계가 지배적일 뿐 아니라 성공적으로 작동하는 자본제 근대 국가에서 인격적인 관계의 영역에 남아 상호 침투를 통해 다른 앎의 경로, 다른 변화의 가능성, 다른 언어의 가능성을 보존하고 열어젖힌다. 문학은 바로 이 사랑의 코드를 다루는 한편 그것을 함께 구성하며, 경우에 따라서는 서로를 발명한다. 돈, 힘, 앎, 모두가 문학에서 중요하다. 근대문학은 사회의 각 기능 체계이자 상징적으로 일반화된 소통 체계들인 경제〔화폐〕, 정치〔권력〕, 학문〔진리〕과 깊이 관여되어 있으며, 이것들 없이 이야기될 수 없다. 하지만 사랑만큼 문학이 직접적으로 관여된 대상도 달리 없을 것이다. 문학은 사랑을 다루며, 사랑은 문학에 의해 지향되고 규정orientation된다.

1930년대 초 식민지 조선에는 일련의 '다른' 사랑이 출현했다. 사랑은 언제부턴가 벌써 있었을진대 '불안한 사랑'이 연애의 전사〔前

---

3. 같은 책, p. 24

史)로 있었다 하든, 아니면 연애라는 게 그 자체로 새로운 것으로서 이국의 언어 감정을 번역하기 위해 계발된 것이라 하든,[4] 그런 (전前) 낭만적 사랑과 동지적 사랑이 지나간 그 자리에, 이제 다른 사랑의 실험이 출현하고 있었다. 만약 근대의 사랑이 낭만적 미와 동지적 덕에 이르는 코드화된 소통이자 행동 모델로서 '가없는 열정'을 의미한다면, 모더니즘 문학이 그려내는 사랑은 어떤 사건성, 어떤 변화, 어떤 언어를 실험하고 있었을까.

사회주의적 상상과 실천의 말살, 휴머니즘과 민주주의의 위기와 파시즘의 대두, 제국주의와 도시의 동시 팽창과 도시 룸펜의 증가 등 공황 이후의 광역 질서 재편은 동아시아를 점차 15년 동안 이어질 긴 전쟁으로 몰아넣고 있었다. 반면 식민지 소비 도시 경성의 번창, 전시 경제의 특수와 투기적 열기에 의해 과열된 모더니티의 국지적인 폭주는 곧 이어질 식민지의 병참기지화와 함께, 흥청거림과 깊은 우울 사이에서 진동하는 이질적 사랑의 형태들을 낳고 있었다. 경제적으로 독립된 주체적 개인들과 잉여 향유로서의 낭만적 열정에 대한 긍정, 가부장의 통제를 넘어선 사랑의 체험과 소통의 밀도에 대한 사회적 용인, 연인들의 세계가 추동할 취향·탈주·설계에 대한 칭송과 같은 사랑의 조건들은 거의 성숙되어 있지 않았다. 식민지 남녀 지식 계급의 룸펜화와 여급화, '구관'(舊慣)인 조혼의 잔존과 제2부인 문제에 얽혀든 가부장 호주제의 억압과 도덕적 난관, 사랑의 낭만화에 기생하여 증식하는 여성 혐오적 담화 구조, 화폐와 법을 매개로 과잉 성애화된 공창제(이를테면 '대좌부창기취체규칙(貸座敷娼妓取締規則)', 1916~1947) 사회 등, 대개의 열정은 식민지 조선에서 쉽게 길을 잃

4.　사랑과 문학사에 관한 논쟁적 문제 제기. 김흥규, 「조선 후기 시조의 불안한 사랑과 근대의 연애」, 『근대의 특권화를 넘어서』, 창비, 2013. 1920년대를 중심으로 한 연애 담론과 문학의 성립사에 대해서는 권보드래의 『연애의 시대』(현실문화연구, 2003) 참조.

을 수밖에 없었다. 무한한 사랑, 완전한 일치, 이상과 감정의 고양 등 여전히 낭만적 사랑은 대중문화 속에서 찬양되었고, 동지적 사랑은 늘 이념과 실천 모두에서 소망스러운 것이었지만, 모더니티의 위기와 식민지의 우울, 점차 분명해지는 파시즘의 전조는 구습에 붙들렸음에도 융기하고 있던 식민지의 현대성에 깊이 파고들어 사랑 그 자체를 시대의 원 풍경과 함께 새긴 "풍유적 성격"의 것으로 만들고 있었다. 이를테면 현대의 열차는 "오직 꽃다발 같은 하오리의 부녀와 빛나는 얼굴의 신사"들을 실어 나르는 동시에 "90퍼센트의 분망과 유랑과 전쟁과 혹은 위독 사망 등 생활의 음영으로 배를 불리고 무모하게 달아나는 이 시커먼 열차"[5]——파국의 알레고리 그 자체이다.

신문학의 본격적 시작을 알린 낭만주의와 그에 얽힌 민족주의, 양자를 극복하는 정치적 상상력으로서의 카프 문학 모두에서 사랑은 중요한 테마였다. 1930년대 초 전환기 문학 속에서도 '낭만적 정신'(임화, 「낭만적 정신의 현실적 구조」, 『조선일보』 1934. 4. 19~25)은 여전히 혁명의 근거로 보존되었지만, "로맨티시즘의 에피고넨과 센티멘털리즘이 만연한 문단"(김기림, 「1933년 시단의 회고와 전망」, 『조선일보』 1933)을 성토하는 모더니즘의 물결이 사랑의 언어를 교체해 가고 있었다. 도래하는 파시즘에 맞선 인민전선과 같은 길이 폐색되어 있던 한국의 모더니스트들에게는 운신할 수 있는 이념적 변폭이 매우 좁았고, 그래서 곧잘 "스타일만을 찾는 모더니스트"의 "얕은 감각과 환상" "형식의 난잡"[6]이라는 비판이 따라붙었다. 하지만 어떤 의미에서 '식민주의와 그로 인해 언어에서 발생한 규제에 결부된 문화

---

5. 최명익, 「심문」, 『비 오는 길: 최명익 단편선』, 문학과지성사, 2004, p. 169. 필자는 앞으로 문학적 모더니즘과 근대성·근대화 일반을 구별하기 위해 모더니즘의 관련 술어로 (문헌 인용을 제외하고는) '현대주의·현대성'이라는 번역어를 주로 활용한다.

6. 오장환, 「백석론」, 『오장환 전집 2: 산문』, 박수연, 노지영, 손택수 편, 솔, 2018, pp. 88~92.

창작'이야말로 식민지 모더니즘의 발생 조건이라는 견해가 있거니와, 정치적 상상력과 표현의 폐색과 같은 "재현의 위기가 그 모더니즘이 처한 역사적 특수성, 즉 식민화의 규제와 근대성의 착수에 대한 어떤 대응이었다는 점"[7]을 기억할 필요가 있다. 식민지 시대 한국 모더니즘 소설이 만약 지시성의 몰락과 같은 의사소통 능력에 대한 신뢰의 상실과 시대적 표현의 위기에 대한 하나의 반응[8]이었다고 한다면, 또 식민지 모더니즘이 과거에 영원히 붙들려 있을 운명임에도 내내 현재적이고자 하는 동시대적 수행성[9]을 겨냥했다면, 사랑이라는 소통 혹은 사랑이라는 수행이야말로 (그 차질을 포함하여) 모더니즘의 핵심 주제이다. 문명과 전통, 개인과 가족, 젠더와 섹슈얼리티, 식민성과 제국주의가 얽혀들어 길항하는 도회의 모던 보이, 모던 걸들의 풍속 그리고 무엇보다 사랑의 실험이 주목받은 이유이다.

1930년대 출현한 일군의 모더니스트들은 매혹와 비판, 기교와 절망 사이에서 사랑의 심연을 발견했고, 거기서 발견된 불일치와 유한성이야말로 새로운 사랑과 문학의 형태를 보여준다. 20세기 초의 한 세대 동안 고도로 추진된 개체화와 인격적 상호작용에의 요구, 또 그에 더해진 섹슈얼리티라는 인간 몸의 상호작용에 대한 관심 등에도 불구하고, 한국 모더니즘의 사랑은 '너'라는 타자 세계에의 길망과 그 파괴, 이해보다는 '비밀'과 '믿을 수 없음', 상호 침투의 소통보다는 소

---

7. 크리스토퍼 P. 핸스컴, 『재현에 도전하는 문학 ― 식민지 조선의 모더니즘 문학과 재현의 위기』, 오선민 옮김, 소명출판, 2022, p. 30.
8. 같은 책, p. 5. 핸스컴은 식민지 모더니즘의 비정치성 비판이나 기법 실험론에 반대한다. 예컨대, '재현의 위기'는 박태원 작품에서 언어와 메타 컨텍스 사이에서 나타나고, 김유정 소설에서는 허풍선이alazon와 풍자ironist 사이에서 드러나며, 이태준의 언어론에서는 발화의 자발성과 문장작법 사이에서 드러난다. 지시 대상과 그 재현 사이의 비동일성에 대한 의식은 이미 정치적이다.
9. 식민지 모더니즘이라는 용어의 성격에 대해서는 다음을 참조. 최현희, 『도둑맞은 이름들 ― 한국 근대문학과 식민지 모더니즘』, 소명출판, 2023, pp. 15~25.

통의 불가능성과 코드의 불투명성과 같은 문제들을 근심하고 있었다.

과연 이상의 말대로라면 "淫亂(음란)한 外國語(외국어)가허고 많은 細菌(세균)처럼 꿈틀거린다"는 식민지 도시이지만 "시청은 법전을 감추고"(이상, 「파첩」, 1937) 있었다. 식민지 모더니즘의 음란하고 화려한 꿈틀거림은 어쩌면 억압적 법 폭력의 손아귀에 있었을 터이다. 매혹과 공포 속에서 수다한 모던보이들, "十三人(13인)의兒孩(아해)가道路(도로)로疾走(질주)"할 때 "길은막달은골목이適當(적당)"했다(이상, 「오감도 1」, 1934). 게다가 "나는 홀로 閨房(규방)에 病身(병신)을 기른다"며 신음하고 있었다. 식민지 모더니즘은 매혹과 공포, 편재성과 궁벽함, 기교와 풍자를 특징으로 한다. "「콩크리ー토」田園(전원)에는 草根木皮(초목근피)도없다"고 할 때 이 가난은 아버지의 아버지 적부터의 가난과는 다른 가난이다. 이들 모던보이들 "孤獨(고독)한 奇術師(기술사) 「카인」은 都市關門(도시관문)에서 人力車(인력거)를나리고 항용 이 거리를緩步(완보)하리라"(이상, 「파첩」)고 말한다. 이 콘크리트 전원의 산책자들, 질주자들이 사랑에 대해 쓰고 있었다. 어떻게? 세 방법이 있었다. 음란한 외국어(외설로서의 모더니티)로, 세균과 법전에의 공포 속에서, 산책과 관조의 리듬ー다른 언어, 다른 기교로.

"가난한 내가/아름다운 나타샤를 사랑해서/오늘밤은 푹푹 눈이나린다" "눈이 푹푹 쌓이는 밤 힌당나귀타고/산골로 가쟈 출출이 우는 깊은산골로가 마가리에살쟈" "산골로 가는 것은 세상한테 지는 것이아니다/세상 같은 건 더러워 버리는 것이다"(백석, 「나와 나타샤와 흰 당나귀」, 1938)라는 백석의 시구는 쓴 바 그대로 이해되어야 한다. 타고난 가난함과 현대적 아름다움에의 지향, 음란한 외국어와 궁벽한 산골 사이의 거리, 매혹과 환멸, 식민지 모더니즘과 그 사랑의 요소들이 백석의 '로컬 모던' 시편에 들어 있다.

　　　위악을 포함한 욕망을 부인하지 않는다는 점에서 이 사랑들은 금욕적으로 제어되고 목적 합리성에 긴박된 이광수의 사랑 예찬과는 다르다. 또한 이 사랑들은 관계와 소통을 '심연'을 지닌 수수께끼로 다룬다는 점에서 욕망과 성(性)에 관한 자연주의적 시선(김동인)과 다르며, 낭만적 시혼(김소월)이나 사랑에 탁의된 형이상학적 초월(한용운)과도 거리를 둔다. 사랑과 욕망의 드라마를 계산 가능성으로 환원하지 않는다는 점에서, 모더니즘의 사랑은 인간 의지의 몫을 상황과 조건으로부터 추출하는 염상섭식 고도화된 리얼리즘과도 구별된다. 『무정』에서 『상록수』까지, 「낙동강」에서 『고향』까지 이어지는 계몽 프로젝트의 주체들이 늘 애정을 초월하여 동지로서의 사랑을 확인했던 것을 떠올려 보면, 사랑에 뚜렷한 '목적'이 부재한다는 점은 새삼 놀랍다.

　　　낭만적 사랑의 여파는 여전히 있지만, 점점 사랑의 가능성은 사랑의 가구성(假構性)을 배제하지 않는 방향 — 풍유적 기교로 변화한다. 정지용과 이태준, 이상과 최명익, 이선희와 박태원이 그려내는 사랑은 소통과 합리성, 상호 침투의 가능성과 같은 원리를 무력화하는 위트와 유머들, 파편화된 서사와 폐허의 풍유(諷諭, allegory)들로 인해 사랑의 의미론적 연관들을 교란시킨다. 식민지 모더니즘은 분명 "도회의 아들의 탄생"(김기림)에 긴박되어 있지만, 그것이 그려낸 것은 오래되었거나 철지난 것, 폐병과 성병에 의해 부식되어가는 것, 흥성한 빛 아래의 가난과 어둠과 같은 것들이다. 오전의 시, 현대성의 빛과 활기를 그린 김기림의 (국지적) 명랑성은 오히려 예외적이며 스스로조차 납득시키지 못했다. 역사의 파편화된 본질을 드러내는 풍유들, 폐허와 파국의 잔해를 관통하는 식민지의 사랑이 놓였다. 아포리아를 검토하며 세 개의 기교 혹은 형식 — 정지용과 이태준의 아나크로니즘anachronism, 이선희와 박태원의 고현학적 산책론, 이상과 최명익이 그려낸 폐병과 성병의 폐허와 그 풍유들을 하나의 사적 계보로서 살펴보자.

2. 사랑의 하강 — 현대주의와 기교주의, 김기림의 아포리아

모더니즘의 역사적 출현은 "도회의 아들이 탄생"한 사정과 불가분의 관계에 있다. 한국 모더니즘 운동의 주창자 김기림에 따르면 '모더니즘의 역사적 위치'는 두 개의 부정과 관계되어 있었다. 하나는 로맨티시즘 혹은 센티멘털 로맨티시즘에의 부정이며 다른 하나는 경향 문학의 내용 편중에 대한 부정이다. 최재서의 「현대 주지주의 문학이론의 건설」(1934)과 김기림의 『기상도(氣象圖)』(1936)를 쌍벽으로 하여 '주지주의(主知主義)'라는 별칭이 등장한 이유이다. 모더니즘은 "시를 기교주의적 말초화(末梢化)에서 다시 끌어내고 또 문명에 대한 시적 감수에서 비판에로 태도를 바로잡아야 했다. 그래서 사회성과 역사성으로 이미 발견된 말의 가치를 통해서 형상화하는 일"[10]이 요청되었다. 재발견된 말의 가치, 즉 정당한 기교를 통해 사회 및 역사가 형상화될 때, 문명에 대한 감수성이 비판성과 종합될 때 모더니즘 운동은 성공할 수 있었다.

연애와 탄석기(彈石機)

(1) 연애와 탄석기

연애인 것을 깨닫자마자

나는 황망히 달아날 자세를 가진다.

---

10.   김기림, 「모더니즘의 역사적 위치」(1939), 『김기림 문학비평』, 윤여탁 편, 푸른사상, 2002, p. 294.

성급한 탄석기는

연애의 부근에서 망설일 수 없다.

이 헤어진 『빅토-리안』의 『레인코-트』는

어서 벗어버려야지. 그래야지.

(2) 어떤 연애

실없는 습관을 또 배웠지.

다 타버린 담배 꼭지와 함께 빼앗아버렸다.

그 여자는 오늘 어디선가 시원한 혜성일 게다.

(3) 축전

결혼식은 결혼식처럼 기껏 화려하려무나.

인제 세상은 안심해도 좋을 게다.

자유를 주고 산 것이 너무 비싼 것을 깨닫는 날까지

두 사람은 서로 얼굴을 찡그려가며

쓰디쓴 행복의 거죽을 핥을 게다……

희고 검은 수의(襚衣)에 싸인 희망을 싣고

꽃자동차가 떠나간 뒤에서

일동은 자못 정중하게 최경례(最敬禮)를 하였다.[11]

위 시에서 시인은 ① 연애와 속도〔탄석기〕를 견준다. 연애란 어서 버려야 할 빅토리아 시대의 레인코트처럼 달갑잖은 외래의 유산인데, 그 부근에서 망설일 틈이 없다. 그러나 ② 어떤 연애는 '실없는 습관'처럼 혹은 담배와 같은 중독물처럼 벌어지고야 만다. ③ 결혼은 자유와 교환된 값비싼 것, 거죽뿐인 행복이지만 그 깨달음은 언제나 늦을 터이고, 그래서 시인은 결혼식이란 '수의에 싸인 희망'이라 말한다. 우리 시단이 "「빅토리아」조의 영시단을 지배하고 있던 「테니슨」류의 저속한 감상주의"[12]를 탈피해야 한다고 내내 소리 높였던 김기림에게 연애란 부정되어야 할 센티멘털 로맨티시즘의 거처였다. 그가 구사하는 도시의 정상 연애, 결혼, 가족에 대한 시적 어조들은 일종의 풍자에 가깝다. 「연애와 탄석기」 직후에 쓴 시 「제야」에서 어떤 연애의 결과는 '애정의 찌꺼기'로 등장한다. "市民(시민)들은 家族(가족)을 위하야/바삐바삐 「데파-트」로 달린다./(그 榮光(영광)스러운 遺傳(유전)을 지키기 위하야……)/愛情(애정)의 牢獄(뇌옥) 속에서 나는 언제까지도 얌전한 捕虜(포로)냐?/안해들아 이 달지도 못한 愛情(애정)의 찌꺽지를/누가 목숨을 내놓고 아끼라고 배워주드냐?/우리는 早晚間(조만간) 이 기름진 補藥(보약)을 嘔吐(구토)해버리자"[13]라는 탈-센티멘털리즘의 청유는 단호하다. 광화문 네거리의 제야의 어둠과 퍼붓는 눈, 전쟁의 기운과 유행성 호흡기병, 지친 구두들의 걸음과 같은 문명의 살기와 피로를 기저음으로 한 이 시에서 연애에서 정상 가족까지의 사랑의 모델은 백화점, 소비, 소시민성과 결합한 감상주의

11.   김기림, 「연애와 탄석기」(1936. 1), 『원본 김기림 시 전집』(영인본), 박태상 편, 깊은샘, 2014, pp. 562~63. 필자가 현대어로 수정. 어쩌면 이 시에는 소년 시절의 조혼(1918), 첫사랑 신여성과의 신접살림과 파국(1930~1931?), 이혼 후 귀향과 중매를 거쳐 세번째 결혼(1932)을 경험한 편석촌의 체험적 사랑관이 관여되어 있었을지 모른다. 식민지 조선 문인으로서 여러 사랑과 결혼 형태를 김기림은 겪었다.

12.   김기림, 『문학개론』; 『김기림 전집』 3, 김학동 편, 심설당, 1988, p. 93.

13.   김기림, 「제야」, 『시와 소설』(1936. 3); 『원본 김기림 시 전집』, p. 565.

적 감옥 혹은 문명의 포로로 그려지고 있다.

하지만 구인회 잡지 『시와 소설』(1936. 3)을 편집하던 이상이 남긴 종합적 에피그램은 달랐다. "어느 시대에도 그 현대인은 절망한다. 절망이 기교를 낳고, 기교 때문에 또 절망한다." 문명에 대한 시적 감수성과 비판성의 종합, 사회성 및 역사성과 기교의 종합 같은 게 지금 여기서 애초에 가능한 일일까. 오히려 이 절망과 기교의 폐색 공간에 충실하는 게 낫지 않을까. 이 궁벽한 조선 땅에서 현대성이란 도래해야 할 것〔현대주의modernism!〕인 동시에, 기껏해야 부화(浮華)한 폐허〔colonial modernity!〕 같은 것이었다. 연애를 물리친 이성의 언어, 오전의 명랑함과 현대성으로의 경쾌한 상승, 현대성에 대한 차갑고 비판적인 에스프리— 김기림식의 비전은 달성되기 어려웠다. 구인회와 모더니즘에 관한 문학사가 김윤식의 정격적인 평가를 들어보자.

〔생활과는 구별되는〕 이 예(藝)의 정신을 문제 삼음에서 주목되는 구인회의 성격이 모더니즘적 감각이다. 도시 중심의 자본주의적 온갖 현상들이 식민지의 수도인 서울(경성)에도 어김없이 들이닥쳤다. 카페, 다방, 극장, 화신백화점, 미쓰꼬시 백화점 등과 전차, 버스가 등장했고, 30년대 초의 경제 공황과 더불어 실직자의 사태를 가져온 현실에서 '생활'을 갖지 못한 한 묶음의 지식층이 있었다. 이들의 글쓰기에 나아감이란 거리의 '산책자'(보들레르, 벤야민의 용어) 묘사이거나, 백화점 옥상에서 내려다보며 일으키는 현기 증세를 보여줌에 있었다. 〔……〕

원래 모더니즘 예술이란, 선진국에서는 그들 사회의 현실적 반영이었을 터이다. 일본서 공부한 식민지 작가 이태준·박태원 등이 일본을 통해 획득한 기교 및 문체란 현란한 고도의 것이지만, 식민지 서울의 시골이 지닌 현실의 빈곤성(촌스러움)에 절망하지 않으면 안

되었을 터이다. 이 난관을 돌파하는 유일한 방도란 무엇이었을까. 현실(생활)과 동떨어진 문체의 독자적 현란함의 창출이었다. 인공적 문체의 밀도로써 식민지 현실의 초라함과 균형을 맞출 수가 있었다. 식민지 더블린의 빈궁상을 고도의 문체로 그린 조이스의 『율리시스』(1923)도 이글턴의 지적대로 이런 범주에 들 것이다.[14]

식민지 경성의 어떤 빈곤성〔시골!〕이 식민지 모더니즘의 기교 중심주의로 이어지고, 이 기교가 절망을 낳는다는 생각은 기교주의 논쟁 시기부터 지금까지 한국 모더니즘 문학을 이해하는 하나의 틀이었다고 할 수 있다. 반면 정치와 문명의 억압이 재현의 위기를 낳을 때, 그에 대응한 모더니즘이야말로 기교로 환원될 수 없는 문화적 전략이었다는 관점도 가능하다. 흥미로운 것은 모더니즘 문학에서 사랑이 이 초라하고 빈곤한 현대성과 재현의 한계를 대속하는 내용적 형태였다는 사실이다. 정치적·문화적 낭만과는 구별되는 래디컬한 감수성과 문체 실험이 바로 이 사랑의 테마 속에서 일어났다. 예컨대 제임스 조이스의 『율리시스』는 일상적이고 세속적인 한편 복잡하고 현실적인 '사랑의 복합성'을 파편적으로 드러내며 '영국 문명' 치하의 아일랜드 더블린의 식민지적 모더니티를 포착하였다. 앞서 말한 센티멘털리즘과 편(偏)내용주의에서 사랑이란 사실 숭고한 상승의 이야기라 할 수 있는데, 모더니즘 문학은 사랑의 하강 및 일상의 무질서를 어떻게 그릴 것인가라는 질문으로 수렴된다. 현대성을 지닌 세련된 문학, 그러나 상승보다는 일상의 무질서와 유기체의 체액으로 기꺼이 하강할 수 있는 문학. 마사 누스바움은 영국 지배하의 아일랜드

---

14.   김윤식 해설, 「인공적 글쓰기와 현실적 글쓰기」, 『까마귀——이태준 단편선』, 김윤식 편, 문학과지성사, 2006, pp. 235~36.

에서 모더니즘의 거작이 출현한 이유를 바로 이 하강의 미학에서 찾는다. '사랑에 관한 책'『율리시스』는 종래의 숭고와 상승의 미학이 아니라 사랑의 하강과 카오스, 놀라운 의식의 다양성과 일상의 무질서를 그리고 있기에, 또 그 방법으로서 유기체의 체액을 배제하지 않는 비플라톤적인 뒤섞임을 택하고 있기에 더 위대한 것이 되었다.『율리시스』는 '삶이 정액과 배설물이라는 이중의 염료로 천상의 것이 아닌 육체의 피부 위로 쓴 텍스트'[15]라는 사실에 충실했다.『율리시스』의 블룸이나 몰리는 이상화된 대상과는 거리가 멀다. 그들은 환상의 폭압을 넘어 환멸의 일상을 받아들이며, 결국 사랑의 부조화와 불완전성을 포용하는 자비와 애정으로 나아간다. 요컨대 개인적, 육체적 사랑에서 출발해 보편적, 추상적 아름다움, 그리고 궁극적으로 '선(善)'으로 상향(ascent, 등정)해나가는 문학, 어쩌면 지나치게 많은 것을 요구받았을 사랑의 등정적 전통은 오히려 자기 증오와 타자들에 대한 증오의 공범이었을 수 있다. '낭만적 전통이 거짓말의 원천'이며, 낭만적 사랑이야말로 있는 그대로 현실을 지각하지 못하게 하는 시나리오인 셈이다. 인간의 자유는 육체의 권리copriright(조이스의 조어)의 법칙에 의해 보호받고 있다는 사고, 낭만적 갈망과 영혼에 대한 믿음, 정의에 대한 헌신이 일상적 삶을 배반할 수 없다는 사고야말로 현대적인 것이다.[16] 여기서 일상이란 현실의 수용이라기보다는 (낭만적) 환상의 거부이다.

『율리시스』에 대한 이러한 평가를 식민지 조선의 현대성이라는 맥락에서 수정해 읽는 일은 한국 모더니즘 문학의 역사를 이해하는 데 상당한 시사점을 제공한다. 우주론적 글쓰기 혹은 정치경제학

15.　마사 누스바움,『감정의 격동 3—사랑의 등정』, 조형준 옮김, 새물결, 2015, pp. 1260~261.

16.　같은 책, pp. 1288~292.

적 글쓰기의 중요성과는 별도로 조이스의 사랑은 일상의 현실과 인간의 몸 안에서 나온 것에 대해 글을 쓸 권리, 즉 하강의 미학을 주창한다. 시학의 원리로서의 카타르시스katharsis에 배설과 '정화(淨化)' 양쪽의 의미가 내포되어 있음을 떠올려보아도 좋을 것이다. 아일랜드 모더니즘 문학의 배설물, 반플라톤주의, 일상으로의 하강의 이야기는 식민지 조선 문학의 각혈과 체액, 반유교 및 전통의 부정적 인유, 위트와 골계, 죽음과 폐허의 알레고리들과 공진(共振)하는 동시대성을 지닌다. 정치와 풍속에 관한 강한 검열에도 불구하고 이상, 최명익이 그려낸 폐결핵의 피, 체액들, 축축한 폐허의 정동들이 그 자체로 현대적인 한편 식민지적이고, 고도의 문체적 실험인 한편 절망에 맞선 기교인 이유이다. 이들은 문명이 아니라 그것의 환상을 거부한다. 사랑이 아닌 그것의 환상을 거부한다. 이 지고의 환상, 상승의 드라마가 미완에의 강박이나 모종의 폭압과 깊이 관련되어 있기 때문이다.

예컨대 이상 소설의 주인공들은 함께하는 동안의 연인의 정조=충실성fidelity을 기꺼이 원한다. 그러나 강제하지 않는다, 못한다. 개체 각자의 권리, 육체의 권리, 민주주의의 원리는 이런 종류의 모욕을 견디는 사랑의 실험으로부터 관철되는 것일 터이다. 그렇다고 할 때 식민지 근대는 사랑의 적절한 조건은 아니다. 제국과 식민지의 관계는 흔히 남성과 여성, 주인과 노예로 유비된다. 이 연쇄는 식민지 내부에 또 다른 식민지들—여성, 계급과 신분, 인종과 헤리티지, 중심과 주변부—들을 만들어낸다. 근대 시민의 사랑의 이념이 민주주의의 평등한 관계의 역량과 육체의 권리에 의해 매개되는 것이라면, 식민지에서 사랑은 본질적으로 제한된 가능성하에 있었다. 식민지의 사랑은 종족, 젠더, 교양, 지역 등 모든 국면에서 권리의 서계제(序階制, hierarchy)하에 있었다. 한국 모더니즘이 사랑의 불가능성이나 폐허, 유기체의 체액과 섹슈얼리티의 불모성을 병적일 만큼 비판적으로 그려낸 이유가 있다. 우리는 육체로서, 체액을 지닌 것으로서 평등하다. 현대의 사랑이 물질세계와 정신세계를 교차하는 현상이라면, 또 식민성의 문제가 정치경제학적인 것이자 정신적인 것이라면 피식민자의 감정과 계산이 사랑스럽고 숭고하고 합리적이고 호혜적이었을 거라 믿기 어렵다. 제국의 주변부들, 주변부의 중심들, 이를테면 경성이나 평양의 모더니즘은 이처럼 깊은 불평등과 불균등이라는 정치경제적 조건과 고도의 문체와 실험적 기교라는 문화적 전략 사이의 아포리아에 맞서 있었다.

3. 사랑의 전통 — 이태준의 고완과 정지용의 관조, 아나크로닉 모더니즘

한국 근대문학은 연애를 하나의 숭고한 이상으로 여겨 결혼이라는 제도와 직접적으로 연관을 짓는 데 어려움을 겪어왔다. 연애는 조혼과 가문혼이라는 제도에 대치해 있었다. 연애의 시간은 늘 너무 늦게 온다. 그것은 불가능하거나 부적절하다. 실제로 사랑의 서사는 연애의 이성에 매달릴수록 제2부인의 서사, 치정과 패덕(悖德)의 서사로 떨어질 수 있었다. 한편 본디 낭만적 소설의 유행에서는 사랑과 죽음이 하나의 화음이고, 치명적 사랑과 저주받은 사랑이 오히려 근본적 사실이라는 주장도 있을 수 있다. '행복한 사랑에는 역사가 없다.' '열정적 사랑'이라는 지복은 흔히 간통과 불륜, 고통과 불행을 동반한다. 열정이라는 환상을 소비하는 모든 이야기 속에서 결혼 제도는 단지 의무와 편의의 틀로 묘사된다. 오히려 간통 없는 글쓰기를 상상하는 일이 더 어렵다. 기독교적 결혼 개념과 대치하여 소설은 결혼의 파탄에 집착해왔고, 사랑이 결혼을 무너뜨린다는 집단적 강박은 트리스

탄 신화의 유구한 생명력을 말해준다.[17] 식민지 조선에서 문학의 사랑에 가로놓인 이 난경은 우연한 난관이라기보다는 정해진 조건이 된다. 상호 침투의 사랑 이전에 조혼과 결합된 성(性)과 제도로서의 결혼이 먼저 있었기 때문이다. 다만 사랑의 고통과 불행, 간통과 패덕에 이어지는 죽음의 상상력이라는 측면에서 보면, 이러한 식민지적 제한성은 문학적 일반성과 제도적 특수성을 동시에 지닌다.

문학의 사랑을 이해함에 두 가지 태도가 있을 수 있었다. 사랑에 대한 열정적 추구와 그 난관을 쓰는 현대적 글쓰기도 모더니즘의 과제이다. 아울러 연애라는 이미 늦은 것에 대한 초연함, 또 고전적인 남녀 관계에 대한 재평가 따위와 함께 무한 판단infinite judgment으로 침잠하는 글쓰기도 있을 수 있다.[18] 비-연애, 비-인륜(비-중매) 사이에서 사랑은 복합적이다. 이를테면 "사랑은 언제 해가지고"라고 쓰는 문학 — 이태준이 자주 그리는 사랑은 고전적 혼사도, 낭만적 연애도 아니다. 무한 판단의 공백 안에서 회전하는 식민지 조선의 연애. 이태준의 「장마」에서 작가의 분신은 이렇게 생각한다.

---

17.   Denis de Rougemont, *Love in the Western World*, trans. Montgomery Belgion, Princeton University Press, 1983, pp. 15~17.

18.   가문혼·중매혼과 연애 결혼이라는 양극단의 독특한 원리에 대해 헤겔의 『법철학』은 이렇게 설명한다. "여기에는 〔결혼의 출발점에는〕 양극단이 있다. 하나의 극단은 다정한 양친의 주선으로 출발한다. 사랑으로 결합하도록 정해져 있는 두 사람에게는 이렇게 정해져 있다는 것을 알게 되면서 애착이 생기게 된다—다른 한 극단은 무한하게 특수화된 자로서 이 두 사람 속에서 무한하게 특수화된 것으로서 애착이 먼저 생겨난다. 첫번째 극단, 즉 결혼하고자 하는 결심이 출발점이 되면서 그 결과로 애착이 생기고, 그래서 실제로 결혼을 하면서 이제 결심과 애착 양자가 하나로 되는 길이 좀더 인륜적인 길로 간주될 수 있다—두번째 극단에서는 무한하게 특수적인 특유성이 저마다의 요구를 앞세운다는 점에서 이것은 현대 세계의 주관적 원리와 관련되어 있다"(니클라스 루만, 같은 책, p. 213에서 재인용). 양친의 주선 – 결혼 – 애착이라는 인륜의 길과 주관적 원리 – 무한 특수 – 우연 – 결혼이라는 현대 세계의 길은 실로 오래된 문제이다. 여기서 중요한 것은 이 양극단에 대한 '대응' 방식일 것이다.

‘그러나 결혼엔 사랑이 있어야 한다는데, 사랑을 언제 해 가지고 결혼에 도달할 건가? 이렇게 미리부터 결혼을 조건으로 하고 만나는 데는 순수한 사랑이 얼크러질 리가 없다. 이건, 아무리 서로 마음에 들어 활동사진에 나오는 것 같은 러브 신을 가져본다 하더라도 어데까지 결혼하기 위한 선보기의 발전이지 로맨스일 리가 없다……’ 나는 차라리 만나 본 것을 후회하였다. 다만 조양을 그의 인격으로나 교양으로나 우정으로나 모든 것을 믿는 만큼, 모든 것을 맡겨버리고 서로 미지의 인연대로 나가서 아내의 얼굴을 처음으로 대하는, 그 고전적인, 어리석은 흥미란 얼마나 구수한 것이었으랴. 나는 그렇게 못한 것을 지금까지도 후회하거니와 나는 이왕 만나본 김에야 좀 더 사귀어 볼 필요가 있다 하고, 한번 같이 산보할 기회를 청해보았다.[19]

사랑을 언제 해가지고 결혼에 도달할까. 과연 조선에서 로맨스와 러브신은 가능한가. 오히려 정해진 대로의 ‘미지의 인연’을 믿는 고전적 구수함이 낫지 않을까. 고전적 구수함에의 흥미와 순수한 사랑의 로맨스와 러브 신에의 갈망 사이에 그는 서 있다. 두 개의 부정이 만든 공백——취향상의 고완(古玩)과 형식애(愛), 그 반대편에 놓인 고도의 현대적 문체는 한국 모더니즘의 한 축을 인상적으로 보여준다. 현대성에 대한 아나크로니즘(시대 착오·시대 역진)적 태도와 대상과 현상을 묘파하는 기교상의 현대성, 즉 아나크로닉 모더니즘이 여기서 성립한다. 여기서 사랑은 아직 오지 않았지만 철지난 것이다. 형식과 태도의 현대성이 로컬한 문맥과 만나는 탈시간적 순간은 이태준, 정지용, 백석 문학의 높은 지대이다.

그렇다고 이를 복고주의나 전통주의로 봐서는 안 된다. 어쨌든

19.　이태준, 「장마」(1936), 『까마귀—이태준 단편선』, p. 62.

이들은 산보를 했고, 아마 사랑했고, 연애를 했고, 결혼을 했다. 중요한 것은 이들이 '사이'에 있다고 느낀다는 점이다. 아내, 그녀는 이렇게 생각하는 것이다. 당신은 연애소설을 쓸 자격이 없다.

> 아내는 성북동(城北洞)으로 처음 나와 볼 때, 왜 그때 이렇게 산보하기 좋은 데를 몰랐느냐고 나를 비웃었고, 소설은 쓰되 연애 소설은 쓸 자격이 없겠다 하였다. 나의 변명은 그때 우리는 연애가 아니었다는 것이다. 그런 소리를 하면 아내는 실쭉해져서
> "그럼 한이 풀리게 연애를 한번 해보구려."[20]

연애는 아닌, 연애가 아닌 것도 아닌 무한 판단의 공간에 이태준의 사랑이 있다. 로맨스, 순수한 사랑에 대한 '활동사진'과 같은 구체상이 이상적 형태로서 없는 것은 아니지만, 고전적인 남녀 관계에의 어리석은 (줄은 아는) 흥미, 노스탤지어(옛것에 대한 구수함의 감각)도 함께 있는 이 상태를 1930년대 사랑의 어떤 일반성이라고 할 수 있을까. 조혼의 약화와 여성 교육의 증대 등 동등한 참여를 촉진하는 조건들이 일부 성숙해 있었기에 가능했던 일상적이고 현대적인 연애에 대한 감각들, 또 그런 감각하에서 연애의 결여태들을 간파하는 판단력이 함께 작용하고 있었다. 댄스홀과 같은 욕망의 정거장, 다방과 같은 살롱이 없는 것도 아니지만 여급과 카페 걸의 세계에서 연애는 결혼과 좀체 연동되지 못한다. 반면 결혼을 전제하는 모든 인위적 만남을 가치 절하하는 사고 속에서 '사랑'은 더욱 어렵다. 아내는 실제로 소개의 과정과 그와의 산보와 함께 나눈 대화들을 기꺼이 연애로 여긴다.

한편 낭만적 환상에 매달린다 해도 결국 기다리는 것은 대개

---

20.   같은 글, 같은 책, p. 64.

제2부인 혹은 치정과 패덕의 서사였다. 예컨대 소설「장마」에서 최신식 다방 '낙랑' 주인의 연애담이 그런 경우이다. 동경 유학을 함께한 화가이자 다방 경영자인 '낙랑'의 주인 이 군(공예가 이순석이 모델)은 "서울 청년들이 누구나 우러러보지 않은 사람이 없는 평판 높은 미인"에게 심신과 물질을 다 털어 넣어가며 진실한 연애를 하고 있다. 다만 화자로서는 "자네 알다시피 내겐 처자식이 있지 않나? 이를 어쩌면 좋은가?" 하는 이 군의 고민 상담에 난감할 따름이다. "단념해보게"라는 말속에 이미 조혼과 중매라는 조선 연애의 곤경, 인륜에 주박된 경제적 상황, 불륜과 패덕에 이은 불행과 파국이 암시되어 있다. 연애의 시간은 늘 너무 늦게 온다. 늦은 사랑은 부적절하다. 이태준은 사랑, 늦음, 우정과 연정이라는 동혈형(同血型), 가까움의 곤경을 다룬 산문들 여러 편을『무서록』(1941)에 남겼다.

조선에서는 아직도 쉽게 도달하기 어려운 경역들, 예컨대 완전한 사랑, 순수한 사랑, 강렬한 로맨스와 그 파탄과 같은 서사 형식은 오히려 이런 환상과 토착적 곤란들에 그 자체로 열린 통속소설에서 더 잘 다뤄질 수 있었다. 봉건 제도에 짓눌린 여성들, 불행한 결혼들을 그대로 그려내며 시정의 인심과 사회의 조건에 관한 서사를 만드는 일이 그것이다. 이태준의 단행본 장편소설『구원(久遠)의 여상(女像)』(1937),『제이(第二)의 운명(運命)』(1937),『화관(花冠』(1938)의 주요 서사가 이런 통속의 사랑에 걸쳐 있다. 이태준은 연애·연정·치정들에 얽혀드는 시정의 풍속을 통해 "통속성이란 곧 사회성"이라는 명제를 증명해 보이려 했다. "통속성 없이 아무런 사회적 행동도 결성도 가질 수 없는 것"[21]이라는 게 이태준의 장편에 대한 생각이었다.

반면 모더니즘적 지향의 단편이 이태준 문학의 본령이라는 것

21.　이태준,「통속성이라는 것」,『무서록』, 깊은샘, 1994, pp. 78~79.

이 당대 비평가[22]들의 생각이었다. 최재서는 「단편 작가로서의 이태준」에서 이태준 단편의 퇴락하고 불우한 인물 유형에 주목하며 방법으로서의 동정, 유머, 페이소스를 지적한 바 있다.[23] 구인회의 중심인물 이태준이 현대인의 사상적 고민이나 사회적 관심을 드러내는 인물에 대한 비판적 관심보다는 시대적 낙차를 지닌 인물에 대한 동정과 페이소스를 선호한다는 비판은 의미심장하다. 이태준이 현대성을 부정적(不定的) 방식으로 뚜렷이 드러내는 일종의 아나크로니즘적 방법과 태도를 지녔음을 간파하고 있기 때문이다. 불균등 발전, 불평등한 사회 속의 어떤 삶의 값없음, 현대로부터 탈각한 인물들 속에서 현대성은 더 잘 드러난다. 1930년대 경성 시내와 변두리 지역에 거주하던 가난한 조선인들에 대한 묘사는 노스텔지어를 동반하는 대로, 식민지 근대가 변두리화한 인물들을 뚜렷이 부조(浮彫)한다. 한말 풍운의 지사이자 조선 언론의 산파 역을 했다지만 지금은 어부사를 읊조리며 여관을 전전하는 「불우 선생」(1932), 서울 성곽 밖의 신문 배달 보조의 작은 꿈이 파괴되는 과정을 보여주는 「달밤」(1933), 신식 댄서 딸에게 의탁한 처지에서 재기하고 싶은 과욕으로 거짓 부동산 투기에 휘말려 딸의 전 재산을 탕진하고 마는 안초시의 자살을 그린 「복덕방」(1937), 조선 교육령 개편으로 시간이 반으로 줄어 강사로 떨어진 조선어 선생 박과 조선어에 붙어 있기에 그와 별반 다를 바 없는 소설가 현을 그린 「패강랭」(1938) 등, 이태준은 근대 신문, 담보 투자, 생명보험, 투기열, 학교, 문단 등의 현대의 국면들을 관통하면서도 "시대 전체에서 긴치 않게 여기는, 찌싯찌싯 붙어 있는 존재"(「패강랭」)들에 주목한다.

---

22.   김기림, 「스타일리스트, 이태준 씨를 논함」, 『조선일보』 1933년 6월 25일 자.

23.   최재서, 「단편 작가로서의 이태준」, 『문학과 지성』, 인문사, 1938, pp. 175~80.

　　이것은 의식적인 아나크로니즘이다. 이태준 소설이 아나크로니즘의 활력에 의거한다는 것은 시대착오적이라는 의미가 아니라, 현대성 안에 다른 시간—즉, '비시간성' '시간의 부정'을 도입한다는 뜻이다. 모더니즘에서의 아나크로니즘은 선형적이고 동질적인 근대의 시간 개념의 붕괴, 즉 시간의 단절을 표시한다. 모더니즘은 본질적으로 불완전한 근대화 상황을 포함하며, 이 상황에서는 과거의 시간성이나 다른 생산 방식의 시간성 등이 계속해서 현재와 충돌한다.[24] 여기서는 노스탤지어야말로 현대성에 대한 하나의 태도이다.[25] 현대성 내재한 부정적·비판적 잠재력을 활성화하기 위해서는 '시간에 어긋나 있는 것들' 혹은 그런 인물이 필요할 수 있다.

　　한국 모더니즘 시의 기원 정지용은 해방기, 자신이 식민지 시대에 쓴 시에 대한 흥미로운 언급을 남겼다. "思春期(사춘기)에 戀愛(연애) 대신 詩(시)를 썼다. 그것이 詩集(시집)이 되어 잘 팔리었을 뿐이다./思春期(사춘기)를 훨석 지나서부텀은 日本(일본)놈이 무서워서 山(산)으로 바다로 回避(회피)하여 詩(시)를 썼다./그런 것이 지금 와서 純粹詩人(순수시인) 소리를 듣게 된 來歷(내력)이다./그러니까 나의 影響(영향)을 다소 받아온 젊은 사람들이 있다면 좋지 않은 影響(영향)이니 버리는 섯이 좋을까 한다./詩(시)가 傑作(걸작)던지 駄作

24.　　Fredric Jameson, *A Singular Modernity: Essay on the Ontology of the Present*, Verso, 2013, p. 99.

25.　　모더니즘의 향수—노스탤지어는 "미학적 복원을 위해서만 과거에 천착"한다는 점에서, 과거 자체를 수정하고 역사성을 박탈하는 포스트모더니즘의 노스탤지어와 다르다(프레드릭 제임슨, 『포스트모더니즘, 혹은 후기자본주의의 논리』, 임경규 옮김, 문학과지성사, 2022, pp. 67~69). 한편 "노스탤지어적 징후들은 목적론적 진보 사관이 파생시킨 부작용"(Svetlana Boym, *The Future of Nostalgia*, Basic Books, 2001, p. 10. 아래 강동호 논문에서 재인용)일 수 있다. 한 번도 존재하지 않았던 시간에 대한 상상적 동경, 즉, 억압 없는 과거에 대한 그리움은 미래에 대한 열망과 목적론적 역사관에 의해 파생된다. 강동호, 「현대성, 동시대성, 시대착오— 김수영의 전통론과 역사철학」, 『구보학보』 제31집, 2022, p. 297.

(태작)이던지 옳은 詩(시)던지 글른 詩(시)던지로 決定(결정)되는 것이지 괴테를 純粹詩人(순수시인)이라고 追尊(추존)한다면 막심·고르키를 汚濁小說家(오탁소설가)라고 할 수 있는 것이냐?"[26] 이 말은 겸사이지만 정지용이 시로 연애를 대속했다는 것은 얼마쯤 진실이다. (그는 조혼한 부인과 생애 마지막까지 살았다.) 「백록담」과 「장수산」으로 경성을 대속했다는 것도 진실이다(물론 정지용의 교토 모던 시 안에 그와 같은 자연애적 인력이 없었던 것은 아니다). 동갑 시인 소월과 지용에게서 "전근대와 근대의 차이" "토착과 근대"라는 차이를 보던 유종호의 평가[27]를 떠올리면 당대의 모더니스트로서는 기이한 오브제 선택이다.

무엇이 (시적으로) 아름다운가. "아무렇지도 않고 예쁠 것도 없는/사철 발벗은 안해가 따가운 햇살을 등에 지고 이삭 줍던 곳" "암고란(巖古蘭), 환약같이 어여쁜 열매로 목을 축이고 살아 일어섰다"(정지용, 「백록담」— 필자가 현대어로 수정)고 말하는 곳이 아름답다. 한국 모더니즘 시의 가장 빛나는 내용이자 기교가 드러나는 장면은 도시가 아닐 수 있다. 그런데 일찍이 「카페·프란스」(1926)를 썼던 조숙한 모더니스트가 이러한 비낭만성, 비시간성, 비도시성을 통해 식민지 현대성에 대치했다는 것은 의미심장하다. 「파충류동물」(1926)의 생명력을 지닌 굉장하게 기다란 기차 — 현대성의 활력이, 실은 "할머니/무엇이 그리 슬어 우십나?/울며 울며/가고시마(鹿兒島)로 간다./〔……〕/내도 이가 아파서/고향 차저 가오//배추꽃 노란 사월 바람을/기차는 간다고/악물며 악물며 달닌다"(정지용, 「기차」, 1932 — 필자가 현대어로 수정)는 그 기차임을 뼛속까지 알아낸 현대 시인의 아

26.   정지용, 「산문」(1949), 『정지용 전집 2 — 산문』, 최동호 편, 서정시학, 2015, p. 591.

27.   유종호, 『한국근대시사 — 1920~1945』, 민음사, 2011, pp. 167~86 참조.

나크로닉 모더니즘인 까닭이다. 동양적인 것을 통한 의식적인 자기 지방화, 세속의 번잡함 저편의 산수적 풍경에의 고고(孤高)한 관조가 현대적 언어의 기율과 함께할 때, 신체적 감각과 기계에서 생명을 보던 이미지의 교착은 거두어진다. 사랑이 풍경이 되는 순간, 모던이 로컬화하되는 순간이다.

4. 사랑의 산책 — 오후 11시의 고현학(考現學), 박태원의 증상학(症狀學)과 이선희의 탕자론

모더니즘 문명의 표면과 일상의 서사화를 가장 전면적으로 보여준 것은 도회의 산책자flâneur 박태원과 여성 산책자flâneuse 이선희였다. 산책자의 다른 말인 '만유객(漫遊客)', 고현학의 다른 말인 '모더놀로지modernology', 민속의 도시적 양태인 '풍속'과 같은 방법론적 어휘들은 이미 당대 모더니스트 특유의 자의식이었다.[28] 이선희는 도시의 거리와 거기서 만나는 식민지 인텔리 남성들에 대해 썼다. 아내가 있고, 자식이 있고, 그런데 이 거리에서 그들은 사랑을 원한다. 이선희의 여성 산책자 소설들에서 남성 주인공들은 언제나 때늦은 채 빈한한 처지로 등장한다. 그들은 이미 조혼이라는 제도에 의해 더럽혀진 자격 없는 존재이자, 수중에 근심뿐이면서도 고결한 사랑을 이야기하는 한편 패덕으로 떨어질밖에 없는 욕망을 드러내고 만다. 염치없는 이 사랑은, 최선의 경우에도 그 옹색함으로 인해 식민지 도시의 화려한

---

28.   '고현학자' '만유객'과 같은 용어는 박태원뿐 아니라 이상의 작품들에 등장한다(이상, 「추등만필」, 『매일신보』 1936. 10. 14.~1936. 10. 28). 이상은 길에서 마주친 외국인에 대해 이렇게 쓴다. "그들은 내가 채 알지 못하는 바 세계적 지리학자이거나 고현학자일지도 모른다. 그렇지 않은 만유객에 지나지 않는다 하더라도 그들은 적지 않은 '달러'를 이 땅에 늘어놓고 갈 것이오, 고국에 이 땅의 풍속과 민속을 소개할 것이다."

「가등」(1934)과 강렬한 대조를 이루는데, 이 여성 산책자의 시선은 열정이라기보다는 '연민'의 정동에 가깝다. 여성 산책자에게 남는 것은 '돌아가야 할' 탕아들과 돌아갈 곳 없는 그 자신이다. 한편 『천변풍경』과 함께 식민지 모더니즘 문학의 최대작인 중편 「소설가 구보씨의 일일」에서 작가 박태원은 작가와 소설 속 인물을 적극적으로 혼동시키는 탁월한 방법을 발명했다. 구보 박태원의 구보, 이상 김해경의 이상, 상허 이태준의 현이 각각의 문체들로 선보인 고도의 자기 반영성은 도시성을 탐구하는 고현학적 방법과 함께 의식과 풍경을 브리콜라주하는 한국 모더니즘 소설들의 원형이자 기원이 되었다.

식민지 모더니즘의 최대 작가이자 거의 유일한 장편 모더니즘 작가였던 박태원의 산책은 이른바 고현학과 증상학Symptomatology의 이율배반으로 수렴된다. (고현학의 도시는 일천하고, 도시인의 증상은 수다하다). 취향의 인간 댄디 구보는 행복을 열망하지만 행복을 매개하는 돈과 연애의 교환 관계에는 불쾌감을 드러낸다. 연애라는 유일한 주권적인 결단에 실패하고 다른 사랑, 즉 인륜적 결정으로 결혼을 결심하는 장면에서 「소설가 구보씨의 일일」(1934)이 끝난다는 것은 의미심장하다. 경성의 고현학에 주목해 종종 놓치곤 하지만, 이 소설의 우울을 지배하는 것은 동경의 연애, 과거의 연애, 한 여자와의 카페와 영화관의 경험, 무사시노관과 히비야 공원의 "애달프고 또 쓰린 추억"이다. 그 반대편에 궁벽하기 짝이 없음에도 황금광의 열기로 들끓는 경성의 현재가 펼쳐진다. 벗과의 종로길, 설렁탕, 우정과 의리, 잡담과 망상, 무엇보다 관찰의 대학 노트. 이 소설을 흥미롭게 하는 것은 이 소설이 『율리시스』의 경우처럼 시제와 장소−시공간의 교착을 시험한다는 점이다. "전찻길을 횡단해 저편 포도 위를 사람 틈에 사라져버리는 벗의 뒷모양을 바라보며, 어인 까닭도 없이. 이슬비 내리던 어느 날 저녁 히비야(日比谷) 공원 앞에서의 여자를 구보는 애달프다, 생각한다."[29] 중학 동창과 우연히도 같은 여자를 사랑하게 된 구보.

> 나는 결코 이 사랑을 단념할 수 없노라고 이 사랑을 위하여는 모든 장애와 싸워가지고, 그렇게 말하고 이슬비 내리는 동경 거리에 두 사람은 무한한 감격에 울었어야만 옳았다.
>
> 구보는 발 앞에 조약돌을 힘껏 찼다. 격렬한 감정을, 진정한 욕구를, 힘써 억제할 수 있었다는 데서 그는 값없는 자랑을 가지려 하였었는지도 모른다. 이것이, 이 한 개 비극이 우리들 사랑의 당연한 귀결이라고 그렇게 생각하려 들었던 자기. 순간에 또 벗의 선량한 두 눈을 생각해내고 그의 원만한 천성과 또 금력이 여자를 행복하게 하여주리라 믿으려 들었던 자기. 그 왜곡된 감정이 구보의 진정한 마음의 부르짖음을 틀어막고야 말았다. 그것은 옳지 않았다.[30]

동경에서의 연애와 회상, 경성에서의 혼담과 산책 사이에 고현학이 있고 증상학이 있다. 산책자의 의식이 있다. "모데로노로지오[31]를 게을리 하기 이미 오래다"(p. 111)라며, 일명 고현학을 표방하고 나선 산책길은 행복에의 열망과 상념, 좁은 도시에서 만나는 동창 지인들의 속물성과 그에 대한 염오, 도시인의 증상에 대한 온갖 유사-정신의학적 진단, 최근 문단과 모더니즘 작가들에 대한 대화적 촌평, 투기적 열기와 황금광에의 뜬 욕망들에 대한 양가 감정, 음료와 차림새에

---

29. 박태원, 『소설가 구보씨의 일일 — 박태원 단편선』, 천정환 편, 문학과지성사, 2005, pp. 136.
30. 같은 책, pp. 138~39. 실제로 작품 안에서 구보는 "『율리시스』를 논하고 있는 벗의 탁설"에 마주친다. 구보는 "제임스 조이스의 새로운 시험에는 경의를 표해야 마땅"하나 "과중 평가"는 경계하자고 청하려다 그만둔다.
31. modenology. 즉 고현학·고고학에서 만들어진 말로 현대의 경향과 풍속 등을 탐구하는 학문이나 태도(같은 책 각주 참고).

관한 온갖 취향 비판들로 점철된다. 동경 – 경성의 도시화 강도를 재는 관찰들, 우정과 사랑을 저울질한 과거에의 뼈아픈 후회를 거쳐 소설은 어머니의 혼담에 대한 수락에 이르고, 대단원에선 느닷없이 생활에의 의욕과 소설 쓰겠다는 결심이 피력된다. 흥미로운 것은 구보의 속물 비판이 실은 속물화와 동시적이라는 점이다.

예컨대 옛 사랑에의 뼈아픈 후회와 행복에의 강한 열망과는 별도로, 구보는 금광 브로커가 된 동창과 그의 어여쁜 애인과 마주쳐 양행(洋行)이 줄 행복의 상상을 하고 만다. "양행비(洋行費)가 있으면, 적어도 지금 자기는 완전히 행복할 수 있으리라." 이 댄디는 "금전이 가져다 줄 수 있는 온갖 행복 손꼽아" 원한다. 그러면서도 그는 속물들과 '속물적 행복'을 거부한다. 나아가 구보는 연애조차 속물성의 증거가 아닌가 의심하기에 이른다. 욕망에 열려 있는 도시 공간, "남자는 여자의 육체를 즐기고 여자는 남자의 황금을 소비"하는 황금광 시대, "어느 틈엔가, 이런 자도 연애를 하는 시대가 왔나, 새삼스러이 그 천한 얼굴을 쳐다 보았으나, 그러나 서정 시인조차 황금광으로 나서는 때다". 금을 좇는 이들 중에 "평론가와 시인, 이러한 문인들조차 끼어 있"고 보면, 이제 속물성과 속물 비판은 존재가 아니라 순전히 형식의 문제가 되고 만다. 실상 진실했던 도쿄의 연애를 떠올리는 장면은 황금광 브로커의 어여쁜 연인을 마주친 다음, 그 반대 급부로 등장한다. 차라리 구보는 연애 '일반'이 아니라 '취향'과 '연구'라는 엄밀한 형식에서 주체의 근거 – 주권적 힘을 찾는다. "취하는 음료를 가져, 그들의 성격, 교양, 취미를 어느 정도까지 알 수 있는 것이 아닌가"[32] 라고 미소 짓는 고현학이야말로, 취미라는 무관심 판단이야말로 댄디의 자리이며 모더니스트의 근거이다. 박태원과 이상의 소설에 "연

---

32.   박태원, 같은 책, pp. 117~18.

구하고 있다"거나 "연구해보리라"라는 어사가 흔히 등장하는 이유이다.

　구보는 동경에서 사랑을 잃고, 경성에서 다른 사랑의 불가능성을 절감한다. 소설 속 다료(茶寮)의 주인이자 구보가 회귀하는 벗— 이상의 화신— 은 "노형은 새로운 애인을 갖고 싶다 생각 않소"라고 묻지만, 구보의 답은 "이제 나는 생활을 가지리라"이다. 사랑과 생활은 길항한다. 열정과 의리 사이에서 후자로 기울고 만 과거처럼, 구보는 어머니가 말하는 결혼을 선택할 결심을 굳혀간다. 연애의 속물 비판을 거쳐 무한 특수의 현대성을 뒤로하고 인류의 길로 접어든다. 장엄한 사랑의 패퇴 뒤에, 소설 쓰기와 혼인하기가 있다. 식민지 말 사소설 3부작[33]의 세계는 파시즘으로부터의 도피이면서 또 이미 예고되어 있었던 것이다. 연애의 종언이었다.

　반면 고현학과 증상학의 이율배반이라고 했거니와, 도시의 현대성은 도시인의 정신분석으로 대체된다. 사랑에의 열망도, 우정에의 희망도, 벗들의 편지를 기다리는 마음도 실은 성욕의 발로라는 것. "흥, 하고 구보는 코웃음을 쳤다. 그 사상은 역시 성욕의, 어느 형태로의, 한 발현에 틀림없었다"라고 써두는 구보.

　　갑자기 구보는 온갖 사람을 모두 정신병자라 관찰하고 싶은 강렬한 충동을 느꼈다. 실로 다수의 정신병 환자가 그 안에 있었다. 의상분일증(意想奔逸症), 언어도착증(言語倒錯症), 과대망상증(誇大妄想症), 추외언어증(醜猥言語症), 여자음란증(女子淫亂症), 지리멸렬증(支離滅裂症), 질투망상증(嫉妬妄想症), 남자음란증(男子淫亂症). 병적기행증(病的寄行症), 병적허언기편증(病的虛言欺騙症), 병적부덕증(病的不德症), 병적낭

33.　　「음우(霪雨)」「채가(債家)」「투도(偸盜)」.

비증(病的浪費症)……

그러다가, 문득 구보는 그러한 것에 흥미를 느끼려는 자기가, 오직 그런 것에 흥미를 갖는다는 것만으로도 이미 한 것의 환자에 틀림없다, 깨닫고 그리고 유쾌하게 웃었다.[34]

대학 노트를 들고 산보하며 그 관찰의 기록을 유사의학적 정신분석으로 써가는 구보는 모든 것을 성적 무의식으로 환원함으로써 사랑의 윤리로부터 도피한다. "나는 이토록 늙었다"라고 말하는 댄디에게 이제 사랑은 수행의 문제가 아닌 분석의 문제가 된다. 동경의 연애를 떠올린 후 "밤거리의 우울하고도 고혹적인 존재"들에게 "그렇게도 갑자기, 부란된 성욕을, 구보는 이 거리 위에서 느낀다"(p. 142) 그리고 마침내 증상학에의 집념이 이를 분석한다.

한편 이런 식민 도시의 욕망들 사이사이에는 "린네즈 쓰메에리 양복을 입은 사내의, 온갖 사람에게 의혹을 두는" 사복 경찰들이 즐비하다. 통제적인 제국의 주권과 투기적 자본 사이에서 작가는 "고도의 금광열은, 오히려, 총독부 청사, 동측 최고층, 광무과 열람실"에 있다는 말로 폭력과 권력 양자가 실은 하나의 체계임을 암시한다. 너무 많이 아는 모더니스트에게 "청춘이었으면서도, 기력과, 또 정열이 결핍"되어 있는 것은 이상하지 않다. 인륜의 자리로 도피한 구보의 마지막 문장은 이렇다. "어쩌면, 어머니가 이제 혼인 얘기를 꺼내더라도, 구보는 쉽게 어머니의 욕망을 물리치지는 않을지도 모른다"(p. 138). (실제로 연재 완료 직후 박태원의 결혼식이 있었다.) 자신의 욕망을 양보하고 마는 모더니즘이 식민지의 멜랑콜리로 화하게 될 장면이다.

34.　　박태원, 같은 책, p. 151.

구보는 마주친다. 호텔, 백화점, 승강기, 전차, 다방, 극장, 카페. 구보는 만난다. 짝사랑한 누이를 가진 벗, 골동점 주인, 영락해버린 옛 동무, 중학 시절 열등생이었던 금광업자 친구, 신문 기자 시인, 조그만 다료의 주인인 벗. 익명성이라곤 없는 경성의 미숙성, 생산 없는 도시의 매판성, 군중이라곤 밤을 향해 쏟아지는 여급과 신여성의 무리뿐인 성매매 경제, 요컨대 현대성의 기표와 그 내포 사이의 커다란 격차. 이 모든 것은 현대성과 식민성의 거리를 재는 구보의 증상학이 되거나 『천변풍경』의 고현학에서 빗겨난 풍속학이 된다. 그렇다면 구보가 발견한 식민지 군중—"황혼을 타서 거리로 나온 계집의 무리들"의 경우는 어떤가.

이선희 소설은 도시에서 자라고 교육받은 여학생, 카페 여급, 기생을 그린다. 특히 소설에는 여성 산책자 유형의 인물들이 자주 등장한다. 구인회와 같이 뚜렷한 운동적 에콜이 있었던 것은 아니었지만, 사회주의 문학 시대에 걸쳐 있는 한편 모더니즘 운동 시기를 함께 호흡했던 최정희, 박화성, 백혜련 등의 여러 여성 작가들이 동시기에 활동했다. 하지만 이선희만큼 도시의 거리, 여성 산책자, 모던한 연애의 풍속과 사회적 인정(人情)을 집중적으로 드러낸 작가는 드물다. 이선희의 「매소부(賣笑婦)」(1938)의 주인공 기생 채금은 지기 언어를 지닌 금홍이다. 사랑에 관한 여성 화자의 말하기는, '지금 여기서 자격 있는 사랑의 주체는 누구인가'라는 근본적 질문을 던진다.

주지하다시피 근대문학에서 가장 지배적인 사랑의 '대상'은 기생이었다. 식민지 문학은 문인과 기생의 이야기로 가득 차 있다. 조혼·가문혼과 낮은 남성 성도덕의 결과, 유부남들과의 코드화된 소통과 육체적 접촉을 사랑이라는 문화적 형태를 구성할 수 있는 존재는 기생과 카페 걸일 수밖에 없었다. 친밀성은 영적이고 정신적인 형식의 상호 도야Bildung 과정 안에 감각적 관능을 끌어들일 것을 요구한다.[35] 도야와 관능에 걸린 대상이 바로 이들이다. 사랑은 인격적 소통과 동시에 외설적 가능성을 연다. 이는 식민지 여성의 입장에선 곤경이다. 성관계에 들어가는 것은 불행으로 이어질 각인과 속박을 감수하는 일인데, 이제 이를 좇아 살 수도 벗어날 수도 없는 비극이 시작된다. 이선희는 남성 인물들의 욕망과 허위의식을 관찰하고 비유하는 언어를 통해 이 곤경을 쓰는 여성 글쓰기를 발명한 작가 중 한 사람이다. 사랑은 섹슈얼리티를 강제한다. 그러나 사랑의 정당성에도 불구하고 신여성의 사랑은 대개 불륜과 배신으로 귀결될 수밖에 없었다. 「매소부」의 기생 채금은 삶에 지쳐 같이 죽어줄 남성를 찾지만, 가장 보잘것없는 남성조차 모두 가정이 있다. 존재의 심연을 지닌 여성 '탕아'를 그린 여로형 여성 소설 「탕자」에서 서울에 약혼자가 있는 주인공은 추락의 공포와 현기증을 느끼면서도 일본인 등대지기의 고독에 깊이 끌린다. 그녀는 섬을 떠나면서도 "아직도 그 젊은 염세주의자가 섬 꼭지에 서 있는 같다"고 느낀다. "그의 얼굴이 유황으로 그린 것처럼 내 맘눈에 환히 비친다. 나는 잠시 가슴이 뜨끔하였다. 그 단정하고 진실한 청년학자 대학의 조교수─그는 아무 데도 흠잡을 데가 없는 약혼자다. '김이 이것을 안다면……'"[36]이라고 말하는 여성 화자는 『인형의 집』과 『부활』을 인유하며 어느 쪽에서든 불행을 예감한다. 기생, 아내, 지식인 신여성이라는 이선희 소설의 세 유형 모두에서 사랑은 갈망되지만 그 어느 쪽도 서사적으로 결코 승인되지 않는다. 이 사랑에 관한 제도적, 심정적 불승인이야말로 이선희 소설의 주제이다.

---

35.   니클라스 루만, 같은 책, p. 182. 루만이 보기에 동성애야말로 플라토닉이라는 환상을 폭로하며 사랑과 섹슈얼리티의 상호 강제를 보여주는 전형적 사례이다. 사랑과 섹슈얼리티가 서로를 강제하는 이런 배치는 동성애를 문학의 가장 적합한 대상이 되게 한다(같은 책, pp. 235~36, 322).

36.   이선희, 「탕자」, 『근대여성작가선』, 이상경 편, 문학과지성사, 2021, pp. 339~40.

이선희 소설이 여성 산책자형 주체들은 모던한 것을 좋아한다. 여성 산책자의 '혼부라'를 그린 「가등」(1934), 「차당부인」(1934)에서 이 여성 산책자들은 "백화점 순례에 충실"하다. "당신은 다만 즐겁고 유쾌히 살아주십시오, 그리고 모든 문제는 남자인 우리에게 미뤄 놓으십시오"라고 말하는 남자에게 여자는 이제 '시골집'(아내)으로 돌아가라고 말한다. 남자로부터 "대단히 사치한 것과 모던한 것을 좋아하시지요. 근대가를 방황하고 계시지요. 첫째 명희 씨가 그다지도 찬미하는 이 찻집이 무엡니까"라는 핀잔을 듣지만, 오히려 모던의 매혹도 시골집의 안정도 모두 버리지 못하는 쪽은 남성이다. 명희에겐 그를 버리는 선택만 가능하다. 예컨대 박태원의 「애욕」(1935)에서 하웅은 카페와 시골집, 연애와 정혼, 고집 센 욕망의 도시와 맑고 고요한 고향 사이에서 방황하는데, 이른바 '생명의 세탁'이라는 귀향을 택하든 달리는 자동차 속의 애욕을 택하든[37] 파국은 없어 보인다. 하지만 이선희 소설의 현대성은 도시 「오후 11시」(1936)의 초조함과 막막함에 긴박되어 있다.[38] 그녀로서는 집으로 돌아갈 생각도 없지만, 어디 갈 수 있는 사람이나 장소도 없다. 이 방향 없음, 돌아갈 곳 없음, 귀향/귀가의 차질이야말로 (식민지) 여성 산책자의 운명이다.

장편 『여인 명령』(1937~1938)[39]은 통속성이 포함된 연재소설이지만 이선희가 생각한 도시 남녀의 연애의 조건, 과정, 차질, 위기

---

37. 하웅은 이 귀향의 결심을 "내 어머니를 위하여, 내 아내를 위하여, 또 내 예술을 위하여" 하는 "생명의 세탁"이라 말한다(박태원, 「애욕」, 같은 책, p. 195). 그러나 '사랑 없는 결혼의 괴로움'과 '강렬한 욕구'로 인해 '애욕의 홍염'에 휩싸인 채 반대로 행동한다.

38. 이선희의 「오후 11시」(1936)의 아버지는 사랑을 갈망하는 17세 딸의 귀가를 깊이 걱정한다. 또 『여인 명령』의 남자는 오후 11시가 되면 연인을 앞에 두고도 어떤 불온한 일(지하운동)로 초조해한다.

39. 이선희의 『여인 명령』은 『조선일보』 연재(1937. 12. 28.~1938. 4. 7) 후 단행본으로 묶이지 않았지만, 『이선희 소설선집』(오태호 엮음, 현대문학, 2009)에 수록되었다. 최근 이선희·천희란의 『백룸』(작가정신, 2023)에 전편이 재수록되었다.

의 국면을 망라적으로 그려낸 대표작이다. 아름답고 순수하고 총명한 여대생 숙채의 경성 생활은 공과대학 출신 전기 기사와의 첫 연애에서 때이른 절정에 도달한다. 하지만 가족의 불운과 연인의 투옥으로 숙채는 백화점 점원으로의 취직하게 되고, 거기서 남성 주임으로부터 성폭력을 당하게 된다. 백화점을 그만둔 숙채는 한때 여배우였던 바Bar 주인의 호의로 여급 생활을 하게 되지만 또다시 겁탈의 위기에 몰려 급히 바를 탈출하다 다치고 만다. 이 위기를 넘기게 해준 이웃 김 의사와의 결혼으로 수난은 끝나는 것 같지만 그에겐 먼저 혼인한 아내가 있었다. 유부남과의 뜻하지 않은 중혼과 연이은 '남편'과 '전처'의 죽음으로 숙채는 홀로 사생아를 출산해야 할 처지에 놓인다. 마침내 석방된 옛 연인의 고향에서 맞는 비극적 죽음과 재회. 소설은 여성 화자의 상황 서술에 의해 주도되는 신문소설의 형식으로, 신여성의 연애를 주서사로 하면서도, 모던 도시와 함경 지방의 날카로운 차이를 드러내는 언어 실험을 보여준다. 도시에서의 잔혹사와 대조되는 후반부의 함경 방언(원산)의 대화체는 연애라는 형태가 여전히 얼마나 국지적인 도시 현상인지를 강하게 환기시킨다. 주인공 숙채의 연애사는 그 자체로 식민지의 연애의 역사, 성의 역사, 여성 수난의 역사이다. 사랑으로의 열림이 신분상의 전락과 경제적 추락의 위험, 또 성적 유린과 타락의 엄습 역시도 열어젖힌다는 점에서, 이 소설은 지식인 신여성 입장에서 종합된 식민지 연애사 비판에 가깝다. 이선희는 거리와 직장, 도시와 시골 모두에서 깊은 성차(性差)를 발견한다. 「계산서」(1937)에서의 여자는 유산으로 '절름발이'가 되고 마는데, 그녀가 이제 원하는 건 남편의 다리 한쪽이다. 스위트홈에의 열망은 언제나 손익이 전혀 맞지 않는 '모든 아내 된 자 계산서'로 돌아올 뿐이다. 무엇을 선택하든 히스테리적 주체 혹은 비련의 여인으로 귀결된다.

가부장제 현대 정상 가정이라는 환상과는 달리 식민지 조선은 흔해 빠진 중혼(『여인 명령』)과 남성의 불륜(「처의 설계」, 1940)이라는 가능성에 언제나 열려 있는 사회였다. 여성의 집 떠남은 남성 탕자의 이야기와 같을 수 없었다. 어떤 경우든 여성들의 집 떠남은 그것이 외출이든 가출이든 산책이든 이타카로의 '귀가/귀향' 같은 대단원을 보장하지 않는다. 동시대 최정희의 소설 「흉가」(1937)가 여성들만의 집이 결코 안전할 수 없음을 보여주었음을 상기해보면, 위험한 현대성—거리로부터의 후퇴나 집으로의 침잠 모두 히스테리적 주체를 완전히 안심시킬 수 없다. 이선희를 비롯한 일군의 여성 모더니스트들은 도시의 산책자 혹은 탕자들의 서사가 성차에 따라 얼마나 큰 낙차를 지니는지 뚜렷이 보여줬다. 남성 산책자에게 허용된 율리시스 혹은 탕자의 귀환이라는 과장법이 여성 산책자에게는 그 자체로 여성을 제물로 한 '생명의 세탁'일 수 있었다.

제국-식민지, 소유의 유무, 남성-여성, 현대성과 전통의 이중구속들은 모더니즘적 지향만으로 해제할 수는 없었다. 사랑의 공동체는 식민지 여성 문학에서 가능한가. 사랑을 둘러싼 사회적 상호작용-체계와 매체의 견지에서 동등한 참여parity of participation를 방해하는 경제적, 문화적 장애물들이 있는 한, 어떤 수행도 정의와 분배와 인정의 관점에서 제한적일 수밖에 없다.[40] 이 제한성에 감히 연루된 글쓰기야말로 비판적 현대성을 얻은 문학의 사랑일지 모른다. 민주적이고 정의로운 사랑, 잘 분배된 사랑, 상호 인정하는 사랑에의 요구가 강할수록 식민지 여성 문학은 그런 사랑의 부정형들—부정의한 권력관계, 불평등한 경제 관계, 인정 없는 상호 관계를 그릴 수

---

40.   페미니즘의 철학·윤리적 관점에서 동등한 참여라는 정의와 그 세 요소로서의 정의, 분배, 인정에 대해서는 낸시 프레이저, 『전진하는 페미니즘』, 임옥희 옮김, 돌베개, 2017, p. 24 참조.

밖에 없었다.

문화사적 맥락에서 1930년대는 1990년대 여성 문학이 제기한 여성 주체성, 여성 욕망의 정치성, 가부장제에 대한 저항, 문단과 정치 공간의 성차 비판 등이 시작된 시기였다. 남성 동지(연인 혹은 오빠)들과의 연대와 정치적 실천을 사랑의 언어에 겹치는 서사적 실험들이 당대의 교착된 정치 공간에 활력을 실험하고 있었다. 예컨대 신문사 타이피스트 강혜영의 단 하루 일요일의 심경을 따라가며 사랑과 운동의 곤경을 그린 임순득의 「일요일」(1937)이 연대하는 사랑의 가능성을 보고 있다면, 강경애의 『인간문제』(1934)는 깊은 고민 끝에 운동에서 사랑을 제외·제어하는 쪽으로 기운다. 모더니즘적 기획과는 별도로, 막 본격화된 여성 문학은 그 자체로 '다른' 현대성을 실험하고 있었다. 획득할 수 없는 것(이상적 남성성)을 초월론적으로 낭만화하는 여성 주체의 내적 모험과 독백체, 이를테면 모윤숙의 『렌의 연가』(1937)는 이후 '여류성'의 한 국면을 예고했다. 노천명의 『산호림』(1938)은 감상성이 절제된 현대적 언어로 향토와 애수를 결합했다.

5. 사랑의 풍유(諷諭): 폐허들, 이상의 타자와 최명익의 멜랑콜리

내가 그다지 사랑하든 그대여 내한平生(평생)에 참아 그대를 니즐수업소이다. 내차례에 못올사랑인줄은 알면서도 나혼자는 꾸준히 생각하리라 자그러면 내내어엿부소서
엇던돌이 내얼골을물끄럼이 치여다보는것만갓하서 이런詩(시)는 그만찌저버리고십드라.

— 이상, 「이런 시」 부분

현대성과 식민성, 전위성과 전통, 종차와 성차, 자아와 타자의 분할이라는 문제는 모더니즘 문학 일반에서 산견되는 요소이다. 이상과 최명익의 문학이 특별한 것은 양자 사이의 편폭을 파고들어 이를 전위의 동력으로 삼았다는 점, 이 결렬을 선명한 폐허의 파편들로 부조했다는 점에 있을 것이다. 이를 이상의 표현을 빌려 '어떤 돌'에 걸린 사랑의 타자성, 절대적 타자의 발견이라 불러볼 수도 있겠다. 최명익의 표현을 빌려 현대성의 "풍유(諷諭, allegory)적 성격"으로 요약해볼 수도 있겠다.

이상은 이태준의 말대로 룸펜 문학가이자 결핵 환자로서 집안이나 사회와는 단절된 삶을 살았다. 모든 관계망으로부터의 자유〔소외〕 혹은 버려짐 속에서 경성의 식민지 현대성을 관찰할 수 있었던 이유이자, 주변에 아랑곳 않고 급진적인 사랑의 형태를 실험할 수 있었던 이유일 것이다. 「봉별기」(1936)에 나오는 "인간이라는 것을 임시 거부하기로 한 내 생활"[41]은 "스믈세살이오──三月이오 咯血(각혈)이다"라는 소설의 첫 구절처럼 청춘을 죽음과 대면시킨 폐병, 사랑의 열병과 섹슈얼리티의 차질로 요약된다. 폐병과 매춘으로 육체의 계약이 파탄 나 있는 상태에서의 이 사랑의 실험은 '에로-그로'하지만 역설석으로 '순수하고 완선한' 로맨스처럼도 보인다.

> 사람이
>
> 비밀이 없다는것은 재산없는것처럼 가난하고 허전한 일이다.[42]

> 姸(연)이는 飮碧亭(음벽정)에 가든날도 R英文科(R영문과)에 在學中(재학중)이다. 전날밤에는 나와맞나서 사랑과將來(장래)를 盟誓(맹

41.　　이상, 「봉별기」, 『정본 이상 문학 전집 2: 소설』, 김주현 편, 소명출판, 2005, p. 331.

42.　　이상, 「실화」, 같은 책, p. 341.

세)하고 그이튿날낮에는 깃싱과 호-슨[43]을 배우고 밤에는 S와같이 飮碧亭(음벽정)에가서 옷을버섯고 그이튿날은 月曜日(월요일)이기때문에 나와같이 같은 東大門(동대문)밖으로 놀러가서 베-제[44]했다. S도 K敎授(교수)도 나도 姸(연)이가 어쩌녁에 무엇을했는지 모른다. 〔……〕 그러나 불상한 李箱先生(이상선생)님에게는 이 복잡한 交通(교통)을 항하여 빈정거릴 아모런 祕密(비밀)의材料(재화)도 없으니 내가 財産(재산)없는 것보다도 더 가난하고 승겁다.[45]

「실화」(1939)에서 연이는 K교수, S, 나에 대해 비밀을 가졌다. 반면 나는 재산도 비밀의 재료도 없다. 알 수 없는 연인의 모티프는 그 자체로 현대적 인격의 불투명성을 강하게 환기한다. 서울의 연이, 동경의 C양과 나미코의 목소리는 지표 없이 교차한다. 즉, "나는 가을, 소녀는 해동기"(「종생기」)라는 이 불일치를 감내하는 사랑이 이상 문학에서는 중요하다. 연인은 타자다. 사랑이 비밀인 게 아니라 사랑 안에도 비밀이 있다. 그래도 사랑은 가능한가.

사랑이라는 매체가 독립 분화되고 그 의미론이 유의미하게 유지될 수 있는지에 대해 말하자면 1920년대에 제기된 사랑이 무엇이었는지 떠올려보아야 한다. 근대성의 형식, 예술의 자율성 혹은 강력한 사회성, 개인의 발견과 성장, 동지적 연애와 진리에의 공동 헌신과 같은 가능성이 1930년대에도 사라진 것은 아니었다. 연인과 함께하는 공동의 취향, 공동의 역사, 공동의 이상에 이르고자 하는 열정은 여전히 상상되었다. 다만, 이에 대한 회의와 파탄을 드러내는 비선

---

43.   영국의 소설가이자 수필가인 조지 기싱George Gissing, 미국의 소설가 너새니얼 호손Nathaniel Hawthorne을 가리킨다.

44.   프랑스어로 'baiser'는 입맞춤을 의미함.

45.   이상, 「실화」, 같은 책, p. 342.

형성의 담론과 불투명성의 표현들이 더 유력해졌음을 부인하기 어렵다. 이상의 「실화」에서 보자면 공유할 수 없는 '비밀'은 오히려 연인의 부유함 – 권력의 근거가 된다. 불가해한 연인, 소통 매체의 차질, 코드화의 난관, 급진적 개체화가 상호 침투를 막는다. "나는 깜박 속기로 한다. 속고 만다"고 할 때, 또 "속아도 꿈결, 속여도 꿈결"(「봉별기」)이라고 말할 때 여기에는 사랑에의 환희와 대상에의 불신이 공존한다.[46]

　　여기서 가난은 비유인 한편, 문자 그대로 이해되어야 한다. 사랑이 '성'으로 환원되고 돈에 매개되는 상황 속에서 사랑과 섹슈얼리티는 재분열한다. 아내에게 돈을 주고 옆에 눕는 「날개」(1936)의 주인공의 불가해한 '안심'을 떠올려보아도 좋을 것이다. 아내 역시 나에게 매일 돈을 준다. 화폐가 매개한 부부애는 식민지의 널린 매매춘 형식을 모방하지만, '성'을 결여한다. 화폐는 오히려 (성 없이) 사랑을 매개한다. 이상이 은화를 주고 사는 것은 몸이 아니라 같이 있음 – 연인의 공동체 그 자체이다. 「날개」에서 보듯 이상 소설의 공간에선 화폐와 권력의 규칙이 적용되지 않는다. 화폐와 권력이 사랑의 조건을 제한하지만, 사랑은 그것들 없이도, 그것들과 유희하며, 자율적 의미론을 갖는다.

　　사회주의의 대탄압에서 파시슴으로의 진입까지, 정치와 섹슈얼리티의 두 함수는 언제나 밀접한 관련을 지녀왔다. 유진오의 「상해의 기억」(1931)은 국제적 차원에서 정치와 섹슈얼리티가 매개되는 식민 도시—조차지를 다룬다. 친구를 찾아 상해에 갔다가 중국좌익

46.　'슬픈 포즈'로서의 이상에게 타인의 체험과 인격에 관한 전면적인 이해에의 요구는 오히려 폐병 환자인 김유정이나 같은 룸펜인 박태원과의 사이에서 성립한다. 두 개의 정사에서 "유정과 이상, 이 신성불가침의 찬란한 정사"(이상, 「실화」)는 전면적 이해를 약속하는 듯하다. 반면 이상은 "연이는 약속한 지 두 주일이 되는 날 죽지 말고 우리 살자 그립디다. 속았다, 속기 시작한 것은 그때부터"(「실화」)라고 쓴다. 구인회 문학의 동성 사회적homogeneous 상호 인유 중 한 대목이다.

작가연맹(좌련) 검거에 말려드는 조선인 주인공은 곳곳에서 온갖 외국어를 하는 매춘부들을 마주친다. 성적 '자유'는 정치적 부자유와 교차 상관 함수의 관계를 가진다. 동아시아의 모든 도시에는 이율배반적 자유들이 있었다(전쟁에 가까워지고 억압이 강화되면, 성 표현이 폭발한다.) 이효석의 「장미 병들다」(1938)에서처럼, 정치적 좌절은 종종 성적 타락에 유비되었다. 정치와 성, 두 타락은 정비례한다. 정치적 폭압하의 사랑은 섹슈얼리티에 갇히고 마침내 성병으로 폐색된다. 따라서 섹슈얼리티는 정치의 알레고리이다. 하지만 이상 문학은 육체의 자격과 상태가 여하하든 사랑과 그 윤리가 그 자체로 성립할 수 있는가를 묻는 실험에 가깝다.

> 錦紅(금홍)이가 내 안해가되었으니까 우리內外(내외)는 참 사랑했다. 서로 지나간일은묻지않기로하였다. 過去(과거)래야 내 過去(과거)가 무엇있을까닭이없고 말하자면 내가 錦紅(금홍)이과거를묻지않기로 한약속이나 다름없다. 〔……〕 天下(천하)의 女性(여성)은 多少間(다소간) 賣春婦(매춘부)의 要素(요소)를 품었으리라고 나혼자는 굳이 信念(신념)한다. 그대신 내가 賣春婦(매춘부)에게 銀貨(은화)를支佛(지불)하면서는 한번도 그네들을 賣春婦(매춘부)라고 생각한일이없다. 이것은 내 錦紅(금홍)이와의 生活(생활)에서 얻는 體驗(체험)만으로는 成立(성립)되지않는理論(이론)같이 생각되나 其實(기실) 내眞談(진담)이다.[47]

20세기의 나는 생각한다. '여자'의 정조나 과거는 불문이며 연인의 공동체 안에 자격이란 없다. 그러나 물론 19세기의 나는 "즉 남의 안해

___

47.　　이상, 「봉별기」, 같은 책, p. 333.

〔아내〕라는 것은 정조를 직혀야 하느니”라고 생각한다. 이 사랑은 “19세기와 20세기 틈바구니에 끼여 졸도하려 드는 무뢰한”의 실험이다. 「실화」와 「봉별기」의 슬픔은 “응 슬플밖에 20세기를 생활하는 데 19세기의 도덕성밖에 없으니 나는 영원한 절름발이로다”[48]라는 인식에서 온다. 이 거리에서 위악과 위트가 발생한다. “내 팔, 피골이 상접. 웃어야 할 터인데 근육이 없다. 울려고 해도 근육이 없다. 나는 형해다”(「실화」). 이 유머는 형해의 웃음이다. 섹슈얼리티와 현대성의 직접적 관련을 묻는 실험이야말로 이상 소설을 식민지 모더니즘 문학의 가장 심화된 형태로 만드는 이유일 것이다. 이를테면 “사회주의자를 의미하는 ‘아카’(あか, 赤)가 되는 것보다, 성적 쾌락의 탐닉을 의미하는 ‘핑크’, 모모이로(桃色)가 되는 것이, 아니 더 적확하게는 핑크의 삶을 그 자체로 의미화하고 정당화하는 표현과 서사의 창출은 더욱 어려웠다”는 평가가 있거니와, 이상의 문학은 식민지에서 에로티시즘이라는 불가능성에 도전하며 유곽과 카페에서의 ‘에로-그로’의 생활을 성 불능이란 메타포로 서사화하는 근본적 불온성[49]을 보여주었다. 그것도 사랑의 이름으로.

　　　섹슈얼리티를 전면화하면서도 성 불능을 통해 권력과 화폐에 결합한 생체 권력을 기능 부전에 빠뜨리는 서사. 성·화폐·권력과 구별되는 사랑의 매체, 기교, 포즈를 발명하면서도 거기서 절대적 타자성 혹은 불가입성(不可入性, impenetrability)으로서 사랑의 실재를 발견하는 형식 실험이야말로 이상 문학의 천재성이다. 사랑의 문턱에서 이상은, 두 존재는 중복되어 존재할 수 없다는 불복존성(不復存性, im-

---

48.　　이상, 「실화」, 같은 책, p. 348.

49.　　이혜령, 「식민지 섹슈얼리티와 검열——‘도색(桃色)’과 ‘적색’, 두 가지 레드 문화의 식민지적 정체성」, 『동방학지』 제164집, 연세대학교 국학연구원, 2013, pp. 229~57. 저자는 식민지 문학에서 성적 표현은 민족주의적 대의나 식민지적 근대의 규범 심판·징벌을 수반할 때만 서사화될 수 있었다고 주장한다.

penetrability)을 본다. 이상에겐 하나가 되는 둘이 아니라 둘이 되는 하나가 더 일반적이다(「거울」). 이를테면 이상은 실험의 대상, 즉 '실험동물'의 위치에 본인을 놓는 동시에 스스로 이 동물의 '책임의사'가 된다. 「오감도 시 제4호」(1934)에서 환자의 용태에 대한 진단은 '책임의사 이상'에 의한다. 이로써 "식민지의 토인 오디세우스"[50]가 될 수 있었던 것이다. (제국/근대의) 실험동물이지만 (식민지/토착성의) 책임의사인 존재, 양쪽의 인력을 자각하는 비판적 분석가의 정신적 여로가 어쩌면 이상의 문학이다.

모더니즘에 있어서의 '서사의 파편화'는 근대 성장소설Bildungsroman의 근간인 진보라는 이데올로기, 개인과 민족 혹은 사회의 연결이 파괴되면서 나타난 현상이다. 최명익은 서사의 파편화에 대한 감각 속에서 도시의 일상—'불확실한 미래를 향하여 변모해가는 어떤 특정한 현재'가 역동적인 부조화의 현장임을 드러낸 작가로 이야기된다.[51] 흥미로운 것은 특급의 속력, 스피드로서의 현대 문명에 대한 매혹이 최명익의 소설에서는 여지없이 파국으로 귀결된다는 점이다. 최명익의 미래-시간은 이미 닫혀 있거나, 갑자기 중단된다.

데뷔작 「비 오는 길」(1936)은 평양 근교 공장의 사환인 병일의 일상과 의식을 좇는다. 병일은 사무실 청소, 업무 편지와 장부 정리, 서사와 급사의 일들에도 불구하고 신원 보증을 얻지 못한 이른바 비정규직이다. 핵심 무대인 골목길과 사진관은 각각 어둠의 일상과 유복한 빛의 순간을 상징하는 듯 보인다. 우선 옛 성곽과 도시가 겹쳐지는 작품의 무대는 과거와 현재가 뒤섞인 평양의 변두리 공간이다. 행

---

50. 이경훈, 「육체, 이상(李箱)의 유리창」, 『오빠의 탄생』, 문학과지성사, 2003, p. 236.

51. 자넷 풀, 『미래가 사라질 때—식민 말기 한국의 모더니즘적 상상력』, 김예림·최현희 옮김, 문학동네, 2021, pp. 39~40. 1930년대의 강한 검열이 식민지 모더니즘의 기법과 수사—은유 혹은 환유, 알레고리—에 직접적 영향을 주었다고 본다. 자넷 풀, 같은 책, p. 45.

정구역 지도에도 없고 '새로운 시구 계획'도 미치지 못한 골목길은 "봄에는 눈 녹은 물로 길이 질고 여름에는 장맛비에 잠겨버리는, 구두 콧등을 망쳐버릴 정도"로 열악한데,[52] 언제나 기생의 목소리나 개구리의 젖은 울음처럼 축축한 기운이 감돈다. 공장으로 가는 사진관에는 고무 공장이나 정미소에 취직했을 여공들의 사진이 걸려 있다. 병일은 거기서 아름다움보다는 "후줄근 이마 아래 눌려 있는 정기 없는 눈과 두드러진 관골 틈에 기를 펴지 못하고 있는 나지막한 코"와 "그들의 무릎 위에 얹혀 있는 거친 손"을 본다. "도시의 발전은 옛 성벽을 깨뜨리고 아직도 초평(草坪)이 남아 있는 이 성 밖으로 꿰여나오기〔틈을 비집고 나오기〕 시작"[53]했지만 여기엔 질서와 무질서, 역사의 혼의 잔존과 '신흥 상공 도시'의 속도가 공존한다. 어느 날 비를 피하다 사진사 이칠성과 대화하게 된 병일은 사진관에서 그의 자수성가 이야기와 '사람 사는 재미'에 대한 충고를 듣게 된다. 삶의 희망을 말하는 사진사의 이야기에서 풍기는 속물 근성에 혐오("청개구리 뱃가죽 같은 놈")를 느끼는 한편 산문적 현실에 대응하는 이칠성의 '힘찬 리듬'에서 생활력을 감지하기도 한다. 병일은 사진관의 이칠성과 골목길의 기생 난홍을 견주며 자신은 "청개구리의 뱃가죽만 한 탄력도 없고 의액이 풀잎 같은 청기도 날카로움도 없지 않은가?"라고 자문한다. 다만 병일은 여공들의 사진에서도, 결혼사진에서도, 기생 난홍의 푸른 기운에서도 '사는 재미'나 '가정의 행복'이 있으리라 믿지 않는다. 그러다 발견한 사진사의 부고 기사. 장질부사에 걸려 이칠성이 벼락같이 죽고 만 것이다. 돈을 아껴 책을 사 읽으며 "후회 없는 인생"

52.　　자넷 풀은 「비 오는 길」을 "시간적 경험이 충돌하는 현장일 뿐만 아니라 자본과 식민 상황의 마주침이 낳은 산물"이라 규정한다. 같은 책, p. 98.

53.　　최명익, 「비 오는 길」, 『비 오는 길──최명익 단편선』, 신형기 편, 문학과지성사, 2004, pp. 46~47.

을 살려 하고 "자기 생활을 위하여 몰두"하지만, 세속적 가치는 경멸스럽고 성공은 부질없으며 어렴풋이 추구하던 정신적 가치는 짐스럽기만 하다.

최명익에게 식민지의 현대성은 이미 형해이다. "90퍼센트의 분망과 유랑과 전쟁과 혹은 위독 사망 등 생활의 음영으로 배를 불리고 무모하게 달아나는 시커먼 열차"(「심문」, 1939)[54]와도 같은 것. 최명익은 '풍유적 성격'(「심문」)의 것으로 현대성을 포착한다. 최명익 소설의 사랑과 성은 활력을 잃은 채 파국의 알레고리에 뒤덮여 있다.

발터 벤야민은 1930년대의 정치문화적 폐색감의 지적 대응물인 『독일 비애극의 원천』(1928)에서 "알레고리에서는 역사의 '죽은 표정'이 응고된 원풍경으로서 관조자의 눈앞에 펼쳐진다. 때를 놓친 것, 고통에 겨워 하는 것, 실패한 것 등 역사가 애초부터 품고 있는 이 모든 표정에는, 아니 그 죽은 해골에는 역사가 새겨져 있다"[55]라고 썼다. 이 진술은 동시대적이다. 「무성격자」(1937)에서 폐병에 걸려 "같이 죽어줄 사람"을 찾는 문주나 온몸이 암세포에 장악당했으면서도 "죽고 싶지 않다"고 되뇌는 아버지 만수 노인(멸망한 조선 – 죽어가는 아버지 – 죽어가는 애인), 그리고 주인공 정일 자신의 표정이야말로 '죽은 표정' '역사가 새겨진 해골'에 해당한다. '하이 칼라' 손수건과 자동차에 현혹되었지만 결국 평양은 가보지도 못하고 성병 속에 죽어가는 「봄과 신작로」(1939)의 금녀와 이국종(異國種) 아카시아 껍질에 죽어가는 송아지 등, 최명익 소설의 생명들은 살아 있지만 극도로 쇠락해 있고 고통에 겨워 하며 이미 실패해 있다. 도시와 농촌의 대위법(이효석)이나 해학적 비판성(김유정)이 거부되어 있다는 점에서 최명

---

54.   최명익, 「심문」, 같은 책, p. 169.
55.   발터 벤야민, 『독일 비애극의 원천』, 조만영 옮김, 새물결, 2008, p. 217.

익 소설은 극히 현대적인데, 농촌을 포함한 모든 장소에서 고통과 실패의 형해를 보기 때문이다.

먼저 멜랑콜리한 시선으로 대상을 보고, 그것을 '죽은 것'으로 간주하는 태도, 즉 벤야민이 설명한바 바로크적 알레고리는 경직된 원풍경으로서의 죽은 자의 모습을 일종의 수수께끼로 던져놓는다. 최명익 소설의 죽은 자는 무구하지도 않지만 적절한 죽음의 이유가 없다. 알레고리가 하나의 신화(문명, 현대성, 산업화)를 반정립하는 해독제로서 물질과 문명의 불멸성의 반대편에서 그러한 신화의 폐허와 한시성을 보여준다[56]고 할 때, 최명익 소설이야말로 알레고리, 즉 풍유적 성격(최명익, 「심문」)의 것이다.

문명의 신화에서 폐허를 보는 최명익의 태도는 현대성을 병으로 풍유하는 방법— 즉 폐병과 성병, 전염병과 중독의 서사들에서도 전형적으로 나타난다("이전에는 없든 병두 다 서양에서 건너왔다거든", 「봄과 신작로」). 최명익 소설에서 이 병이야말로 서구적 현대성과 그 파국의 알레고리들이다. 병의 고통과 증상에 대한 묘사는 거의 모든 서사를 파편화시킨다. 과거와 미래, 즉 역사라는 서사는 우연히 들이닥친 육체의 흘러 무너짐에서 힘을 잃는다. 이상으로 대표되는 바, 모더니즘적 상상력의 원천 중 하나가 폐병과 성병이었다. 폐병에 걸린 연인의 임박한 죽음이 사랑의 무한성을 추동하기도 하고 좌절시키기도 했다. 폐병이라는 무한의 사랑의 실험은 이태준의 「까마귀」(1936), 이상과 김유정 문학과 삶, 최명익의 「무성격자」(1937)나 「폐어인」(1939) 등에서 매우 폭넓게 나타난다. 또한 성병을 매개하는 부정한 연인의 모티브들은 정신적 연대라는 사랑의 등정을 좌초시키는 장치로서 곧잘 활용되었다. 최명익의 문학은 성병의 '에로-그로'(「봄

---

56. 수잔 벅 모스, 『발터 벤야민과 아케이드 프로젝트』, 김정아 옮김, 문학동네, 2004, p. 216.

과 신작로」, 1939) 혹은 폐병의 정사(情死) 양쪽에 걸려 있다. 그에게 폐병이나 성병은 사랑의 의미 변동과 문명의 폐색에 관한 중대한 알레고리가 된다.

폐병에 걸린 티룸의 마담 문주와 위암에 걸린 아버지 사이를 오가는 「무성격자」에서 정일은 두 번의 귀향과 두 번의 상경을 통해 두 죽음을 오간다. 프리즘으로 비춰보듯 자기를 분석하는 정일과 문주이지만 고도의 성찰성은 꽉 막힌 미래에 아무 영향도 주지 못한다. 소설 내내 두드러지게 묘사되는 것은 오히려 겨우 살아 있는 자의 폐허화하는 신체이다. "검은 귓속의 오목오목한 곳이 아직도 희게 남아서 썩은 시체에 드러난 백골같이 돋보였다"는 아버지에 대한 묘사는 "사람다운 체온이 있을 것 같지 않은 문주의 몸에서 결핵균의 시독(屍毒)인 신열일지도 모를 오히려 뜨거운 정열을 느꼈던 것"[57]이라는 묘사와 짝을 이룬다. 백골에서 돋보임을 보고, 시독에서 정열을 느끼는 이 폐허에의 몰입과 그로테스크의 미학은 "정일에게 달려들어 손수건에 받은 피를 그의 얼굴에 문질렀다"는 문주의 발작 묘사에서 절정에 이른다. 암과 결핵이라는 두 질병의 고조에 따라 신체에서 흘러나오는 체액들과 "죽음의 냄새"가 소설 전체를 지배한다. 박태원이 정신분석적 증상학을 시도했다면 최명익에게 증상은 훨씬 신체적이고 직접적이다. 만연한 위기는 폐병, 성병, 전염병, 중독이라는 증상으로 돌출한다. 이를 이태준의 폐병 여인 묘사와 비교하면 그 격차가 실감된다.

'누굴까?'

그는 장정(裝幀) 고운 신간서(新刊書)에서처럼 호기심이 일어

---

57.   최명익, 「무성격자」, 같은 책, p. 100.

낳다. 가까이 축대 아래로 지나가는 것을 보니 그 양봉투같이 깨끗한
이마에 눈결은 뉘어 쓴 영어 글씨같이 채근하다. 꼭 다문 입술, 그리
고 뿌루퉁한 콧봉우리에는 약간치 않은 프라이드가 느껴지는 얼굴이
었다.

　　'웬 여잔데!'[58]

이태준에게 아름다운 것은 오히려 사위어 사라질 것이기도 하다. 그
중 하나가 바로 폐병의 얼굴이다. 모던 여성에 대한 기교 넘치는 묘사
를 보여주는 위 구절에 뒤이어 고딕적 분위기로의 전환이 있다. 에드
가 앨런 포의 동명 소설을 연상시키는 이태준의 「까마귀」에서는 여
인의 아름다움이 머리 풀어헤친 아름다운 레노어의 망령이자 임박한
죽음 직전의 아름다움(美)으로 나타난다. 하지만 최명익 소설에서 이
은유로서의 질병론은 거절된다. 그에게 질병은 문명의 폐허, 즉 파국
의 알레고리이다. 「봄과 신작로」에서의 성병은 도시와 농촌을 가리지
않는다. "얼마나 훌륭하갔네, 글쎄. 신작로루 내내 가문 피양(평양)인
데 사꾸라래나?"[59]하는 모던에의 매혹은 곧잘 자동차, 하이 칼라, 손
수건과 같은 도시 상징을 매개되는데, 성병은 이런 현대성과 사랑의
연계를 해체한다. 대륙행 열차, 대도시 평양을 오기는 자동차들과 같
은 현대의 스피드들은 한결같이 조난자들을 양산한다.

　　대륙행 열차를 배경으로 한 「심문」(1939)에서 부인과 사별한
김명일은 미술을 공부하려고 떠난 도쿄에서 여옥을 만나 동거하게
된다. 하지만 명일의 의식과 그림 작업은 죽은 아내에 머물러 있다.
이에 실망해 그를 떠났던 여옥을 명일은 하얼빈에서 다시 만나는데,

58.　　이태준, 「까마귀」, 같은 책, p. 40.
59.　　최명익, 「봄과 신작로」, 같은 책, p. 144. 신형기는 이 선집의 해설에서 모더니스트 최명익
　　　　문학의 핵심 지표로 속도와 죽음, 불균등의 비극과 파국을 지적한다.

하얼빈에서 댄서 일을 하는 그녀는 아편중독자가 되어 있다. 과거 좌익 이론가였던 여옥의 애인 현혁은 너무 사랑하는 그녀를 자신에게 묶어두기 위해 중독자로 만들었다고 하지만, 결국 돈 몇 푼에 여옥을 명일에 맡긴다. 조선으로 데려가달라던 여옥은 다음 날 명일에 의해 자살한 시신으로 발견된다. 막 죽은 여옥에게서 오래전에 죽은 처 혜숙의 죽은 얼굴을 발견하는 김명일. 그에게 이 죽은 얼굴(들)이야말로 그들의 마음의 무늬, 즉 심문(心紋)이다. 명일은 어쩐지 "갱생을 위하여 따라 나서기보다, 이렇게 죽어가는 것이 여옥이의 여옥이다운 운명이라고도 생각"[60]한다.

사랑에서 나눌 수 없는 것은 없지만, 죽음만은 나눌 수 없다. 재생산이나 구원이 아니라 상호 파괴에 관여된 사랑. 서로를 사랑하지만 이상(理想)이나 영육의 일치보다는 사랑에서 폐허를 보는 시선, 그러니까 궁휼히 여기고 연민을 보내는 만가(輓歌)의 형태로 식민지 모더니즘의 끝자락이 낙착되는 것은 우연이 아니다. 폐색의 감각이야말로 1930년대 리얼리즘의 전향 혹은 후일담 서사나 모더니즘 문학이 공히 공유했던 정동이었기 때문이다. 최재서가 식민지 모더니즘의 대표작이 된 두 소설을 논하며 「리얼리즘의 확대와 심화——『천변풍경』과 「날개」에 대하여」(1936)라고 쓴 데는 이유가 있다.

현대성, 합리성, 커뮤니케이션의 가능성, 지속가능한 삶과 결합된 사랑에서 패러독스와 위트, 황망(荒忙)과 연민, 폐허와 파국의 알레고리를 발견했다는 점에서 구인회를 필두로 한 1930년대 한국 모더니즘은 사랑의 문학사에서 아주 특징적인 한마디를 구성한다.

60.　　「심문」, 같은 책, p. 220.

6. 사랑의 뿌리: 1930년대 혹은 동시대

연애〔Love〕라는 번역적 근대와 자유연애의 서사에 집중된 '사랑'의 근대문학사는 새로운 21세기 초두의 가장 인화력 있는 논쟁적 주제 중 하나였다. 한 문학사가는 학생, 창기, 문화와 문학의 연애 편지, 동거와 이별, 자살과 정사와 같은 것들, "실제로 모두를 지배하지 않지는 않았지만 가능성으로서는 모든 사람을 지배했던 연애"[61]야말로 1920년대 초반(부터) 근대문학과 세계 개조를 자극한 주원천이었다고 말한다. 반면, 서구권에서의 연애 의식romantic notion of love을 기준으로 연애의 문제를 근대화와 개인주의의 산물로 국한하는 것은 잘못이라는 강한 이의제기도 있었다. 즉, 오래된 반려애companionship love와의 구별되는 '불안한 사랑'이 이미 근대문학 이전에도 존재했고, 여기서 로맨틱한 사랑romantic love으로의 이행이 이뤄졌다는 것이다. 조선 시대의 시조를 통해 확인되는 바, 심리 상태나 지향성에 관한 추상, 애정 관계나 애인과 같은 대상 등, 현대 국어의 '사랑'의 의미역은 18세기 중엽에 이미 다 갖춰졌다는 주장[62]이다.

사랑이 과연 연애를 낳은 정치경제학적 조건이나 동등한 자격과 인권에 관한 민주주의의 역량 없이 근대적 의미 연관을 가질 수

---

61. 권보드래, 『연애의 시대』, 현실문화연구, 2003, pp. 17~18. 시간의 단위를 달리하는 연구 영역에서조차 "남녀는 영원히 그저 남녀일 것 같다. 하지만 그렇지가 않다. 〔……〕 오늘날 우리가 넘어가고 있는 그 '마진(margin)'의 핵심에는 남녀 관계의 변화가 있기 때문이다. 한 시대 이전의 작가인 김동인이나 이광수 문학의 근대성을 논할 때. 이른바 '신여성'을 빼고 말할 수는 없다"(김열규, 『한국인의 에로스』, 궁리, 2011, pp. 17~18)는 진술이 발견된다.

62. 김홍규에 따르면 "유교적 교훈 서류를 통해 군신, 부자, 형제, 친족, 지주, 전호 사이의 유대가 강조되던 16~17세기에는 인륜적 당위와 결부된 사랑이 우월한 비중을 차지했고, 문학작품을 통한 상상과 욕망의 표현이 확대되던 18~19세기에는 남녀 간의 사랑의 의미가 주목할 만하게 성장"(「조선 후기 시조의 불안한 사랑과 근대의 연애」, 『근대의 특권화를 넘어서』, 창비, 2013, pp. 33~34)했다.

있는가라는 질문과는 별도로, 여기서 새롭게 주목해야 할 의제는 이러한 '이행'과 '단절'이 근대의 연애, 문학의 사랑 '내'에서도 가파르게 발생했다는 사실이다. 연애 발명론의 문화 단절론적 뉘앙스와는 차이를 두고, 사랑의 이행론 역시 현대성을 낳은 정치경제적 결락과 문화의 조건을 과소화하는 형태론적 봉합술이 될 수 있다. 현대성을 겨냥하는 모더니즘에서 이 이행이란 차라리 하나의 단절에 가깝다. 사랑의 등정이 하강의 사랑으로 급격히 꺾어지는 변곡점이 거기에는 있다.

낭만주의적 영육관 자체에도 이율배반은 있었다. 격정에 대한 이성의 통제와 성적 구성 요인의 포섭은 쉽게 충돌하고 불화해 한번도 표상의 안정성을 지닌 적이 없었다. 열정에 의해 견인되는 낭만주의적 사랑은 욕망, 세속성, 섹슈얼리티를 강력한 동기로 하면서도 계급과 신분적 차이와 같은 장애를 통해 이를 넘어서는 숭고한 사랑의 등정을 그려낸다. 반면 모더니즘 문학은 육체의 체액을 질료로 연인의 피부 위에서 씌어진다. 모더니즘에서 사랑의 문학사는 숭고한 등정이 아닌 하강의 드라마이다. 여전히 연애 그 자체는 근대적 개성과 자아 성립의 실험장이지만, 사랑, 섹슈얼리티, 상호 침투의 황홀경, 결혼의 연쇄와 통일은 모더니즘 서사의 주된 과녁이나 현대시의 꼭짓점이 아니다.

섹슈얼리티로 전면화되는 신체적 건강성, 근대적 개성과 자아에 기초한 커뮤니케이션의 확장적 가능성, '너'에 관한 전면적이고 한계를 모르는 소통을 통해 세계의 변화로 촉진될 가능성을 (부인하지는 않지만) 회의하는 일련의 문학이 1930년대 초부터 등장했다. 모더니즘의 사랑의 실험은 1930년대 말 군사적으로 재남성화되고 죽음정치의 대속물로 재조직된 파시즘적 성정치의 등장 전까지, 식민지 현대성하에서의 사랑의 하강, 사랑의 우울과 폐허, 인류와 윤리 사이의 결락들을 뚜렷이 그려냈다. "장난감신부"로 대변되는 이상의 놀이성과는 차이를 두고, 이태준은 현대성의 압도적 도래를 고완과 향수, 취미와 무관심 판단, 형식〔藝〕에의 열정으로 전환시키고 있었다. 현대성과 고전성 사이의 무한 판단, 그 공백 안에 사랑이 놓였다. 한국 모더니즘의 출발점인 정지용의 시편들 역시 「백록담」과 「장수산」으로 경성과 교토를 대속하는 무시간성의 모더니즘을 실험 중이었다. 현대적 미학과 오래된 노스텔지어를 결합하는 백석의 로컬 모던 역시 식민지 현대성의 폐색 현상에 대한 시적 항거였을 것이다.

경성의 현대성을 그 누구보다도 세밀히 들여다본 자칭 고현학자 박태원은 이상과 함께 현대성 안에 (산책자로) 계속 머물면서도 현대성에 저항한 댄디였다. 그런 박태원이 연애에 관한 속물 비판, 성의 정신분석을 거쳐 장엄한 인류의 길로 접어든 것은 흥미롭다. 사랑의 매혹보다는 증상 분석으로 도피하는 글쓰기에는 식민지 현대성의 옹색함이 작용하였을 것이다. 반면 이선희의 여성 산책자와 여성 탕자들은 거리와 길 어디서든 계산이 서지 않는 활력의 탈취 앞에 놓여 있다. 여성이 경험한 현대성은 부정의, 불평등, 불인정이라는 서계제 hierarchy 식민지 사회의 조건에 의해 제한되었다. 여성 탕자에게는 돌아갈 고향 이타카도 재회할 아내 페넬로페도 없었기 때문이다.

이상의 사랑은 다른 타자의 근원적 불투명성과 불가해성을 전제로 하며 이상 문학의 사랑은 '하나인 둘'에 내내 실패한다. 이상에게 사랑이란 절대적 타자성이라는 물음과의 마주침이며, 오히려 동일자인 나는 둘로 분할('둘이 되는 하나')된다. 이상의 사랑은 근원적인 불가입성을 의식하는 사랑이다. 한편 최명익 소설은 문명·경제·젠더의 격차가 두드러지게 나타나는 평양 근교를 배경으로 무자비한 시간의 속도 속에서 부식되어가는 주변부 인간이 겪는 열정과 믿음의 퇴락을 다룬다. 무모하게 달아나는 시커먼 기차라는 풍유는 사랑에 얽힌 진리와 생명의 활력을 폐허와 파국의 흔적으로 변모시킨다. 1930년 대 문학의 사랑은 진리, 화폐, 권력과 같은 현대의 다른 의사소통 체계와 길항했다. 진리의 불투명성('전형기'의 불안), 화폐의 불가해성과 축적의 부조리('황금광'과 '나리킨'=벼락부자), 전쟁하고 감시하는 권력의 공포(총독부 청사와 사복 경찰)를 재현하기 위한 모더니스트 나름의 (탈/)재현의 전략들은 '사랑'을 매체로 하여 하강의 미학, 아나크로닉 모더니즘, 산책의 고현학, 불가입성적 타자론과 폐허의 알레고리와 같은 방식으로 나타났다.

'동시대 문학사'에서 모더니즘의 사랑이란 무엇일까. 현대적 사랑의 이상이란, 전통적인 가부장적 위계질서를 넘어, 또한 법 밖의 실재라는 자본주의적 허무주의를 넘어 남성과 여성을 위한 (나아가, 평등한 복수의 성을 위한) 새로운 상징적 공간을 창조하는 것이다. 하지만 사랑에 관한 새로운 근본 기표들의 창조와 성의 재발명에 관한 새로운 상징화의 창조는 때때로 이데올로기적 신기루일 수 있다. 슬라보예 지젝은 근대의 사랑과 섹슈얼리티가 근본적으로 '대안 근대성'들처럼 작동한다고 말한 바 있다. 예컨대 자유민주주의에 대한 파시즘, 포퓰리즘, 신자유주의라는 '대안'처럼 섹슈얼리티는 무언가를 거부하는 잉여의 향유를 지향하지만 이 적대감은 자본주의 정치 권력의 다른 얼굴인 수가 많다.[63] 국가와 인종의 재생산과 결부된 '(유사) 대안적' 사랑론(다산, 인종 위생, 군국의 아내)이나 내선연애 혹은 오족협화의 성정치적 결과들이 그런 경우이다. 사랑도, 그 대안도, 환상도 그 탈구축도 위험이 따른다. 그러니 문학의 판돈을 사랑 쪽에 다 걸 수는 없다. 모더니즘이 그랬다. 중요한 것은 모더니즘의 사랑이 대

---

63.   지젝은 "사랑의 환상 뒤에서 발견할 수 있는 외부 현실은 때때로 없으며, 유일한 신비는 사랑이라는 형식 그 자체의 신비일 수 있다"(『잉여 향유』, 강우성 옮김, 북스힐, 2024, pp. 246~49)고 말한다.

안의 환상을 버린 하강의 움직임, 모던 로맨스와 폐허를 겹치는 풍유였다는 점이다. 그것은 사랑을 믿되 사랑의 환상이나 숭고한 등정을 믿지 않는다. 사랑 자체로 명제가 될지언정 테제에 결합하지 않는다.

　　화폐, 권력, 진리를 넘어서는 가능성에 대한 구조적 필요가 섹슈얼리티를 포함하는 사랑과 연인의 공동체를 구성한다. 문학은 바로 이 연인의 공동체가 입법하는 장르이다. 자본의 제국과 가부장제 권력이 구성하는 근대성 속에서 사랑은 이를 넘는 실재the Real의 출현일 수 있다. 사랑이라는 실재는 현대의 상징체계의 내적인 자기 장애물이다. 화폐나 권력처럼 실체적 현실성이 부재하는 반면, 사랑은 이런 성공 매체들을 저지하는 힘으로 작용한다. (원리적으로는, 돈과 권력으로 사랑을 결코 얻을 수 없다.) 모더니즘의 사랑이 만약 폐허와 부정과 불화를 통해 어떤 무한과 공백을 다룬다면, 사랑이라는 실재가 상징에 재통합되는 걸 거부하기 때문이다.

　　그렇다면 이 사랑, 식민지 모던의 사랑은 결여태인가. '완전한 현대성'처럼 그런 것은 없다. 근대화가 그 자체로 미완의 프로젝트일 수밖에 없듯이, 근대성의 완성은 식민성의 재생산을 통해서일 수밖에 없다. 불완전한 모더니즘이라는 문제 설정 자체가 어쩌면 오류다. 지적 왜곡과 일탈을 극복하고 미완의 프로젝트인 근대성을 완성시킨다는 시도는 오히려 식민성을 재생산하는 것이 될 뿐[64]이라는 먼 이웃 대륙으로부터의 경고를 기억할 필요가 있다. 폐허뿐인 사랑도 완전한 사랑이며, 그 역도 참이다. 모더니즘 문명의 한가운데에서 그 파국을 발견하는 멜랑콜리한 시선이나 식민성 재생산의 원리로서의 현대주의modernism의 피안에서 오브제를 발견하는 '새롭고 오래된' 시선이야말로 식민지 모더니즘의 한 경지이자 비판적 완전성일 수도

64.　　월터 미뇰로, 『라틴 아메리카, 만들어진 대륙』, 김은중 옮김, 그린비, 2010, p. 26.

있다.

그렇다면 이 사랑은 늦은 사랑인가. 이상은 「오감도」 연작을 중단하며 "대체 우리는 남보다 수십 년씩 떨어져도 마음 놓고 지낼 작정이냐"(박태원, 「이상 편모」, 1937)라고 절규했다. 어쩌면 이를 '한 발 앞서기'(유종호)에 휘둘린 자의 조급증이라 비판할 수도 있겠다. 다만 이상으로서는 현대성의 한복판에서 옆길로 새지 않고 "새 길의 암시"를 찾고 있었던 게 아닐까. "아무에게도 굴하지 않"는 그 나름의 양보 없는 현대성 추구였던 게 아닐까. '모조 근대'를 혐오하던 이상은 김기림에게 보낸 편지에 "기림 형, 기어코 도쿄에 왔소. 와보니 실망이오. 실로 도쿄라는 데는 치사스런 데로구려!"라고 썼다. 현실이 시궁창 경성인데, 파리에 간들 달랐을까. 현대성의 시차(時差)는 경성과 도쿄가 아니라 현실과 지향 사이에 있었다. 사랑에 있어서도 현대성, 현대주의란 비교나 실증의 대상이 아니라 사유와 감각의 끝 간 데를 표시하는 일종의 한계개념Grenzenbegriff이 아닐까. '사랑'은 상호 침투의 의사소통 양식으로 언제나 현대문학의 가장 핵심적인 주제이다. 그 침투와 소통의 실패를 포함해 그렇다. 사랑의 뿌리, 거대한 뿌리를 동시대에 더듬어 읽는 이유이다.

방황의 권리, 고통의 미학

―해방 후 1960년대까지 이성애의 문학적 양상

권보드래

―해방 후 1960년대까지 이성애의 문학적 양상

1. '참된 민주주의'와 사랑—연애 공론장으로서의 대중소설[1]

"허영과 사치는 대하(大河)처럼 흘렀고 배권사상(拜權思想)과 종금주의(宗金主義)는 광류(狂流)처럼 팽배했다. 배경 없이는 기를 못 폈고 한복을 입고는 외출이 부자유했다. 〔……〕 순정은 조소의 적(的)이 되었고 불순은 힘을 형성했다."[2] 한국전쟁 전후의 변화를 두고 소설가 김내성은 이렇게 적었다. "생존경쟁에 입각한 무법선(無法善)"이 바야흐로 1950년대의 한국 사회를 지배하고 있다고 말이다. 해방의 격변에 이어 전쟁기에 그토록 많은 죽음과 배신과 고발을 목격한 후에 생존주의와, 기껏해야 가족주의 외에 다른 가치가 굳건하기란 어려웠을 터이나. 공동체의 윤리도 애정의 도딕도 무사하지 못했다. 이웃을 공산주의자라고 고발함으로써 위기에서 빠져나온 처녀는 "네 입으로 사형선고를 한 거나 다름없지 않으냐?"며 타이르는 아버지에게 냉큼 답한다. "그러면 저의들 살려주구, 우리가 대신 죽어두 좋을까요!"[3] 또는 전쟁통에 남편을 잃고 생활고에 허덕이는 여성에게 이웃의 손

---

1.   '연애 공론장'이라는 개념은 김은하의 글 「시민적 '연애 공론장'의 탄생과 유혹의 서사—50년대 신문연재소설을 중심으로」(『여성문학연구』 제34호, 한국여성문학학회, 2015)에서 빌려왔다.
2.   김내성, 「현대 지성의 고민——선 의식의 통일과 '모랄'의 탐구」, 『동아일보』 1959년 4월 7일 자.
3.   염상섭, 「해방의 아침」, 『신천지』 1951. 1, p. 107.

위 여성은 성매매를 권하면서 덧붙인다. "체면이고 수치고 이 난리판에 가릴 게 뭐냐. 우리는 오늘만을 바라보고 살아야지."[4]

김내성은 현대적 윤리를 특징짓는 다종의 원칙 사이 갈등에 "무법주의의 발악"이 더해짐으로써 "교양 있는 이성"이 무력화된 것이 한국전쟁 이후의 상황이라고 진단한다. 칸트를 연상시키는 그의 정리에 따르면, ① 정치율에 입각한 법률선, ② 인습율에 입각한 도덕선, ③ 신앙률에 입각한 종교선, ④ 진실률에 입각한 철학선, ⑤ 심미율에 입각한 예술선, 총 다섯 가지 원칙이 작용하는 만큼, 본래 어떤 현상을 판단·비판하는 데 혼선은 불가피하다. 이들 원칙의 안정된 각립(各立)과 그 사이 유연한 균형이 성숙한 윤리의 핵심이라면, 해방 – 분단 – 전쟁의 경험은 각각의 원칙을 붕괴시켰고 균형과 성숙의 가치를 무너뜨렸다. '무법=선' 속에서 "인간의 '선의'와 '선행'은 완전히 유린"된 것이 전쟁 이후의 한국 사회다.[5] 이런 문제의식 때문인지 김내성은 1930~40년대에 탐정소설과 첩보소설로 인기를 끌었던 전력을 뒤로하고 1950년대에는 '애정의 윤리'를 질문하고 재구축하는 데 문학적 역량을 집중시킨다. 특히 『애인』은 신문 연재 당시는 물론 영화화된 후에도 대성공을 거둔 소설로서[6] 서두에 '연애 강좌'를 배치하는 등 '교양'의 취지를 명백하게 드러내고 있다.

『애인』의 기본 서사는 간단하다. 첫 장면인 모 여대 '연애 강좌'에서

---

4.   김송, 「나체상」, 『문예』 1953. 6, p. 119.

5.   이상의 논의에 대해서는 주 2번 김내성의 글 참조.

6.   『애인』은 대중적 인기를 구가했을 뿐 아니라 제3회 자유문학상 후보(소설 총 16편)에 오르는 등 신문 연재소설로서는 이례적으로 문단에서도 인정받은 듯 보인다. 1950년대 말 고등학생이었던 내 어머니의 회고에 따르면 "주인공 영심의 약병 휴대를 본떠 가방에 약병을 넣고 다니는 것이 여학생들 사이 유행이었고" "도서 대여점 기능을 겸한 학교 앞 문구점에서 『애인』은 최고 인기"였다고 한다.

세 명의 여학생—각각 검정 리본·안경·자주색 치마라는 제유적 사물로 제시되는 석란·정주·영심—을 초점화하는 데서 보이듯, 그 골간은 복수의 여성과 남성을 통해 '연애'를 다양한 각도에서 탐구하는 데 있다. 그러면서도 소설은 한 쌍의 남녀를 굳건하게 중심에 둔다. 청년 소설가 임지운과 M여대 영문과 졸업생 오영심이 그 주인공이다. 이들은 해방 직전 일요일마다 창경원에서 마주치며 연정을 키웠던 바 있다. 대화 한마디 없고 이름조차 교환하지 않은 상태였기에 더욱 절대적일 수 있었던 사춘기적 연정은, 그러나 해방과 분단과 전쟁이 잇따르는 10년 세월 속에 어쩔 수 없이 무력해진다. 지운은 '명동형' 여성 석란과 결혼하고, 영심 또한 성공한 변호사요 기업가인 유민호와의 악연을 거친 뒤 현역 중령인 허정욱과 부부의 연을 맺는다. 지운의 결혼이 곧 깨지긴 하지만 두 주인공은 그런대로 각각 생활인으로서 살아갈 수 있었을 터인데, 뜻밖에 지인의 인연으로 얽히고 이들의 만남을 '밀회'로 폭로하려는 음해가 더해지면서 관계는 파국으로 치닫는다.

　　『애인』은 여러 갈래 '애정의 윤리'를 통해 한국전쟁 이후 세태를 인상적으로 재현한다. 석란의 대담·솔직한 직정주의(直情主義), 정주의 침착·냉정한 합리주의, 영심의 소극적이되 고집스러운 순수주의는 각각 특유의 감성적·논리적 설득력을 갖는다. 남성 인물들 중에서는 민호의 쾌락주의, 정욱의 도덕주의, 지운의 연애지상주의가 역시 연애론의 세 꼭짓점을 형성한다. 식민 말기 – 해방 – 분단 – 전쟁이라는 격변기가 배경이지만, 소설은 연애 풍속의 변화를 추적하면서 정치·사회적 격동은 대폭 생략하곤 한다. 예컨대 주인공 임지운과 오영심이 처음 만난 것은 1945년 봄. "태평양전쟁의 말기인지라, 학교에서는 매일처럼 근로봉사를 간다, 신궁참배를 한다, 군사훈련을 한다, 하면서 학업은 젖혀놓고 시국의 요청이랍시고 겅중겅중 뛰어" 다닐 때고 "B29가 서울 상공을 날고 있을 무렵"이다.[7] '애인'이라고 쓴 일종의 부절(符節)만을 교환한 채 둘이 이별하게 된 데도 분단과 전쟁의 영향은 짙다. 영심이 어머니의 갑작스런 병 때문에 평양에 돌아가 있는 사이 남북 사이가 가로막혔고, 영심네는 월남한 후에도 한동안 부산에서 지내야 했으며, 종전(終戰) 무렵엔 두 명 모두 창경원 방문 습관을 놓게 됐기 때문이다. 하지만 그뿐, 해방과 분단과 전쟁은 등장인물들에게 각인되지 않은 채 지나간 사건에 불과하다. 사라진 인명(人命)도 망가진 정신도 그 밖에 어떤 치명적 손상도 없다. 일선에서 연대장으로 승진한 허정욱마저 "고놈의 총알이 귀밑으로 살살 피해만 댕긴답니다", 한마디로 전선 경험을 요약할 정도다.

대신 풍속과 모럴에 미친 해방 – 분단 – 전쟁의 영향은 심대하다. 작가 김내성의 복화술에 조종되는 양, 지운의 아버지이자 철학 교수인 임학준은 10년간의 대중 심리를 이렇게 조감한다: "8·15, 6·25 전란으로 말미암아 전 민족의 생활의 기반이 뒤틀리고 〔……〕 일반 대중의 생활 신조에 커다란 변모를 일으키게 되었다. 〔……〕 그날그날을 향락하려는 사치의 물결은 도도히 흐르고 거리거리에는 사상적 룸펜이 가득 차 버렸다. 대중은 생활의 신조를 잃어버리고 철학자는 철학을 상실하였다." 이런 문제의식하에 전개되는 『애인』은 일종의 도덕 재건론이라고 할 수 있겠다. 종종 비교되곤 하는 1950년대의 또 다른 베스트셀러 작가 정비석의 작품군에 비해보자면, 『자유부인』(1954)의 공격적 풍자보다 『민주어족』(1955)의 대안적 추구에 가깝다고 할 것이다. 추구의 방식에는 다소 차이가 있다. 통속적 전시가 화려하고 설교풍 비판이 신랄한 정비석 소설에 견주면 김내성의 『애

---

7.   김내성, 「애인」, 『경향신문』 1954년 11월 8일 자. 이하 이 소설 텍스트를 인용할 시 처음에만 구체적으로 출처를 명시하고 이후는 생략한다.

인』은 대화와 토론의 언어가 두드러지는 소설이다. 첫머리에 등장하는 석란과 정주와 영심은 서로 다른 생활방식과 연애 양식을 추구하며, 영심–지운을 중심에 둔 서사적 전개 속에서도 서술자의 시선은 한 방향으로 낙착되지 않는다.

　　그중에서도 핵심적인 것은 석란의 명랑한 다변(多辯)과 분방한 생명력, 그리고 영심의 정제된 고전미와 꺼질 듯한 연약성 사이의 긴장 관계다. 『애인』은 '모두가 평등하게 가난해진' 1950년대임을 감안하더라도 특이할 정도로 계급적, 신분적 갈등에 무관심하다. 석란은 요식업계 마담의 딸이요 영심은 도학자(道學者) 집안의 후예지만, 이들은 각자의 배경에 의해 차별받는 일 없이 인생관과 윤리의식과 심미적 매력을 표현한다. 석란이 "좋음 좋고 나쁨 나쁘고 솔직하게 살다 솔직하게 죽음 되지 뭘 그러세요? 〔……〕 원자탄 하나만 콰앙 함 선생님도 없고 저도 없어요"라는 말로써 찰나적 감정을 승인하는 반면, 영심은 "조그마한 행복감을 인생의 무슨 보물인 양 〔……〕 현실의 불행을 초극해나가려는" 태도를 갖고 금욕주의적 의식을 실천한다. 이 둘 사이에서 서술자의 입장은 비교적 중립적이다. 자칫 경박하거나 불량해 보일 석란의 자세가 "마음속의 희로애락을 노골적으로 나타내는 〔……〕 명랑한 아름다움"으로 옹호되는 한편, 지고지순의 표상으로 추앙될 법도 한 영심의 인생관이 "자멸적이요 자학적인 〔……〕 독특한 인생의 계산법"으로 분석되기도 한다.

　　『애인』은 남성으로서 비슷한 좌표에 있는 유민호에 대해서는 불신과 경멸을 표하면서도 이석란의 개성과 발언권은 시종일관 존중한다. 애시당초 남성–유민호의 포식자적 애욕 추구와 여성–이석란의 솔직한 애욕 추구는 차이가 있다. 유민호의 연애론은 때로 결혼제도의 계약적 측면을 지적하고("결혼계(結婚屆) 〔……〕 그것은 다만 그대들의 의식주를 보장받으려는 하나의 상행위니까") 도덕의 위선적 성격을 조롱하는("인간의 행복의 대부분은 악마의 영역에 있는 것") 등 폭로의 효과를 갖지만, 오직 이익 동기에 따라 천변만화(千變萬化)하는 그의 행동 방식은 그 대부분을 무효화해버린다. 그러나 이석란은 다르다. 신혼여행지에서 다른 남자의 유혹에 응한 까닭에 이혼당하는 처지가 된 후에도 그의 발언권이 약화되지는 않는다. 남편인 지운부터 한 차례 석란의 뺨을 치긴 하지만 곧 마주 앉아 사랑과 결혼에 대해 진지한 대화를 이어간다. "오늘의 일부일처주의가 한낱 허울 좋은 형식 〔……〕 일부일처주의의 미덕을 충실히 지켜나가는 것은 세상의 아내들뿐"이며 "사회적인 비판을 마련하고 형성하는 주체가 여성이 아니고 남성들 〔……〕 남성 본위"라는 것이 석란의 항의의 요체다. 그런 그를 '아프레après'적 타락의 낙인에서 보호하려는 듯, 작가가 그에게 즐겨 선사하는 의상 역시 "곤색 투피스"나 "선명한 회색 투피스"의 단정한 차림새다.[8]

2. 사랑에 대한 공포 또는 여성 – 장애 – 의존의 인접성
―4·19세대 소설 미리 읽기

한국에서 근대적 정상 가족 모델이 사회적 규범으로 일반화된 것은 1960년대 이후다. 조혼이 금지되고 재가녀(再嫁女) 자녀에 대한 차별이 철폐되는 등 혼인 제도에 대한 법률적 수정 자체야 이미 갑오개혁(1894) 때 시행됐다. 그러나 근대적 혼인 제도의 기초가 개인주의·법

---

8. 석란의 차림새는 서술자가 비판조로 언급하는 당대 여성들의 차림새("유방이 들여다보이는 잠자리 날개 같은 나일론 셔츠, 겨드랑이 털이 부스스 드러나 보이는 팔소매 없는 원피스")와 구별된다. 그러나 『애인』은 그런 차림새인 이른바 요식·접대업의 여성 인물들에게도 최소한의 발언권을 부여한다. 속물 유민호를 최종적으로 공박하는 것도 이른바 접대부 여성들이다.

률주의·일부일처주의라고 할 때, 부모 결정에 의한 조혼과 남성 우위의 축첩제 등 그에 반(反)하는 풍습은 식민지 시기는 물론 1950년대까지 계속된다. 1960년 4·19 직후 참·민의원 선거에서 '축첩자 배척'이 중요 의제 중 하나였음을 상기해봐도 좋겠다. 당시 여성계에서는 "축첩자는 우리의 대변자가 될 수 없다"는 구호를 앞세워 거리 행진을 조직하고 "한 남성이 여러 여성을 거느린다는 사실은 금수인 동물 세계에서만이 용납되는 사실〔……〕인간의 존엄성을 무시하고〔……〕가정을 파괴하고 국가를 더럽히고 어지럽히는 불한당과 같은 행동"임을 주장했다.[9] 그만큼 '축첩'이 일반적인 동시에 문제적인 행태였던 것이다. 5·16 쿠데타 후 최초의 시행령 중 하나도 축첩 공무원 해임이었다.[10] 돌이켜보면 불과 반세기여 전의 일이다.

즉, 일찍이 1920대 초 '연애의 시대'로서 시동된 낭만적 사랑과 중산층 핵가족에 대한 동경[11]은 1960년대 이후에야 한국 사회에 안착했다. 40여 년 만의 성과였으나 그 결과가 꼭 만족스러운 것은 아니었다. "사랑은 걷잡을 수 없는 정열일까, 견고한 파트너십일까."[12] 낭만적 사랑이 품고 있는 근본적 모순은 여전하다. 더욱이 『애인』에서 여러 갈래 애정관의 경합이 보여주듯 저마다의 신체와 마음은, 또 갈망과 추구의 양상은 다를 수밖에 없다. 설혹 낭만적 사랑이 다행히 안정된 가정으로 이어지는 경우라 해도 개인주의·법률주의·일부일처

---

9. 「축첩 음주반대의 부녀시위」, 『조선일보』 1960년 7월 20일 자; 유정순, 「선거와 여성; 권력
행사를 올바로 하자」, 『조선일보』 1960년 7월 12일 자.

10. 1961년 6월 23일 군사정부에서 근 30퍼센트에 달하는 공무원 감원 계획을 발표, 병역
기피자·미필자와 함께 축첩 공무원을 일차적 대상으로 지정한다. 정치 관여자·부정행위자
또한 대상이 됐다(「공무원 정리 기본요강 발표」, 『동아일보』 1961년 6월 24일 자).
1960~70년대 내내 '요정(料亭) 정치'가 성했던 것을 생각하면 아이러니한 일이긴 하다.

11. 1920년대 초반의 연애 열풍 및 그 사회·문화적 의미에 대해서는 권보드래, 『연애의
시대——1920년대 초반의 문화와 유행』, 현실문화연구, 2003 참조.

12. 김기태, 「롤링 선더 러브」, 『두 사람의 인터내셔널』, 문학동네, 2024.

주의 각각은 또 얼마나 많은 문제를 품고 있는가. 『애인』의 두 주인공부터 ‘행복한 가정’ 대신 ‘황홀한 죽음’으로 나아가지 않았던가. 남성 주인공 지운의 말대로, “참된 연애라면 일체의 계산을 초월해야만 할 텐데” 결혼을 의식하면서 사랑을 겪는다는 것 자체가 모순이다. 영심의 남편 정욱이 자발적으로 떠난 후, 주인공들을 가로막는 실질적 장애가 없어졌는데도 둘은 이심전심 죽음을 결의한다. ‘행복한 가정’ 따위로 사랑을 정당화하는 것은 불가능하다. “사랑 그 자체 속에서의 〔……〕 전 실재의 용해”만이, 사랑 그 자체의 정언 명령만이 이들의 일탈을 변명해줄 수 있을 터이다. 결국 이들은 “생명 의식의 자연적인 용해 〔……〕 인간 의식의 페이드인(溶暗)” 속에서 사랑과 영혼의 불멸을 기약하며 설산(雪山) 속에서 마지막 발걸음을 내딛는다.

　　‘건실한 부부애의 기초로서의 연애’라는 문제의식에서 출발하고서는 ‘사랑을 위한 순사(殉死)’로 끝나 버리다니. 『애인』의 시작과 끝은 연애 – 결혼 – 가정이라는 연속 기획의 부조리를 드러낸다. 이미 해방기부터 “연애를 결혼의 예비 단계로 여기지 않고 연애 그 자체를 탐닉하려는”[13] 경향이 고조된 데다, 한국전쟁의 경험이 애정의 사회적 모델 자체를 정지시켰던 만큼, 그 위에서 추진된 연애 – 결혼 – 가정의 프로젝트란 더더구나 취약할 수밖에 없다. 김내성이나 정비석이 추구한 ‘건실한 부부애’나 ‘건전한 민주 가정’이란 오늘날에도 설득력을 갖고 있지만, 한편 그것은 자연스러운 보편성이라기보다는 의지적 결단의 소산이다. ‘4 · 19세대 작가’로 범칭되는 김승옥이나 박태순이 ‘가족 재건’이라는 과제에 대해 이중적 태도를 보여주었다는 사실을 상기해보자. 이들이 소설을 통해 ‘가족 재건’을 다루기 시작

13.　　류경동, 「1950년대 신문소설에 나타난 세대 간의 연애와 새로운 소비주체」,
　　　『열린정신인문학연구』 제18집 제1호, 원광대학교 인문학연구소, 2017, p. 162.

한 것은 그들 자신 삼십대를 눈앞에 둔 1960년대 후반부터다. 김승옥의 「60년대 식」(1968)에서 조연 격인 화학 기사는 "전쟁 때문에 잃어버렸던 전쟁 전의 가정을 되찾"는 것을 인생 목표로 삼고[14] 박태순의 「정처」(1969)에서는 갓 가정을 일군 장남이 "이 집을 재건해야지 안 되겠"다고 다짐하면서 진작 집을 나간 아버지를 찾아 나선다.[15] 비록 소설의 서술자가 직접 '가족 재건'을 승인하는 것은 아니지만 '재건'이 의제화된 상황 자체는 명백히 계시되는 셈이다.[16]

한 걸음 더 나가 김승옥은 『주간여성』에 연재한 장편 『보통 여자』(1969)를 통해 애욕과 전혀 다른 결혼의 질서를 탐문한다. 이 소설의 주인공인 엘리트 청년 명훈은 '서울내기'로서의 자의식을 기초로 유희적 삶의 생리를 장착한 인물이다. 1960년대 김승옥 소설의 한결같은 자의식이 '촌놈'이었다는 사실을 생각하면 예외적 주인공인 셈이다. '서울내기'로서 그의 감성과 행동 양식의 핵심은 우연성과 쾌락의 수리(受理)에 있다. '촌놈'들이 책임과 의미에 집착하는 반면 '서울내기'들은 인생에서 "사소하지만 구체적이고 현실적인 재미"를 추구할 뿐이다. 세련된 포기를 체질화했다고나 할까. 그랬던 그가 달라지는 것은 집안끼리의 안배에 의해 수정이라는 여성과 약혼하면서부터다. 이성 관계에 있어 부채감 없는 쾌락을 향유하던 그가 새삼 수정을 향해 진실한 애정을 느낀 것은 아니다. 수정은 유복한 판사 집안의 딸로 "순결무구한 육체를 가진" 여성이지만 그것 또한 결정적인 매력 요소일 수 없다. 수정의 존재가 중요한 것은 그가 가족적, 사회적 관계를

---

14.   김승옥, 「60년대식」, 『내가 훔친 여름』, 문학동네, 2004.

15.   박태순, 「정처」, 『낮에 나온 반달』, 삼성출판사, 1972, p. 207.

16.   1950~60년대 '가족 재건'을 둘러싼 인식과 정책의 전개에 대해서는 소현숙의 글 「1950~60년대 '가정의 재건'과 일부일처법률혼의 확산──한국가정법률상담소의 활동을 중심으로」(『역사문제연구』 제33호, 역사문제연구소, 2015) pp. 98~99 참조.

대표함으로써 '보통'의 생활과 규범을 촉구하고 있기 때문이다. 소설 속 시간으로 불과 이틀에 압축된 애정 갈등을 통해 명훈은 '서울내기'의 경박성을 버리고 '보통 남자'로 환골탈태한다.

쾌락주의자였던 그가 "이 여자를 아껴라. 함부로 건드려선 안 돼!"라는 내면의 명령에 귀 기울이게 되는 것은 그런 과정을 거쳐서다. 서술자는 넌지시 일깨운다: "그는 수정의 육체를 과거에 다른 여자들의 그것에 대해서와는 다르게 단순한 하나의 여체로서 본 것이 아니라 하나의 사회로 본 것은 아닐까? 수정의 육체라는 문을 통하여 들어가면 그 안에서 그를 기다리고 있는 (……) 하나의 작은 사회라고 그는 판단한 것이 아닐까?"[17] 이 장면에 이르러 김승옥 소설은 '서울내기'를 흉내 내는 '촌놈'들이 가득했던 세계와 결정적으로 결별한다. 초기작인 「생명연습」(1962), 「환상수첩」(1962), 「건(乾)」(1962) 등에서의 남성적 위악, 즉 자신의 위신과 성공을 위해 여성을 약탈하고 배신하던 습관도 주춤해진다. 젊은 시절 애인을 버리려고 그 육체를 범했다는 교수(「생명연습」), 순애를 감추기 위해 여자친구에 대한 친구의 성적 공격을 방관하는 대학생(「환상수첩」), 동경하던 여고생 누나에 대한 동네 형들의 집단 강간 음모에 자발적으로 가담하는 소년(「건」) 등, 김승옥 소설의 남성 인물들은 사랑을 가학적으로 부정하면서 필사적으로 남성적 결속homosocial에 매달리는 존재들이었다. 「환상수첩」의 정우가 보여주듯 여성적 특질은 장애와 이웃해 있고, 그것은 의존성과 취약성으로 요약된다. '나'를 무턱대고 따르며 "계집애처럼 새빨개진 얼굴"로 부끄러워하던 정우―그는 '나'의 고향 친구로서 화재로 인한 시각장애라는 불운을 겪었고, 그럼에도 '나'를 향해 한결같은 애착을 표현하지만, 그를 볼 때마다 '나'는 짙은 연민과

---

17.   김승옥, 「보통 여자」, 『강변부인』, 문학동네, 2004, p. 238.

난폭한 가학적 충동에 동시에 시달린다.

　　'나'는 "바다로 데려가 줘"라는 정우의 요청을 죽음에 대한 소망이자 의탁으로 이해하여, 마침내 그를 만조(滿潮)의 바다로 데려가 유기하고자 한다. 그러나 타인의 죽음을 방관할 뿐 아니라 조장하고 설계하는 일이 쉬울 리 없다. '나'는 정우를 죽음으로 몰아넣으려다 기진맥진 함께 귀가한 후 자살해버리고 만다. 김승옥의 남성 주인공들의 가학은 그러니까 꼭 망상의 산물은 아니다. 희생시킬 것인가, 희생자가 될 것인가. 버릴 것인가, 버림받을 것인가. 그들은 '여성 – 장애 – 취약성 – 의존성'이라는 인접 관계가 허구적이기 쉽다는 사실을 잘 알지만, 여성(적 존재)를 신뢰하기에는 너무나 자기 중심적인 공포에 질려 있다. 나날이 가속 중인 개발독재의 사회에서 낙오하지 않으려면 생존과 위신을 위해 필사적으로 질주해야 한다. 막상 멈춰 서면, 위력이나 간지(奸智) 대신 공통성과 연대를 향하다 보면 질주의 관성을 벗어날 수도 있으련만, 가상임에도 선연한 공포는 그런 정지를 허락하지 않는다. 정지와 휴식에의 갈망은 위험하다. 김승옥과 동년배인 소설가 송기원은 훗날 『여자에 관한 명상』(1996)에서 여성에 대한 동경·혐오·폭력의 궤적을 회고하면서 말하지 않았던가. "이미 자신의 인생에 절망해버린 자에게는 여자와 같은 밝은 세계의 관념들이 얼마나 잔인한 고통이 되는 것인지" 또는 "세상에서 흔히 무구하다고 여기는 것들이야말로 내 절대의 아름다움에 대한 적에 다름아니었다"라고.[18]

　　젊은 남성을 특권적 주체로 호출했던 1960~70년대의 개발주의·성장주의는 '사랑'의 윤리를 탐구하는 데는 인색했다. '사랑'이 "생명의 최선·최미·최고한 활약의 현현"이자 "상대 형상 내의 자기 발견

18.　　송기원, 『여자에 관한 명상』, 문학동네, 1996, pp. 20, 123.

의 기쁨"이며 동시에 "건전하고 완전한 주관의 세계〔……〕독이성(獨異性)"의 발견·전개[19]라고 한다면, 그것은 시대를 막론하고 인간의 삶에 필수불가결한 질료일 터이다. 그러나 4·19세대 남성 작가들은 사랑에 대한 주저·불신·공포에서 중산층적 결혼이라는 입사담(入社談, initiation story)으로 건너뛰면서 '사랑' 그 자체의 주제화를 거부하곤 한다. 이청준이 「병신과 머저리」(1966)나 『조율사』(1967)에서 애정 갈등을 중요하게 다루면서도 감정의 표현에 인색했던 사례를 생각해봐도 좋겠다. 「병신과 머저리」의 '나'–혜인이나 『조율사』의 '나'–은경의 관계는 처음부터 실패를 전제한 관계다. 혜인과 은경은 둘 다 다른 남자와의 결혼 계획을 알리는 방식으로 '나'의 적극적 애정을 촉구하지만, '나'는 그들을 계속 떠올리고 그들 때문에 통증에 시달리면서도 스스로의 애정을 인정하거나 고백하지 않는다. "금방 잊어버리고 있었"다거나 "그때 이미 그녀의 일을 생각하고 있지 않았"다는 서술로써 자신의 냉정을 대견하게 기록할 뿐이다. 『씌어지지 않은 자서전』(1969)에서 윤일–정은숙은 연인 사이지만 서로 애정보다 증오를 토해내기 바쁘다.

3. 해방의 회고―자유의 풍속과 성애의 개방

이들은 사랑을 '성욕의 시적 변형'에 불과한 것으로 멸시하려는 것일까. 또는 이들보다 10여 년 선배 격인 강신재의 말대로 사랑을 "유치한 미성년적 감각, 혹은 하잘것없는 감정의 유희" 정도로 치부하는

19.　　염상섭이 1925년에 남긴 글 「감상과 기대」의 일부분이다(한기형·이혜령 편, 『염상섭 문장전집』 1, 소명출판, pp. 418~19).

것일까.[20] 사랑을 부정할 때 오히려 성장이 가능하다고 생각하는 것일까. 4·19세대 남성 작가들에게 중산층으로의 입사는 성취인 동시에 수치다. 성장임과 동시에 성장의 포기다. 김승옥의 「역사(力士)」(1964)에서 읽어낼 수 있듯 규범적 중산층 – 가족 모델이란 종종 섬뜩할 만큼 냉담하고 비인간적이다. "한결같은 곡이 한결같은 악기로 연주되는" 숨 막힐 듯한 일상은 그 가족에게 몰래 흥분제를 먹이는 식의 도발에도 요지부동이다. 중산층적 안정성에의 동경과 그에 대한 혐오 사이에서, 여성은 입사 – 성장의 장애로서 잔인한 가학성의 대상이 되거나 반대로 그 촉매로서 방어적 경멸의 대상이 된다. 이청준의 『조율사』(1967/1972)에서 비평가 지훈에 대해 친구가 하는 말마따나 말이다: "녀석은 제 계집을 한입에 중산층으로 규정해놓고서는 이러는 거지. 중산층은 언제나 서민 계급 세계에 대한 애정보다 상류 계층에 대한 환상적 동경 속에 살아간대나. 〔……〕 그래 녀석은 제 여자와의 대화 속에 항상 자기 부재를 느끼게 된다는 거야."[21] '중산'의 욕망과 생활을 여성에게 떠맡김으로써 남성 인물들은 '비순응'의 노선을 주장할 수 있다. 어지간히 사랑 앞에 수줍어하고 또 사랑을 갈망하면서도, 이들은 사랑을 생명과 개성과 성숙을 위한 기초로 순순히 받아들이지 못한다.

김승옥의 「무진기행」(1964)과 「야행」(1969)처럼 여성의 욕망을 중요하게 다룬 소설이 있었음을 잊을 수는 없겠다. 이들 소설의 여성 인물들은 도시 – 중산층의 삶을 선망하면서도 그 기만성을 민감하게 의식한다. "무모하고 비상식적이고 반사회적"인 그들의 숨겨진 일면은 그러나 내적 폭발력을 간직한 채 끝끝내 사회적으로 표현되지

---

20.   강신재, 「사랑의 아픔」, 『거리에서 내 마음에서』, 평민사, 1976, p. 97.

21.   이청준, 『조율사』(이청준 전집 8), 문학과지성사, 2011, p. 61.

않는다. 훗날 「저녁의 게임」(1979), 「바람의 넋」(1982)을 비롯한 오정희 소설의 여성 주인공들이 그러했듯이. 중산층 가정의 여성들은 가출을 반복하고 갓난아이를 살해하고 성적 폭력으로 떠밀려가면서도 집 안에 유폐돼 있다. 공공연한 비순응, 방랑과 모험은 그들의 몫이 아니다. 개발독재기의 남성들은 대신 방랑의 짝패로 '길 위의 여자'를 내세우곤 한다. "인생의 밑바닥으로 굴러떨어졌을 때 〔……〕 창녀의 따뜻한 체험과 아늑한 평온"[22]이 안식처가 되었노라면서 말이다. 개발독재에 맞서는 남성 – 노동자 – 주체를 조형해낸 황석영 또한 「삼포 가는 길」(1973)이나 「몰개월의 새」(1976)에서 성매매 여성을 공감과 이해의 시선으로 묘사하지 않았던가. 21세기에 접어든 후에도 그는 비슷한 존재를 격변기 동아시아를 횡단하는 역사적 주체로 설정한 바 있다. 19세기 후반을 배경으로 한 『심청』(2003)에서 주인공 심청은, 성적 수난에도 불구하고 역량과 관계를 계속 확장하여 '관음보살'에 비길 만한 대중 구제와 자기 구제에 이르는 것이다.

연애 – 결혼 – 가족의 모델이 안정화되는 동시에 그에 대한 불만이 자라난 것이 1960년대였다고 할 때, 해방 – 분단 – 전쟁으로 점철된 그 이전의 사정은 어떠했을까. 『애인』에서 강직한 군인이자 건실한 젊은 가부장인 허정욱은 임지운과의 결투를 시연(試演)하기 앞서 다음과 같은 유서를 남긴 바 있다: "도의는 완전히 허물어지고, 있는 것은 오직 난무하는 본능일 뿐이다. 자유민주주의가 본능의 난무를 옹호하는 주의 주장일진대 차라리 그것은 우리 한국 민족에게 부여되지 않음만 같지 못하다. 〔……〕 본능의 옹호자들은 진실이라는 이름을 빌려 작게는 한 가정, 한 민족을 파괴하고 크게는 전 세계, 전 인류를 좀

22.　　송기원, 같은 책, p. 116.

먹고 있다.” 지운의 유서가 오직 사랑을 발설하는 데 비해 정욱의 유서는 공적인 우국(憂國)의 발언을 핵심으로 하는 셈인데, 여기서 정욱이 개탄한 ‘자유민주주의’를 허울 삼은 ‘본능의 난무’란 해방 후 풍속과 문화의 변화를 가리킨다. 정욱의 이해자인 동시 경쟁자인 지운 또한 “연애 없는 결혼을 우리 조상은 수천 년 해왔어도 모두 다 아들 딸 낳고 잘 살아왔”다면서 “연애를 안 하는 사람을 무슨 인생의 낙오자 같이 보는 것은 확실히 경박한 아메리카니즘의 폐단”이라고 일갈한다. 그들의 말대로 식민 말기 반(反)근대·반(反)서양에 대한 반동인 듯, 해방 후 한국 사회는 아메리카니즘의 열풍 속에서 ‘민족’과 ‘조상’의 풍속을 단번에 등지고자 했다. 사랑의 윤리와 성애의 풍속에서도 예외가 아니었다.

　　　해방기의 사정을 좀더 더듬어보자. 1945년 8월 15일 한반도는 일본 제국의 35년 지배로부터, 가까이는 1931~45년 전시체제의 억압으로부터 풀려났다. 민족주의적, 계급주의적 운동을 말살하려 한 것은 물론 사적 취향과 욕망을 금지하면서 일본 제국에의 ‘멸사(滅私)적 봉공(奉公)’을 강요했던 전시(戰時) 체제의 종결은 정치적, 사상적 자유는 물론 일상의 자유와 신체의 해방을 의미했다. 전쟁 수행을 위한 건강과 건전을 요구했던 일본 파시즘은 ‘민족우생(民族優生)’을 위해 ‘단종법(斷種法)’을 제정하는가 하면 후생국 산하에 국립결혼상담소를 신설하고 결혼대부금·소아보조금·가정수당 제도 등을 시행함으로써 “‘연애보담 어린이’라는 사상을 고취”하려 노력했던 터다.[23] 그러다 맞이한 해방은 민족적 환희였을 뿐 아니라 저마다의 변화·도약의 계기였다. 전쟁에 시달리던 사람들은 각반을 풀고 전투모를 팽개쳤으며 몸뻬 대신 흰 치마저고리를, 국민복 대신 양복을 입고 거리에

23.　　「연애보다 산아제일 결혼철칙을 제정」, 『매일신보』 1939년 9월 13일 자.

나섰다. "독립(해방)하던 해는 잘 먹었지, 떡에 고기에 술에……"라는 포식의 경험[24] 또한 해방에 대한 첫 반응 중 하나였다. 해방은 '정상으로의 복귀'를 초과한 낭비와 일탈과 방종, 신기원(新紀元)이자 일종의 축제를 의미했던 것이다.[25] 특히 '신여성' '현대 여성'으로 호명됐던 근대적 자아를 가둬둔 채 식민 말기를 버텨야 했던 여성들은 정치적 주체로서, 동시에 신체와 행동거지의 주인으로서 해방을 구가했다. 해방기 여성의 변화는 정치적 진출부터 패션과 취미의 개방까지를 아우른다. 일본에서 그러했듯 한반도 남녘에서도 미군정이 '민주주의'와 '여성해방'을 통해 그 존재를 정당화하려 하는 가운데, 여성 정책 변화의 폭은 상당했다. 보건후생부 산하에 부녀국이 설치됐고, 공창제 폐지 운동이 대대적으로 전개됐으며, 논란 중에도 과도정부에 몇몇 여성이 진출하는 등 여성 참정권이 현실적 의제가 되었다.[26] 초대 부녀국장이었던 고황경의 회상을 빌려오자면, "남녀공학의 대학에도 여자 교수가 나오게 되었으며 과거에 여자는 아무리 같은 학교에 오래 있어도 교무주임이 못 되던 것이 해방 후에는 관공립 여자중등학교에 대부분 여자 교장이 취임"하고 "행정 부문에도 국장·과장의 자리를 가지게 되었으며 여자 경찰 제도가 생겨서 여자도 씩씩하게 제복을 입고 제일선에 서서 질서를 유지"하게 됐던 것이다.[27] 전국적으로 48개 지부를 결성한 좌파의 '전국부녀총동맹'을 비롯해 중간파의

---

24. 최정희, 「우물 치는 풍경」, 『해방기 여성 단편소설』 2, 구명숙·이병순·김진희·엄미옥 편, 역락, 2011, p. 492.

25. 내전적 좌·우 대립 전 해방기의 아르케적 해방의 성격, 특히 신체의 해방에 대해서는 다음 글 참조. 천정환, 「해방기 거리의 정치와 표상의 생산」, 『상허학보』 제26집, 상허학회, 2009, pp. 72~76.

26. 소련 후원하에 이미 1946년 7월 남녀평등법을 제정한 북한 정권에의 대응이라는 성격도 겸했다는 것이 일반적 평가다.

27. 고황경, 『인도기행』, 을유문화사, 1949, pp. 47~48(장영은, 「미군정기 여성 관료의 자기재현과 아메리카니즘」, 『동방학지』 제207집, 연세대학교 국학연구원, 2024, p. 69에서 재인용).

‘자주여성동맹’, 우파의 ‘전국여성단체총연맹’등, 해방기의 정치적 지형에 상응하는 각개 조직이 생겨날 정도로 조직과 운동에 대한 여성들의 요구 또한 열렬했다. 좌우 공존의 마지막 시기였던 1946년 6월 개최된 ‘전국부인대표대회’(또는 전국여성대표자대회)에는 1천여 명의 여성들이 집결한다.

　　1950~60년대를 풍미한 ‘여대생’이라는 존재가 탄생한 것도 해방기다. 일본의 대학을 졸업한 경우가 간간이 있기는 했으나 식민지 시기에 여성의 최고 교육은 대체로 전문학교까지로 한정돼 있던 것이, 해방 이후 기존 대학이 남녀공학으로 탈바꿈하고 대학 신설 붐까지 겹쳐 해방 이후 여자대학과 여자 대학생들은 빠르게 증가했다.[28] 1920년대의 ‘신여성’과 1930년대의 ‘현대 여성’이 한층 현실적, 대중적 존재가 되어 귀환한 격이다. 손소희의 「속 리라기」(1949)에서 조국으로 귀환한 리라가 여학생들 앞에서 했던 연설을 기억해봐도 좋겠다. “우리들의 할머니와 어머니는 실로 좁고 험하고 거친 인생의 길을 걸었습니다. 〔……〕 그러나 오늘 이 자리에서 저를 맞아주시는 여러분은 춥고 덥다는 것을 느낄 줄 아는 감성의 소유자로 싫고 좋은 것과 미운 것과 아름다운 것을 분별 선택할 수 있는 자신의 의사를 표방해도 무방한 자유로운 단계에 서 있습니다. 이러한 우리 여인들의 성장은 곧 조선이란 국가의 성장이 되며 다시 지구 위에 생존하는 모든 억눌린 자들의 성장일 것입니다.”[29] 또는 이무영이 장편 『삼 년』(1956)에서 해방 직후 아내의 출분(出奔)을 겪은 중년 사내의 분석을 떠올려봐도 무방하겠다. “스무 남은 해 전 우리 한국에 남녀동등이니

28.　　「남자 대학에 여자도 다수」, 『동아일보』 1946년 7월 12일 자. 해방기에는 이화여자전문학교가 종합대학으로 승격한 것을 비롯해 5개 여자대학이 생겼다.

29.　　손소희, 「속 리라기」, 『해방기 여성 단편소설』 1, 구명숙·이병순·김진희·엄미옥 편, 역락, 2011, p. 424.

낡은 생각을 쳐부순다는 사상이 들어왔을 때 『인형의 집』의 노라는 그때 벌써 다 생겼었지. 그렇지만 워낙 수천 년 동안 내려온 습관 때문에 엄두를 못 내다가 이번 해방이 되면서 그 울이 툭 터지니까 비로소 용을 쓰게 된 것이 아닐까."[30]

식민 권력이 무너지고 인구의 대대적 이동이 일어나는 가운데, '자유'와 '민주주의'를 명분으로 한 사회적 변화는 자못 선풍적이었다. "연애를 성과 결부시켜서 생각하는 폐단이 많"아지고 "민주주의라는 허울 좋은 구실 밑에 〔……〕 애정 문제까지도 천시"하게 됐다는 우려도 높아진다.[31] 때마침 세계적 '성 혁명'이 발아한 시기이기도 했다. 구미를 기준으로 해도 본격적 성 혁명은 68 이후의 사건일 테지만, 제1차 세계대전 후 여성 참정과 산아 제한 등에 대한 논의가 활발해진 데다 파리 등의 대도시에서 퀴어 커뮤니티가 출현하는 등[32] 젠더와 성애의 배치를 둘러싼 일련의 변화는 이미 무르익은 상황이었다. 그 위에 또 한 차례의 세계 전쟁을 통해 기존의 모럴과 관습이 붕괴하면서 성과 사랑에 대한 대중적 풍속은 본격적 전환기를 맞는다.[33] 본래 혹벌 연구자였던 앨프리드 킨제이가 록펠러 재단의 후원을 받아 『인간 수컷의 성적 행동에 대한 보고서』를 편찬해낸 것은 1948년이다. 킨제이 보고서는 일종의 동성애 지수를 도입하고 혼외정사 횟수를 질문하는 등, 설문의 구성에서부터 이성애 – 일부일처제를 의문시했으며, 시의적절하게도 그 의문을 전 세계적인 도덕적 혼란 한복

---

30. 이무영, 『삼 년』, 사상계사, 1956, p. 59.

31. 「(좌담) 연애·결혼·생활」, 『경향신문』 1949년 12월 11일 자.

32. 안드레아 와이스, 『파리는 여자였다』, 황정연 옮김, 에디션더블유, 2008 참조.

33. Alan Petigny, "Illegitimacy, Postwar Psychology, and the Reperiodization of the Sexual Revolution", *The Journal of Social History*, vol.38. no.1, 2004 참조. 이 논문에서 저자는 풍속 검열 및 단속 자료를 활용, 1960년대에 앞서 1940~50년대에 이미 '성혁명'이 진행되고 있었다고 결론 내린다.

판에 던짐으로써 보수주의적 성 관념에 결정적 충격을 선사했다. 한국 또한 아메리카니즘을 매개로 그런 변화의 세계적 연쇄에 참여한 셈이랄까. 해방 이후 1950년대까지를 거쳐 한반도 남녘에서는 '데이트'라는 낯선 풍속이 빠르게 보급돼간 한편,[34] 젊은 세대가 "스스로를 연애하는 인간으로 선언하고 삼각·사각 등 복잡한 짝짓기의 전장"으로 뛰어들기 시작한다.[35]

4. 방황의, 모험의, 타락의 권리
―여성 작가와 전시 성폭력에의 응답

해방 후 애정 윤리와 성 풍속의 변화가 소설에서 응분의 표현을 얻은 것은 아니다. '문란'은 오히려 좌우를 막론하고 정적(政敵)을 겨냥할 때 편리한 과녁이었다. 김동리의 『해방』(1949~50)이나 김말봉의 『화려한 지옥』(1951)에서 좌파를 '난륜(亂倫)'으로 공격하고 반대로 김남천의 『1945년 8·15』(1945~46)이 부르주아 여성과 우익 청년 사이 '외도(外道)'를 묘파해낸 예에서 볼 수 있듯 말이다.[36] 건전하고 보수적인 섹슈얼리티는 지금까지도 주체의 진정성을 증명하는 데 유용하잖은가. 주목할 만한 예외가 없지는 않다. 해방을 맞아 소설 창작을 재

34.　'데이트'라는 용어는 미국 문화의 영향하에 해방기에 도입, 1950년대 말까지도 "우리나라에 '데이트'와 같은 제도가 있는 것이 좋으냐 나쁘냐" 같은 논란을 일으키곤 했다(이만갑, 「중매연애」, 『조선일보』 1959년 3월 4일 자). 연애를 '양녀(洋女)'의 풍속, '불결한 것'으로 여기는 태도도 한편에서 지속됐다.

35.　조미숙, 「1950년대 말 여성 작가의 서사전략―장편소설 『끝없는 낭만』, 『빛의 계단』을 중심으로」, 『한국문예비평연구』 제63호, 한국현대문예비평학회, 2019 참조. 1950년대에 대한, 그러나 해방기로 소급 가능한 분석이다.

36.　『해방』의 섹슈얼리티 전략에 대한 연구로는 류동규의 「김동리의 『해방』에 나타난 친일의 표상」(『국어교육연구』 제51집, 국어교육학회, 2012) 참조.

개한 염상섭의 장편소설 『효풍』(1948) 같은 경우가 그렇다. 염상섭은 해방 직후 남성 – 청년 주인공을 통해 '나라 만들기'의 과제를 추구하다[37] 『효풍』에서는 방향을 전환해 젊은 여성들에 초점을 맞춘다. 여성 주인공인 혜란과 그의 연적이라 할 화순은 모두 사회적 관계에 능동적이고 애정 추구에 적극적이다. 남성 주인공인 병직이 애정에서나 이념에서나 수동적인 반면, 혜란과 화순은 연적이면서도 감정적 충돌보다 보완적, 대안적 경쟁에 가까운 양식으로 행동한다. 특히 기자이자 사회주의자인 화순은 일부일처제의 도덕을 비웃고 '과학적 연애'를 표방하는 한편 병직에 대한 독점적 욕망을 표현하는 데 거리낌이 없다. 병직이 화순에게 이끌리고 그의 인도에 따라 월북까지 시도하게 되는 것도 화순이 "감연히 인습을 타파하고 봉건적 가족주의에 반항"한 "혁명가적" 인물형이었기 때문이다.[38]

그러나 곧이어 닥친 전쟁은 애정의 윤리 자체를 붕괴시켰다. 부부 관계로 결속됐던 남녀조차 배반하고 헤어지고 찢긴다. 갓 중년의 여성이 남편을 버리고 젊은 좌익 청년을 따라 가출 – 월북한다는 설정에서부터, 전쟁 중 남편이 행방불명된 사이 그 아내가 생활고와 성폭력에 시달린다는 서사까지, 소용돌이치는 정세 속에서 누구의 마음도 행동도 충직할 수 없다. 그런 현실에 저항하려는 양 황순원은 전쟁 끝 무렵 「소나기」(1953)에서 단둘만 세상에 남은 듯한 소년 소녀의 풋사랑을 그려냈으나,[39] 그 또한 전쟁 경험을 총결산한 『나무들

---

37.   염상섭이나 안회남 등은 「첫걸음」「해방의 아들」「엉덩이에 남은 발자국」이나 「섬」「불」「폭풍의 역사」 등을 통해 청장년층 남성을 민족의 역사와 현재를 대표하는 인물로 설정하여 그들의 이동·귀환·선택을 서사의 초점으로 삼는다.

38.   염상섭, 『효풍』, 실천문학사, 1998, p. 190.

39.   「소나기」에서는 비단조개와 도라지꽃·마타리꽃 같은 자연물조차 개별성을 띤다. 소년 소녀가 마을길에서 만나는 유일한 사람도 홀로 길을 지나던 농부다(황순원, 「소나기」, 『황순원 전집』 3, 문학과지성사, 1981 참조).

비탈에 서다』(1960)에서는 청년층의 충격과 타락에 초점을 맞춘다. 1960년 『사상계』에 연재된 이 소설에서 동호는 「소나기」의 소년처럼 순수한 청년이었으나 전쟁을 통해 성매매와 살인과 자살로 전락해 간다. 순결한 사랑의 기억은 전쟁터에서는 오히려 해롭다. 동호는 어린 시절부터 가깝게 자라난 장숙과 열렬하면서도 순정한 사랑을 지켜왔지만, 휴전협정 후 제대를 기다리면서 술집 여자와 관계하고, 주독에 빠져들고, 마침내 다른 남자와 성매매 중인 술집 여자를 살해한 후 자살해버린다. 몇 차례 성매매에 지나지 않았던 관계가 중요했던 까닭은 아니다. 그것은 사랑을 배반하고 생존과 쾌락에 굴복하기 시작한 여자와 자기 자신에 대한 응징이다. 술집 여자 옥주는 결혼 보름 만에 헤어진 남편을 진정 사랑했다고 고백하면서도, 다른 한편 "육신처럼 야속한 건 없어요. 이 몸뚱어리가 희미하게나마 남아 있는 그이의 모습을 아주 지워버리는 수가 있어요"[40]라고 토로한 바 있다. 동호가 발작적으로 총을 든 것은 그랬던 옥주가 사랑의 기억을 최종적으로 배반하듯 성매매 중 교성을 흘렸을 때다.

　　"대체 우린 피해잘까 가해잘까?" 동호의 마지막 질문처럼 한국전쟁기의 남성들은 국가 폭력의 희생자이자 대리인으로서, 동호가 그랬듯 흔히 '피해자'로서의 실감을 '가해자'로서의 위치에 의해 상쇄시키려 한다. 특히 여성을 향해 그렇다. 1950년대 소설에서 성폭력과 여성 살해의 양상은 무시무시하다. 『나무들 비탈에 서다』에서는 동호 외에 그 친구 현태와 윤구도 제각각의 방식으로 여성 살해를 방조하거나 초래한다. 심신이 만신창이가 된 남성-청년들에게 사랑과 성매매와 강간은 거의 구별되지 않는다. 전형적인 사례로, 서기원의 「이 성숙한 밤의 포옹」(1960)에서 탈영병인 주인공은 "너는 상희겠지, 틀

40.　황순원, 『나무들 비탈에 서다』, 문학과지성사, 2006, pp. 382~83.

림없는 상희겠지, 너는 상희여야 한다"고 애인의 이름을 중얼거리면서 시골 처녀를 강간하고 목 졸라 죽여버렸으니 말이다.[41] 많은 여성들이 살아남기 위해 성(性)을 팔아야 했던 시절이기도 했다. 남편이 훔쳐보는 가운데 다른 남자를 상대하는 여성들이나, 옆방에서 아이가 우는 중에 화대를 챙기는 여성들은 주연으로 또는 조연으로 이 시기 소설에서 흔하게 목격할 수 있는 인물군이다. 그 연장선에는 김송의 「심판」(1956)이나 송병수의 「환원기」(1959) 등 기혼 여성으로서 생계를 위한 성매매와 일탈적 쾌락이 뒤얽힌 생활로 빨려든 인물을 초점화한 경우도 있다. 남편은 그런 아내를 '심판'하거나 '환원'시키는 결정권자라는 위치를 자처한다. '심판'이 극단화되는 데까지는 불과 한 발자국이다. 남편이 아내를 살해한다는 설정마저 드물지 않은 것이다.

한국전쟁기에 성폭력이 어느 정도 규모로 자행됐는지 실증적으로 재구성하기는 어렵다. 구술 사례 등이 일부 조사돼 있을 뿐이다.[42] 1950년대 소설 특유의 '편재(遍在)하는 성폭력', 그리고 사랑―성매매―강간이 뒤죽박죽된 혼란한 마음과 행동은 그런 '역사의 침묵'에 대한 '문학적 항의'로 읽어볼 수 있겠다. 제1차 대전 후 전쟁의 양상 자체가 민간, 특히 여성과 어린이의 피해가 커지는 경향이었다는 사실은 잘 알려져 있다.[43] 한국전쟁은 한 마을 안에서도 '내전 속 내전'이 심각했던

41.	서기원, 「이 성숙한 밤의 포옹」, 『오상원/서기원』(현대한국문학전집 7), 신구문화사, 1967, p. 380.

42.	김귀옥, 「한국전쟁기 한국군에 의한 성폭력의 유형과 의미」, 『구술사연구』 제3권 제2호, 한국구술사학회, 2012, pp. 14~17; 김상숙, 「한국전쟁 전후 여성 민간인 학살과 전시 성폭력―1기 진실화해위원회 보고서 기록을 중심으로」, 『사회와역사』 제131호, 한국사회사학회, 2021, pp. 87~89 등.

43.	그 양상 중 하나로서 전시 성폭력에 대한 본격적 연구는 일본군 위안부 문제를 계기로 아시아에서 시작해 세계적으로 확산된다(우에노 지즈코·아라라기 신조·히라이 가즈코 엮음, 『전쟁과 성폭력의 비교사』, 서재길 옮김, 어문학사, 2020, pp. 9~10).

만큼 여성 피해의 양상은 혹독했다. 여성 작가들의 소설에서도 전시 강간은 중요한 의제다. 손소희의 첫 장편 『태양의 계곡』(1957~59)이나 박경리의 첫 장편 『애가』(1958)의 여성 주인공은 전쟁 중 피난지에서 강간당한 후 원한과 자포자기가 범벅된 생활로 미끄러진다. 후자의 경우 짝사랑을 핑계 삼은 미군 장교의 성폭력이 계기였던 만큼 양갈보·양공주·UN부인 등의 사연과도 멀지 않다. 최정희의 『끝없는 낭만』(1958)이 전개시킨 대로라면 그 사연은 '사랑'과 '매매'에 걸친 스펙트럼으로서 미군 상대 여성들의 속내에까지 닿는다. 주인공 차래의 애인이었던 곤은 미군 장교를 사랑해 결혼까지 한 그에게 다음과 같이 독설을 날린다: "차래 씨는 양갈보가 아니라고 자신을 변명합니다만 양갈보들에게 이야길 시켜보더라도 역시 차래 씨와 똑같은 말을 할 겁니다. 사랑하기 때문에 같이 산다고—."[44] 다시금, 통속적 시선에서 사랑과 성매매와 강간은 위험할 만큼 접근해 있다. '모든 여자에게는 창부의 기질이 있다'는 신경증적 단언이 기세등등해진 것도 이 무렵이다.

　　1960년대에 떠들썩했던 '여대생 소설'에서도 폭력적이었던 전쟁기의 흔적은 역력하다. 초대형 베스트셀러였던 박계형의 『머무르고 싶은 순간들』(1966)은 오만하게도 "누가 뭐래도 강간은 불가능하다. 〔……〕 정상적인 체력을 가진 성장한 여자라면 아무리 미친 듯이 날뛰는 남자의 완력이라도 거절할 수가 있다"[45]라는 진술로써 주인공의 강간 위기를 처리하고 있지만, 논란 끝에 연재 무산까지 됐던 최희숙의 『창부의 이력서』(1966)의 경우 피난길에서 미군에게 강간당한 소녀가 그 기억에 눌린 채 기혼남과의 열애를 거쳐 '콜걸'로 전락

44.　　최정희, 『녹색의 문·끝없는 낭만』(한국문학전집 14), 민중서관, 1959, p. 404.
45.　　박계형, 『머무르고 싶었던 순간들』, 대문출판사, 1966, p. 197.

해 자살하는 궤적을 보여준다.[46] 그러면서도 이 소설은 기성세대의 위선적 음행과 신세대의 정직한 타락을 대비시킨 끝에 '가정 재건'을 부르짖는 기묘한 타협책으로 귀결된다. 주인공 지우가 사랑했던 남자의 아들이 위선적인 자기 어머니 대신 오히려 지우를 옹호하면서 역설하듯 말이다: "남편은 여자의 기둥이고, 여자는 남편의 기둥이 되어야, 가정은 두 기둥으로 든든하여집니다. [……] 오늘날 어떻습니까? 위선과 허위와 음모투성이 아닙니까? [……] 당신들 기성세대부터 세탁하는 겁니다. [……] 그럼 우리 젊은 세대들은 당신들의 혁명을 따라갈 겁니다."[47] 그러나 주인공 지우는 그런 타협에 순응하지 않고 자살을 선택한다. 그가 결혼과 가족 제도에 대해 던진 질문도 사라지지 않고 남는다.

위선적 쾌락보다 차라리 정직한 타락을. '순수'를 기본 선율로 하여 '발칙'을 변주한 1960년대 여대생 소설의 주종과 달리 『창부의 이력서』는 사랑 – 결혼 – 가정의 원만한 연결을 불신한다. 그런 연결을 이루기 위해서는 개인적 윤리와 사회적 환경에 근본적 변화가 있어야 한다는 것이 이 소설의 주장이다. 센세이션을 일으켰던 작가의 말, "여자는 모두 창부의 기질을 가졌고, 거기에 놀아나는 사내들은 얼간이"라는 일침은 그런 주장의 출발점이었을 터이다. 주인공 지우는 흠잡을 데 없는 결혼 후보인 재우를 마다하고 기혼남인 그의 숙부를 열애하는데[48] 그것은 전시 강간의 기억으로 인한 피학의 산물인

---

46. 첫 출간 당시 표제는 『사랑할 때와 헤어질 때』였다. 연재 무산 당시 상황에 대해서는 최다정, 「여대생 소설과 수치심의 정동 — 최희숙의 『창부의 이력서』(1965)를 중심으로」, 『이화어문논집』 제66집, 이화어문학회, 2025, p. 186 참조.

47. 최희숙, 『창부의 이력서』, 김홍중 엮음, 소명출판, 2013, pp. 273~74. 이 사건은 현실은 아니고 지우의 꿈속 사건이다.

48. 류동규의 앞의 글에서도 지적했듯 세대 간 연애 서사는 1950년대 소설의 새로운 면모 중 하나다. 식민지 시기에도 이광수의 『유정』이나 백신애의 「아름다운 노을」 등 예외가 없지는 않지만, 1950년대에는 『실낙원의 별』(김내성), 『창부의 이력서』(최희숙) 외에도 어머니의

동시에, 그런 과거가 포용적 사랑 정도로 쉽게 해결될 수 없다는 고발의 일환이기도 하다. 지우는 "분노와 외로움에 젖은" 기혼남 윤호를 처음 만난 날 도발적으로 묻는다. "결혼이란 지극히 따분한 놀이가 아녜요? 먹고 자고 남편이 일찍 돌아오기나 기다리고 〔……〕 평생 한 계급 승진이 되어 회전의자에 앉아보는 게 소원이고요." 지우가 한 말은 몇십 년 후 후배 여성들에 의해 다양한 톤으로 재생된다. 은희경 소설의 주인공이 "애인이 셋 정도는 되어야 사랑에 대한 냉소를 유지할 수 있"다고 독백할 때,[49] 또는 전경린 소설의 조연이 무난한 중산층 주부로서의 자기 역할을 "낡고 낡은 도덕과 진부한 모성과 속으로 경멸하면서 겉으로는 웃는 기만적인 내조"로 조롱할 때.[50]

1950년대에서 1960년대 초·중반까지 여성 작가들은 '사랑'을 주제로 다양한 소설적 사변을 선보인다.[51] 보수적인 소수 사례가 없지는 않다. 예컨대 식민 말기에 이미 대중적 명성을 얻은 김말봉은 전후에도 '아프레'의 유행을 거부하고 '여자 고학생' 주인공을 통해 순결·정조의 가치를 역설한다.[52] 그러나 똑같이 기독교적 신앙에 바탕하면서도 임옥인·정연희 등은 '스위트홈'에 대해 회의와 비판을 잊지

옛 애인을 사랑하는 딸이라거나(박경리, 『내 마음의 호수』) 중년의 지적인 고정간첩에 매력을 느끼는 여대생(강신재, 『청춘의 불문율』) 등, 사랑에 있어 '위반'의 양상을 계급이 아니라 세대로 표현하는 사례가 급증한다. 신분·출신이 덜 중요했기 때문일 수도 있고, 거꾸로 연애소설에서 중간 계층 이상의 환경을 전제했기 때문일 수도 있겠다.

49.   은희경, 『마지막 춤은 나와 함께』, 문학동네, 1998, p. 8. 작가의 첫 장편 『새의 선물』의 소녀의 성장형인 『마지막 춤은 나와 함께』의 진희는, 교수 사회의 허위와 신자유주의적 경쟁의 소모성을 드러내기 위한 초점이기도 하다. 낭만적 사랑에 대한 회의는 신자유주의적 질서에 대한 비판과 맞물린다.

50.   전경린, 『내 생에 꼭 하루뿐일 특별한 날』, 문학동네, 1999, p. 101.

51.   진선영, 「한국 대중연애서사의 이데올로기와 미학」, 이화여자대학교 박사학위논문, 2010, pp. 108~109에서는 1950년대 소설에서의 연애를 '열정적 사랑'으로 독해하고 신세대 여성들의 주체적 에로스 기획을 읽어낸다.

52.   안미영, 『전전 세대의 전후 인식』, 역락, 2008, pp. 24~27.

않는다. 임옥인은 여성끼리의 '협동 가족'을 비롯한 다른 길을 고안해 보고[53] 정연희는 이른바 혼외 관계 끝에 동반자살을 택하는 서사를 '포기'가 아니라 '대결'로 의미화한다.[54] "그것은 본격적인 대결을 의미하는 것이다. 가정이라는 기본권을, 혈육이라는 천륜을, 사회의 질서를, 그리고 제삼자의 도덕을, 그 모든 것을 애정 하나의 방패로 물리치려는 여인의 저항인 것이다."[55] 편파적·감정적 애착인 사랑은 사회적 질서와 대립할 수밖에 없는가. 김내성이 기획했듯 사랑을 지상(至上)의 가치로 삼으면서도 사랑에 입각한 관계를 가정·사회·국가의 중추로 삼는 일이 과연 가능할까. 김내성 자신 『애인』에서 '건전한 가정의 기초로서의 연애'를 주장하면서도 결국 절대적 사랑에 황홀경 속 죽음이라는 결말을 짝짓지 않았던가. 『애인』 이후 『실낙원의 별』은 현실화된 '아프레'풍의 주인공이 결혼제도 바깥의 자립을 기약하는 데서 중단되지 않았나.[56]

---

53.   손혜민, 「연애대중과 소설—1950~60년대 대중소설을 중심으로」, 연세대학교
        박사학위논문, 2020, pp. 108~114. '협동 가족' 실험은 『들에 핀 백합화를
        보아라』(1957)에서 주인공이 최종적으로 결혼을 결심하기 전 중간 과정으로 제시된다.

54.   정연희의 경우 기독교에의 본격 귀의는 1970년대라고 한다. 그는 이후 종교적 주제의
        소설을 창작하기 시작하지만, 한편 여성의 자유와 욕망에 대한 관심을 잃지 않는다.
        여성문학사연구모임 엮음, 『한국여성문학 선집 4: 1960년대 세대교체와 저자성 투쟁』,
        민음사, 2024, pp. 245~46 참조.

55.   정연희, 『아가(雅歌)』, 신태양사, 1966, p. 386; 송인화, 「정연희 소설에 나타난 기독교적
        상상력과 여성 정체성」, 『한국문예비평연구』 31, 2010, p. 166에서 재인용. 『아가』 역시
        1966년의 대표적 베스트셀러 중 하나였다.

56.   『실낙원의 별』은 『경향신문』에 연재되던 중 작가가 갑작스럽게 운명하여 연재가 중단된다. 이
        소설에 대한 전반적 논의로는 이선미의 글 「연애소설과 젠더 질서 재구축의 논리: 김내성의
        『실낙원의 별』을 중심으로」(『대중서사연구』 제22호, 대중서사학회, 2009) 참조.

5. 보수적 성애(性愛) 모델

1920년대 초반의 '연애의 시대' 정도가 예외였을까. '사랑'이라는 주제에 접근하는 데 남녀 사이 비대칭은 연면하다. 오랜 통념에 따르면 '공적' 존재인 남성에게 사랑이 일시적, 삽화적 관심거리에 불과한 반면 '사적' 존재인 여성에 사랑은 평생토록 중요한 과제다. 한국에서는 1990년대에 "가장 개인적인 것이 가장 정치적인 것"이라는 68시기 유럽의 문제의식이 반향을 얻으면서 공사 구분의 자유주의적 모델도 재검토됐지만, 오늘날까지도 이성애 모델이 견고한 만큼이나 '남성=공(公), 여성=사(私)'라는 구분의 영향력은 질기게 남아 있다. 본격적 재건의 시기였던 1960년대에는 더욱 그러했다. 아니, 1960년대는 해방 이후 1950년대까지 혼선 속에 있던 공사의 경계가 재구축된 시대라 해도 좋겠다. 1950년대에 약관(弱冠)이었던 비평가 이어령의 말마따나 "한국의 여성들은 8·15의 해방과 6·25의 전란을 통하여 감금된 '방'에서 넓은 '거리'로 해방되었다."[57] '거리'에서의 삶이 때로 고통스러울지언정 '집'과 '방'으로 무작정 귀환하기는 불가능해졌다. 그럼에도 4·19 직후 "여성은 가정으로!"라는 일각의 목소리는 당장 강경해졌나.[58] 1960년 4·19혁명 이후 개발과 성장에의 의욕이 본격화되고 1961년 5·16쿠데타 이후 그 방향이 점차 반공과 독재로 조정되면서, 여성을 남성의 '그림자'로 두려는 압박도 거세지기 시작한다. 보수적 성 역할 의식을 강화하고 성별화된 산업화 및 성별 임금 격차 정책을 시행한 것이 그 대표적 정책이라 하겠다.[59]

---

57.   이어령, 「6·25 이후: '사랑 상실'에의 항변」, 『여원』, 1957년 7월호, p. 180(이선미, 같은 글, p. 187에서 재인용).

58.   대표적으로는 박성환의 글 「기성 여성세대를 고발한다가 있다.」(『여원』 1960년 7월호)가 있다.

59.   1960~70년대 당시 정부가 가족계획사업 등을 통해 규범적 가족 모델을 전파하고 여성의

도시 – 중산층 – 핵가족 모델의 규범화를 위해 사랑은 순치되어야 하고 계약은 존중되어야 한다. 열정을 간직한 채 사랑이 평생 지속되고 신뢰를 함축한 채 계약이 인격적일 수 있다면 좋으리라. 사랑이 수행적인performative 동시에 진정할authentic 수 있다면.[60] 그렇다면 사랑이 자유주의와도 민주주의와도 위배되지 않을 수 있고 결혼과 가정이 반(反)사회적 고립이 아니라 연대와 공동체의 기초가 될 수도 있으리라. 이런 기준에서 보면 흔히 '사랑'으로 오해되는 감정은 추상화되고 소외된 완전성의 환상, 현실 속 타인과의 현재에 무능력한 무갈등에의 집착에 지나지 않는다. 사랑은 본래 "사랑하는 존재의 생명과 성장에 대한 적극적 관심"이어야 하건만. 무조건적 포용인 동시에 개선과 책임에 대한 명령이어야 할 터이건만.[61] 최선의 경우에도 도시 – 중산층 – 핵가족은 이렇듯 개방적인 사랑을 포괄하기엔 너무나 협소한 모델이다. 사랑 – 결혼 – 가족 자체가 분리되기 어렵지만 절대화될 수 없는 관계인 까닭도 있다. 한 세기 전 사상가들이 주장했듯 이성애에 수반되는 임신·출산·육아란, 광범한 사회적 지지가 없다면 노예의 노동으로 변질되기 십상인 것이다.[62] 더구나 개발과 동원의 체제가 도시 – 중산층 – 핵가족 모델을 권유하면서도 그것을 위협하는 조건 속에서라면.

생애를 가족 내에 제한하고자 한 내용이나 가부장적 발전동원체제를 구축해간 과정에 대해서는 박현미의 글 「발전국가시대의 성별화된 노동조합과 제1세대 여성노동자 연구: 1960~70년대 한국노총 활동을 중심으로」(중앙대학교 박사학위논문, 2019) 참조.

60. 에바 일루즈는 빅토리아 시대의 감정 수행성 체제와 근대의 감성 진정성 체제에 대해 의미있는 구분을 제시한 바 있다. 박형신, 『에바 일루즈』, 커뮤니케이션북스, 2018, pp. 37~38 참조.

61. 에리히 프롬은 이런 사랑을 '신경증적 사랑'으로 일괄하면서 그 구체적 형태를 우상숭배적 사랑, 감상적 사랑, 상호투사적 사랑으로 구분한다. 에리히 프롬, 『사랑의 기술』, 황문수 옮김, 문예출판사, 2005, pp. 47, 71(pp. 142~47의 참조 및 변용).

62. 제1차 세계대전 전후 '개조'의 사상과 '새로운 사랑'의 제안에 대해서는 필자가 쓴 『연애의 시대—1920년대 초반의 문화와 유행』(현실문화연구, 2003, pp. 104~10) 참조.

저마다의 부족과 갈망에 붙박여 있는 인간에게 이상적 사랑이 가능하기는 한가. 제대로 성숙한다면 사랑은 자기에서 출발해 비인간 존재에까지 미치겠지만, 성숙과 이웃한 개발·성장이 부조리에 그로테스크하기까지 할 수 있다는 건 1960년대 이래의 한국 사회가 잘 보여주는 바 아닌가. 1950년대에 단연 문제적 작가였던 손창섭은 '자기애'라는 과제부터 얼마나 지난한지를 증명했던 경우다. 작가 자신의 말대로 "육체적 정신적 기형성"을 가진 이들의 "규격 미달의 인간 가치"를 해부한[63] 그의 소설은, 전쟁을 직접 재현하는 일 없이 전후의 시대 상황과 공명했다. 전장의 참상과 비명이 없는데도—「희생」 외에는 「생활적」과 「혈서」에 군인 출신과 징병 기피자 등이 등장할 뿐이다—손창섭 소설에는 모멸의 피학과 불신의 가학이 팽배해 있다. 한결같이 남성인 손창섭의 초점 인물들은, 가부장으로서의 능력이나 전망을 결한 채, 기생(寄生)이나 기식(寄食)의 방식으로 목숨을 부지한다.「생활적」(1954)의 반공포로 출신이 동거녀의 벌이에 의존해 살면서 죽어가는 옆방 소녀의 단조로운 신음에만 귀를 기울이듯이.「미해결의 장」(1955)의 명색 법대생이 진종일 누워 지내며 가족의 필사적 노동을 방관하고, 성매매를 업으로 삼는 이웃 여대생이 '위자료'라며 내미는 매일 3백 환으로 밥 한 끼를 해결하듯이.

역설적으로 손창섭이 한국전쟁 전후 장애인 수용 시설을 클로즈업하고(「육체추」) 식민 말기 만주를 배경으로 중국인·조선인 소년 소녀가 서로 의지하는 모습을 그려내고(「광야」) 해방 후 일본인 여성의 성적 고초에까지 관심을 둔 것(「인간시세」)은, 그가 제도적 안정성이나 왕성한 생활욕을 끝내 낯설어했기 때문일 터이다.[64] 자전적 소

---

63.   손창섭, 「신의 희작」, 『비 오는 날』, 조현일 책임 편집, 문학과지성사, 2006.

64.   실제로 손창섭은 빈민굴이나 유곽의 밤거리를 혼자 헤매이면서, 그 세계의 주민(住民)이라고 생각되는 사람을 아무나 붙잡고는, "인생은 괴로운 것입니다. 당신의 괴로움을 나는 잘

설 『낙서족』(1959)이나 「신의 희작」(1961) 등 여성에 대한 성적 약취(略取)를 보여주는 면면에도 불구하고 손창섭 소설에서 소수적, 주변적 존재에 대한 근본적 차별의 시선은 존재하지 않는다. 모두 결함투성이인 세계에서 문제는 오히려 제 결함에 눈 감고 기세등등한 사람들이다. 1960년대에 접어들면서 손창섭은 신문연재 소설가로 전환, 연애·세태를 다룬 장편 창작에 몰두하는데, 열 편에 달하는 그의 소설은 한결같이 성장의 문법이나 부부 관계의 규범에 이의를 제기하고 있다.[65] 그 남성 주인공들은 사회적 활동에서나 애욕의 활력에서나 여성에 미치지 못하지만, 도시라는 공간과 입신출세라는 방향을 포기할지언정 가해자로의 전위(轉位)를 시도하지 않는다. 성과 애정의 윤리에 있어서는 규범적 이상 대신 현실적 조정이 그들의 관심사다. 『인간교실』의 남성 주인공이 토로하듯 말이다. "난 감히 내 마누랄 단속 못하겠어. 난 과거에도 가끔 오입을 했고 앞으로도 더러 해야 할 테니 말이야. 그 대신 난 가정을 망치구 마누랄 배척할 정도로 계집질에 완전히 미쳐버리진 않겠어."[66] 비록 그 과정이 합리적인 것이라기보다 불투명한 시야 속에서 시행착오를 거듭하는 것일지라도.

4·19와 5·16 이후 문단은 급속한 세대 교체를 겪는다. 1950년대에 『현대문학』 『문학예술』 등 문예지 편집위원들의 '추천'이 작가가 되는 주된 진출 경로였던 것도 바뀐다. 즉, 식민지 시기부터 활약했던

압니다. 나도 괴로운 사람이니까요"라며 말을 걸곤 했다고 한다〔손창섭, 「작업여적」, 『한국전후문제작품집』, 신구문화사, 1960, p. 137(강유진, 「손창섭 소설의 변모양상 연구」, 중앙대학교 박사학위논문, 2012, p. 39에서 재인용)〕.

65. 허윤은 『남성성의 각본들——민족국가의 탄생과 남자-되기』(오월의봄, 2021, pp. 169~170) 등에서 1950년대 손창섭과 염상섭의 소설을 아울러 '우유부단하며 결혼을 지연·거부하는 멜랑콜리적 남성 주체'의 양상을 지적한 바 있다.

66. 손창섭, 『인간교실』, 예옥, 2008, p. 194(강유진, 앞의 글, p. 152에서 재인용).

김동리·조연현·최정희 등 기성 작가들의 권위가 약화되고, 그들의 추천으로 등장했던 손창섭·오상원·장용학 등 전후 작가들도 화제에서 멀어지면서, '4·19세대' 또는 '한글세대'의 청년 – 지식인 – 남성들이 문화적 현상의 핵심에 자리하기 시작한 것이다. 이른바 '여대생 소설'이 "전국 어느 서점에고 〔……〕 책방 한쪽 벽 반 이상을 메워대"는 기세였던 것을 제외하면[67] 좀더 내구성 있는 문학장에서 여성 작가의 존재감은 현저하게 줄었다. 여성 작가들 가운데도 당연히 '정치'와 '역사'에 대한 관심은 적지 않았고 1960년대의 출발점인 4·19와 5·16에 대해 소설적 탐구를 행한 작가들도 있었으나[68] 그들의 노력은 별반 주목받지 못한다. 여성 신진들의 문학적 진출도 위축된다. 그럼에도 '사랑'으로써 정치 영역 바깥을 넓히거나 정치에 이의를 제기했던 자취는 기억해둘 필요가 있겠다. 이를테면 한말숙의 『하얀 도정』(1960~61)이 4·19에 대해 의식적으로 침묵한 채 남녀 대학생들이 섞인 소그룹의 예술·우정·사랑을 탐구하는가 하면[69] 강신재의 『오늘과 내일』(1967)은 4·19 중 장애를 입고 음독자살한 여대생을 통해 "보다 많은 수의 인간이 생활의 행복을 누리기 위하여" 희생되어야 했던 개인적 생명과 자유와 긍지의 의미를 묻는다.

　　『하얀 도정』은 가문 의식 같은 "피상적인 것"을 경계하고 사랑

67.　박계형의 소설이 그랬다는 것인데, 박계형은 1년에 다섯 권꼴로 소설을 출간해 1970년대 초에는 전집만도 여러 종류가 나와 있었다고 한다(박승훈, 『한국여성진단서』, 박애사, 1974, p. 136).

68.　김은하, 「여성문학의 세대교체와 성숙」, 여성문학사연구모임 엮음, 『한국여성문학선집 4—1960년대 세대교체와 저자성 투쟁』, 민음사, 2025, pp. 18~19. 김은하의 글을 참조하여 강신재의 『오늘과 내일』, 박경리의 『푸른 운하』 『노을 진 들녘』, 박화성의 『눈보라의 운하』, 정연희의 『목마른 나무들』이 장편 규모로 4·19를 중요하게 포함한 소설에 해당한다. 손소희의 『계절풍』 등을 추가할 수 있을 것이다.

69.　비슷한 논점에 추가하여 이런 특징을 '반자본주의적 경향성'으로 해석한 박필현의 글 「'후(後)전후세대' 혹은 '배제된 4.19세대'의 '청년 – 여성' 서사」, 『구보학보』 제31집, 구보학회, 2022 참조.

을 자기 역량의 확충으로 수용하는 동시에, 남녀 간 동등하게 감정의 다채로운 찰나성을 존중해야 한다고 주장한다. 주인공인 미술대학생 인옥은 "남자한테도 여자한테도 흐르는 감정은 빛깔 같은 것〔……〕한 사람에게 가는 감정도 시시각각 그 빛깔이 변하"는 것이라는 생각을 기초로, 이성에게 깊은 매혹을 느낄 때도 "내 가슴에 사랑이 있다는 것, 그것이 소중한 것"이라는 실감에 벅차오른다.[70] 『오늘과 내일』은 주제와 구성상 『하얀 도정』과 크게 다르다. 강신재는 『오늘과 내일』로써 4·19라는 사건을 직시하면서 신문 스크랩처럼 보일 정도로 중간중간 4·19의 추이를 상세하게 제시하기도 한다. 소설의 배경은 국회의원과 실업가와 평범한 서민층이 뒤섞여 사는 보우동으로, 이웃의 얽히고설킨 관계 중 4·19 시위에 참여했다 죽고 다치는 학생들도 여럿이다. 신실한 기독교도로 평판 높았던 인근 철물상의 치정 살인과 자살 등 친밀한 관계에서의 곡절도 뒤섞인다. 철물상의 아들이 "불명예와 비참" 속에서 "국민의 이름으로〔……〕그를 대열은 거부하지 않을 수도 있지 않을까?"라는 희망을 품고 경무대 앞 시위에 동참, 결국 총에 맞아 죽으면서 "내가 조금이라도─이 나라의 소용에 닿았을까?〔……〕틀림없이─그랬을 것이다"라고 미소 짓듯[71] 4·19에 참여한 인물들의 속내는 각양각색이다. 그런 가운데 주인공 격인 영택은 경찰인 큰형과 정치 깡패인 작은형을 둔 법대생으로 등장한다. 그가 학생 대표 중 하나로 4·19를 이끄는 중에 그의 큰형과 작은형은 구속되고 만다. 영택과 옅은 연정을 나누었던 윤미는 시위 첫날 부상을 입고 다리 절제 수술을 받은 후 자살해버린다.

　　강신재는 『임진강의 민들레』(1962)에서 주인공 이화의 최후를

70.　　한말숙, 『하얀 도정』, 휘문출판사, 1964, pp. 125, 215.

71.　　강신재, 『오늘과 내일』, 을유문화사, 1967, pp. 161, 164.

"인간사에서 떨어진 자연의 아름다움"에 감동하고 "온갖 이렇게 오묘한 것을 사랑하며, 또 사람 사람끼리 서로 사랑하며 살도록— 그렇게 살도록 인간도 원래는 만들어졌던 것이 아닐까?" 되뇌는 장면으로 꾸민 바 있다.[72] 의대생으로 인민군 의무반에 편입돼 북으로 끌려가던 중 탈출, 임진강변에서 공중 폭격으로 죽을 때의 독백이다. 이화가 민들레로 착각한 것이 실은 노란색 훈장이었듯, 이화의 생각은 순진한 환상일지도 모른다. 거꾸로, 민들레가 피어야 할 땅에 훈장이 뒹굴게 만든 인간사가 지독히도 어리석은 것일지도 모른다. 이화는 전쟁 중에도 '미'를 절대시하며 이화 주변에서는 이념적 인물들조차 '사랑'을 중요한 행위 동기로 하여 움직인다. 이화가 인민군 점령하에도 "프롤레타리아인 척"하지 않고 화사한 꾸밈새를 고집하듯, 아니 그만큼 떳떳하진 못하더라도, 우익 청년 지운도 인민군 대위 이성도도 결정적 순간 애욕의 좌절 때문에 또는 그 추구를 위해 행동하는 것이다. 『오늘과 내일』은 『임진강의 민들레』처럼 명백하게 '미'와 '사랑'에 입각해 이의를 제기하지는 않으나, 4·19라는 사건이 각 개인의 삶에 어떤 의미인지 끊임없이 질문하고 회의한다. 그런 질문의 또 다른 축으로, 『임진강의 민들레』와 마찬가지로 『오늘과 내일』에서도, 자연은 전쟁과 봉기를 포함한 인간사와 대조적 의미를 띤다. 숭례문 추녀 위의 돌원숭이와 어디선가 날아든 파란 새. 또는 연초록 구슬처럼 반짝이다 땅에 떨어져 빛을 잃는 살구 열매. 그것은 4·19의 소용돌이에도 감염되지 않는 비인정에 통하는 동시에, 역사 속 인간의 고통과 소모가 무의미할지 모른다는 의구심을 자극한다.

---

72.   강신재, 「임진강의 민들레」, 『젊은 느티나무』, 민음사, 1996, pp. 256~57.

6. 환멸 유예의 전략, 감각과 욕망의 권능

"사회 전체의 수확만을 수확으로 알아야 한다는 것이 사회적 동물인 인간의 숙명인 것이다. (……) 이치가 그렇다 해야지만 나는 그 많은 학우들의 죽음도 수긍할 수가 있는 것이다…… 윤미의 소멸도 만택 형의 처지도……"『오늘과 내일』 마지막에서 영택은 그렇게 중얼거린다. 4·19 부상자와 정치 깡패를 동일하게 취급하는 이 발상은 문제적일 수 있다. 강신재 소설에서 자주 발설되는 이승만에 대한 온정주의도 상기해둘 필요가 있겠다. 그러나 강신재가『임진강의 민들레』『오늘과 내일』을 통해 역사를 사는 다른 방법을 시도했다는 사실은 바래지 않는다. 대표작「젊은 느티나무」(1960)의 인상과 달리, 돌이켜보면 강신재는 역사적 상황을 즐겨 다루되 개인적 경험의 각도를 미분함으로써 독특한 경관을 보여주곤 했다. 식민 말기든 해방기든 전쟁기든 그의 소설의 주인공들은 '미'와 '사랑'의 찰나에 이끌린다. 이를테면 식민 말기를 배경으로 한 초기작「여정」(1954)에서 대학생 현은 학병 징집을 피해 도피 중이지만, 소설의 초점은 하루 동안 머문 바닷가 마을에서 그가 느낀 '미'의 순간에 집중돼 있다. "무엇 때문에 세상은 이토록 아름다움에 차 있는 것일까……" "우주가 아름답게 장식되어 있고, 또 그 조화를 완성시키기 위함인 듯이, 완전에 가까운 미를 지닌 소녀가 그와 함께 거닐고 있다는 생각이, 현을 한없이 감동시켰다."[73] 그 고양된 찰나에도 불구하고 여정은 중단될 수 없지만, 그런 순간 없이 생은 아무것도 아니다.

그러나 시간 속에서 '미'와 '사랑'은 바랜다. 강신재는 첫 발표작「얼굴」(1949)에서부터 배신의 모티프를 그려낸 바 있다. '경옥 여사'

---

[73]　　강신재,「여정」,『여정』, 중앙문화사, 1959, pp. 98, 106.

는 자기 부부의 애정이 그 자체 절대적인 동시 인류애를 위한 첫 단계라고 자부해왔으나, 남편 사후 그의 부정을 알고는 "수치로 어그러진 분노"로 무너진다.[74] 그것은 남편의 위선에 대한 폭로이자 그 위선을 기초로 쌓아 올린 사랑의 허구성에 대한 폭로다. 「팬터마임」(1958)의 주인공은 일본의 제국주의 전쟁에 동원된 남편을 그리며 '그가 만약 돌아오지 않는다면〔……〕이냥 살아나가야 할 것이다. 그 이외의 사람을 사랑할 수는 없으니까'라고 되뇌지만, 정작 남편의 귀환 후 유복한 가정의 주부가 되고서는 부부 관계의 속화를 겪을 수밖에 없다. "별수 없는 일이다. 꽃은 떨어지는 법이고 향기는 날아가기 마련이니까……."[75] 강신재의 결혼한 주인공들은 「안개」(1950)에서처럼 남편의 편견과 시기에 시달리고, 「황량한 날의 동화」(1962)에서처럼 남편의 중독과 타락으로 고통 받는다. 한편으로는 「팬터마임」에서 기차 안 광녀의 삽화나 「이브 변신」(1965)에서 집안에 유폐된 란아의 상황이 보여주듯, 사랑의 좌절 때문에 미쳐버린 여자들조차 드물지 않다. 대체 결혼 안과 밖에서 사랑이 무엇이길래 그런가. 「황량한 날의 동화」의 명순은 "아직도 한수〔남편〕를 사랑하구 있군?"이라는 동창생의 말에 "난 아무 일도 또 새로 시작하지는 않을 테야〔……〕다 알아버렸으니까"라고 대꾸한다. "사랑?/그것은 얼마간 우스운 말이기는 하였지만 나쁜 말은 아니었다. 동화를 읽고 난 어른처럼 그녀는 미소했다." "사랑이라는 것〔……〕그것은 말하자면 섹스가 일으키는 트러블이고, 일종의 하찮은 시정(詩情)이었다."[76]

　　'동화를 읽고 난 어른처럼.' 성장이 환멸의 포용에 다름 아니라면, 강신재 소설은 환멸을 유예시키는 다양한 양상을 보여준다. 감각

74.　　강신재, 「얼굴」, 『문예』 1949년 9월호, p. 129.
75.　　강신재, 「팬터마임」, 같은 책, pp. 174, 184.
76.　　강신재, 「황량한 날의 동화」, 『젊은 느티나무』, 민음사, 1996, pp. 267, 274~75.

적 황홀이 그 대표적 전략이다. 「젊은 느티나무」의 유명한 첫 문장, "그에게서는 언제나 비누 냄새가 난다"가 알려주듯 강신재는 감각, 특히 후각과 촉각 묘사를 즐겨 활용하는데, 그것은 육체의 매혹을 상징하는 장치다. 여성이 그 감각의 주체일 때가 많다는 것도 특징적이다. 『임진강의 민들레』의 지운은 "뜨거운 입김, 까실까실한 수염 자국, 육중한 압박감"으로, 『숲에는 그대 향기』(1969)의 영길은 "두껍고 넓고 한없이 안심스러운 그의 가슴./힘찬 팔뚝"과 "약간 우유내 같은 약간 '봐닐라' 같은, 몹시도 다정하고 따뜻하게 느껴지는 냄새"[77]로 각인된다. 첫 장편 『청춘의 불문율』(1960)에서 노영화가 박윤에게 끌리는 것도 "관능이 그에게 매혹된 것이 틀림없었"던 때문이다.[78] 민감한 관능의 소유자인 여성들은 그 자신 감각적 매력을 최대화하는 스타일리스트들이기도 하다. 노랑이나 코랄핑크나 바이올렛 빛에 몸매를 드러내는 하늘한 의상, 그리고 기분 좋은 감촉의 스웨이드 구두까지. 그들은 '에로스 자본'의 소유자이자 매수자들, 성적 욕구의 자율화에 부응하여 성적 매력의 위계화를 신체화한 존재다.[79] 「젊은 느티나무」에서 흰색 테니스복과 청량한 콜라 등의 감각적 세부가 양부(養父)를 '미스터'라고 부르는 개방적 의식과 어울리듯, 강신재 소설의 다채로운 감각은 관계와 윤리의 재편에 대한 요구를 아우른다.

강신재 소설의 '부르주아적' 면모가 1950년대 한국의 '빈곤'과 '후진성'에 부조화했던 것은 사실이다. "그 애정의 바탕이 너무 사치스럽다. 〔……〕 소위 현실성이 약하다"는 비판[80]이 있었던 것도 당연하

---

77. 강신재, 『숲에는 그대 향기』, 대문사, 1969, pp. 23, 29.

78. 강신재, 『청춘의 불문율』, 여원사, 1960, p. 87.

79. 에바 일루즈, 『사랑은 왜 아픈가』, 김희상 옮김, 돌베개, 2013, pp. 111~12. 결혼 시장이 탈규제화되는 중에 남성이 주도권을 장악한다는 본래 논지와는 무관한 개념 자체만의 차용이다.

80. 백철, 「인간 性善에의 신뢰」, 『동아일보』 1960년 1월 28일 자.

다 하겠다. 새로운 관계와 윤리에의 요구도 직접적, 저돌적이라기보다 간접적, 우회적이다. 그렇다고 강신재가 온건한 면모만 보이는 것은 아니다. 감각과 욕망의 추구는 탈규범적 삶의 방식에의 관심과 이웃한다. 「향연의 기록」(1955)의 언니나 「제단」(1956)의 순정처럼 미적 매력이나 욕망이 분방·무책임에 이르는 경우는 물론이고, 「표선생 수난기」(1959)의 주부나 「점액질」(1966)의 옥례처럼 과도한 성적 욕망이 범죄적 결과를 빚어내는 사례에 이르기까지, 일탈적 인물에 대한 서술자의 시선은 비난을 머금고 있지만 단죄로 일관되지는 않는다. 「이브 변신」(1965)처럼 작가가 직접 비판의 취지를 명백히 한 인물의 경우조차 그렇다. 괴물스러울 정도로 몰인정한 「이브 변신」의 아가다에 대해 작가는 몇 차례나 "자아가 너무 강하고, 결국 있는 것은 자아뿐"인 존재, "인간으로 태어났다는 일에 어떤 놀라움도 의아로움도 가져본 일이 없고 따라서 삶에의 두려움, 일종의 겸허함을" 결여한 존재라고 적대적 거리감을 표한 바 있으나[81] 실상 아가다는 강신재의 다른 여성 인물들과 연속적이다. 미적 대상 앞에 동요하곤 하지만 욕심 사납고 빤빤한 소녀(『파도』), 계획적으로 언니의 애인을 뺏는 최첨단 커트 머리의 동생(「정순이」), 그리고 치정에 얽혀 계모를 살해하고도 태연자약한 동창생(「점액질」) 들과.

　　"모든 허례, 상식적 가치, 생활 같은 것조차 그녀에게는 여전히 의미를 가질 수 없었던 것이다."[82] 「점액질」에서 '나'는 동창생 옥례 앞에 이물감을 느끼며 그렇게 생각한다. 이런 인물들이 출몰하는 만큼 강신재의 세계는 여성의 섹슈얼리티를 동력으로 하는 새로운 서사를 보여주었고[83] "나쁜 여자들"의 "유희공간"을 개시했다는[84] 평가

81.　　　강신재, 『거리에서 내 마음에서』, 평민사, 1976, pp. 179, 199.

82.　　　강신재, 「점액질」, 『젊은 느티나무』, 김미현 책임 편집, 문학과지성사, 2007, p. 406.

83.　　　심진경, 『여성과 문학의 탄생』, 자음과모음, 2015, p. 169, pp. 188~89.

를 받기에 적절하다.「분노」「파국」이나「포말」「표선생 수난기」등이 보여주는 것 같은 모성·정절의 결여는 종종 이념적 불온성과 연결되며[85]「해방촌 가는 길」「해결책」에 등장하는 성매매의 양상은 예외 없이 방기와 자유, 타락과 역량 사이 중간 지대를 시사한다.「해방촌 가는 길」(1957)에서 검소하고 단정한 타이피스트였던 기애가 '양공주'로 변신하게 되는 것은 자신의 무미(無味)한 외양에 대한 염증 때문이다. "검소는 곧 무교양과 연결되었다." 기애는 상이군인이 된 옛 애인 근수가 자살한 후에도 반성이나 후회에 잡히지 않는다. 미군과의 관계를 지속하지만 남자의 순정보다 맹견의 충직을 믿으며, 과감한 '썬드레스'와 샌들 차림으로 힘차게 땅을 딛고 선다. "기애는 튼튼하여지고 어여뻐져 있었다."[86] 일탈과 타락을 겪으며 무력해지는 대신 권능과 매력을 획득하는 이 낯선 여성들은 반세기 후의 여성 존재를 예고한다. "〔남자들을 겪으며〕 나는 걸레처럼 너덜너덜해진 게 아니라 푸르게 철이 들고 무럭무럭 자라났다"[87]고 자가 진단하는 배수아의 주인공이라든가 "탈순결은 생에의 방종성에 대한 일종의 선언과도 같았다"[88]며 자기 내력을 독백하는 전경린의 주인공 같은 존재 말이다.

---

84. 김은하, 「1950년대와 나쁜 여자의 젠더 정치학—강신재의 초기 단편소설을 중심으로」, 『여성문학연구』 제50호, 한국여성문학학회, 2020, p. 173.

85. 강신재의「분노」는 원 텍스트를 확인하지 못했다. 하여 유상희의 글「강신재 해방기 소설에 나타난 '분노'의 목소리와 여성 창작자의 딜레마」(『구보학보』 제40집, 구보학회, 2025)의 내용에 상당 부분 의거했음을 밝힌다.「포말」「표선생 수난기」 등에 등장하는 여성 부역자 모티프에 대해서는 차미령의 글「적(敵)과의 동거—1950년대 강신재 소설의 전쟁 부역자 문제에 주목하여」(『우리말글』 제87집, 우리말글학회, 2020) 참조.

86. 강신재, 「해방촌 가는 길」, 『젊은 느티나무』, p. 59.

87. 배수아, 「1999년, 네덜란드 모텔을 떠나며」, 『심야통신』, 해냄, 1998, p. 67.

88. 전경린, 『열정의 습관』, 이룸, 2002, p. 15.

7. 젠더 폭력이라는 라이트모티프,
그리고 '고통의 미학'을 넘어서

강신재 소설은 1960년대를 거치며 그 인기와 영향력을 다한다. '연애하는 인간'들이 북적였던 소설의 풍경 자체가 달라졌다. 4·19혁명과 5·16쿠데타 이후 한국문학 자체가 정치·사회적 관심으로 급속히 선회했고, 개발독재가 심화되면서 '사랑'이라는 주제는 최인호·한수산·박범신 등 대중 작가의 몫으로 제한돼버렸다. '사랑'이 다시 문학장의 중심 화제가 된 것은 신경숙의 「풍금이 있던 자리」(1993)를 표지로 해서다. 이런 점에서 1950년대에 등장한 여성 작가로서 1980년대까지 점점 큰 문학적 명성을 얻은 박경리는 단연 이채로운 작가라 하지 않을 수 없다. "강신재의 농염하고 사악한 나쁜 여자들" 반대편에 위치했던 "박경리의 지적이고 비타협적인 여성 인물들".[89] 이들이 어떻게 1950년대를 간직하고 또 변신했기에 그런가. 박경리는 초기 장편 『애가』『재귀열』에서 전쟁기 성폭력을 겪고 고통·타락·자포자기의 궤적을 밟는 여성들을 선정적으로 그려냈으나[90] 『표류도』(1959)에서는 크게 달라진 모습을 보인다.[91] 이 소설의 주인공 현회는 '전쟁 미망인'이자 다방 마담이다. 그는 신문 편집자인 기혼남 상현을 사랑하지만, 성을 포함한 애정의 모험을 무릅쓰면서도 사랑을 맹목적으로 추

89.　김은하, 같은 글, p. 173.

90.　『애가』『재귀열』에 대해서는 김양선의 다음 논의 참조. 김양선, 「박경리 초기 장편소설의 여성/문학사적 위치——전쟁, 여성, 선정주의는 어떻게 여성문학의 전통이 되었나」, 『여성문학연구』 제50호, 여성문학학회, 2020. 『재귀열』은 직접 읽지 못해 필자의 이 글에서는 김양선의 이 논문을 상당 부분 참조했다.

91.　『표류도』에 대해 이미 필자가 상세한 논의를 발표한 바 있다. 졸고, 「전후 세계와 여성의 모험」, 『사랑과 불륜의 문화사』, 고려대학교 출판문화원, 2022 참조. 『표류도』에 관한 서술은 필자의 이 글 내용에서 변주되었다.

구하지는 않는다. 그에게 있어 사랑이란 시간과 더불어 퇴색하고 생활 앞에선 양보되어야 할 일시적 흥분에 불과하다. 그는 값싼 속물성을 맹렬하게 적대시하며, 자기 자신과 세계를 낭만화하는 경향을 날카롭게 경계한다. 『표류도』는 총 4년에 걸쳐 서사를 진행시키는 중에 유독 겨울이라는 계절적 배경을 편파적으로 배치하는데, 그 냉기는 현회 내면의 냉기에 상응하는 동시 일체 감상성의 배제를 감각화하는 효과를 갖는다. 현회는 여성 가장으로서 가족에 대한 책무를 저버릴 수 없고, 매일 일수(日收)를 걱정해야 하는 다방 경영자의 처지로서 돈 문제를 잊을 수도 없다. 소설은 다방 레지 상희의 사랑 – 타락 – 자살의 서사를 중요하게 배치하고, 현회의 감방 동료들을 통해 전후 여성의 수난에 대한 공명을 새겨 넣지만, 현회 자신은 그들의 "작은 반항과 서투른 이성"[92]으로부터 명백히 구분되는 자리에 있다.

현회는 음악을 들으며 슬픔을 느끼다가도 "슬프다는 것은 청승맞고 궁상스럽고 [……] 깔려 죽어야 할 생각들이다"라고 곱씹는다. 비극적 사연의 신문 기사를 읽고 눈물 흘리면서도 "이런 망상들은 몸이 좋지 않으려는 전주곡이다"라며 마음을 곧추세운다. 연인과 성을 나눈 후에도 "그리움"과 함께 "뻑적지근한 적대의식"을 감지하고, 성희롱을 일삼던 손님을 우발적으로 살해해 법정에 선 상황에서도 "[변호사의] 변론은 좀 지루한 것이었다"는 냉정한 논평을 잊지 않는다. 이렇듯 지적이고 차가운 여성 인물은 이후 박경리의 대표작에서 또렷이 중심을 형성한다. 『김약국의 딸들』(1962)의 둘째 딸 용빈, 『시장과 전장』(1964)의 지영, 무엇보다 『토지』(1969~1994)의 입지전적 여성 가장 서희. 이들에게 있어 사랑은 열정의 표출이라기보다 열정의 인내요 억제다. 영혼의 조화로운 친화성이 아니라 존재의 불가

92.　박경리, 『표류도』, 마로니에북스, 2013, p. 268.

피한 덫이다. 당대가 아니라 역사적 배경을 취할 경우 그 특징은 일층 도드라진다. 『김약국의 딸들』의 김약국 집이나 『토지』의 최참판 가문이 보여주듯 몇 대에 얽힌 격정과 원념과 범죄는 태어날 때부터 존재를 지배하고 있다. 아버지는 살인을 한 뒤 달아나고 어머니는 자살하여 태어나자마자 부모가 치정 살인에 자살로 사라진 후 공포와 연민의 시선 속에서 자라난 『김약국의 딸들』의 김성수, 그리고 이부(異父) 동생에게 신혼의 아내를 빼앗기고 독존(獨存)의 자세로 살아가다 살해당하고 마는 『토지』의 최치수. 그 자손인 만큼 '김약국의 딸들' 다섯 자매나 '최참판 집 손녀' 서희의 삶은 애시당초 순탄할 수 없다.

강신재 소설이 '집의 드라마'인 반면[93] 박경리 소설은 '가출의 서사'다. 첫째 용숙의 추문과 범죄, 셋째 용란의 성적 열애와 성광(成狂), 게다가 어머니 한실댁의 무고한 살해를 겪은 후 『김약국의 딸들』의 용빈은 선언한다. "아버지만 돌아가심 전 멀리 떠나버릴래요. 〔……〕 멀리, 아주 멀리, 조선 땅이 싫어요."[94] 오직 인고(忍苦)로 점철했던 넷째 용옥의 사고사와 아버지 김약국의 병사(病死)까지 감당해내고 나서 용빈은 마침내 고향 통영을 떠나간다. 그러나 설혹 주변에서 권하듯 중국을 향하더라도 고향은 끝끝내 그의 발목을 붙잡을 것이다. 가족의 '피'와 고향의 '흙'은 그가 수십·수백 년 묵은 내력을 끝까지 살아내기를 요구할 것이다. 『토지』의 서희가 멀리 중국의 간도로 떠났다가 결국 하동으로 돌아와 땅을 되찾아야 하듯이. 허울이 어떻든 그것은 영광스런 귀향이 아니라 실패한 가출이다. 그리고 사랑

---

93. 차미령, 같은 글, p. 415. 강신재 소설의 전형적 공간은 1950년대에 유행이었던 댄스홀이나 비어홀, 또는 대도시의 복잡한 거리가 아니라 소도시나 소읍 풍취의 동네다. 현실적 배경은 서울이더라도 소수의 낯익은 타인들이 모여 사는 작은 구역이다. 그런 점에서 강신재와 박경리의 공간 활용은 크게 다르지만, 이들은 댄스홀 같은 환락의 공간과의 거리감을 공유한다. 다만 박경리는 『표류도』에서처럼 '다방'이라는 사교 공간은 각별히 애용하고 있다.

94. 박경리, 『김약국의 딸들』, 마로니에북스, 2013, p. 350.

은 가출의 내력 중 일부에 지나지 않는다. 『토지』의 친조모 윤씨 부인이 사랑을 침범으로 경험하고 어머니 '별당 아씨'가 사랑을 탈주로 실천한 데 비해, 제3대의 서희는 제1·2대와 마찬가지로 계급 교차의 결연을 수행하되 가문 의식이라는 명분을 잊지 않는다. '별당 아씨'의 연인이었던 김환국의 정신적 아들이자 자기 집 하인인 김길상과의 결혼, 그리고 김길상을 최길상으로 바꿔버리는 일본풍 서양자(婿養子) 제도의 적용—그것은 일대일 사랑과 질적으로 다른 감정과 관계를 현실화한다.

『토지』의 서희는 기묘한 수행적 주체다. 가부장의 행위 규칙에 따라 가모장(家母長)이 되고, 가문이라는 명분에 의해 사랑을 변형시킨다. 『토지』는 표제에서부터 '흙/땅'을 강조하지만, 가문이자 재산이자 고향이자 조국인 '흙/땅'에 대한 욕망 중 어느 만큼이 서희 자신의 욕망이었을까. 완벽하지만 결코 행복할 수 없었던 존재, 서희에게 있어 사랑이란 무엇이었을까. 어린 시절 정혼자 격이었던 이상현에 대해 설렜던 마음이나, 남편이 된 김길상에 대해 품었던 애착이나, 서희에게 있어서는 견뎌내야 할 격랑(激浪)에 지나지 않는다. 사랑은 수난과 같다. 라틴어 '파시오passio'가 뜻하듯, 외부로부터의 격렬한 침범은 감수(感受, patiency)의 자세를 요청한다. 능동성이 아닌 수동성의 주체를.[95] 그렇게 읽어나가다 보면 서희는 조모 윤씨 부인의 운명에서 그리 멀리 떨어져 있지 않다. 청상(靑孀)의 몸으로 동학 접주 김개주에게 강간당해 아들을 낳았고, 그 아들이 자기 집 하인으로 스며들어 지내는 것을 지켜보아야 했으며, 마지막에는 그 불의의 아들이 친자(親子)의 아내('별당 아씨')와 도망치는 것을 방조했던 윤씨 부인 말이

95.　도덕철학에서의 감수자의 상황과 역량을 가리키는 '페이션시patiency'라는 개념에 대해서는 김홍중의 책 『가까스로, 있음—브루노 라투르와 파국의 존재론』(이음, 2025) p.37 참조.

다. 김개주는 '사랑'이라 주장하고 윤씨 부인은 '폭력'으로 경험한 강간이라는 사건은 한국 근대문학사를 통해 넌더리 나도록 목격한 라이트모티프이다. 이광수의 『무정』(1917)에서 영채의 강간 사건 이후 한국전쟁기의 그 숱한 소설들을 거쳐 오정희의 「바람의 넋」(1982)이나 「순례자의 노래」(1984), 그리고 김형경의 『새들은 제 이름을 부르며 운다』(1993)에 이르기까지. 한국 근현대사에 만연한 폭력과 그 폭력의 젠더적 발현은 숱한 여성을 집어삼켰고, 그 여성들이 '딸 말고 아들 낳기를' 소원하게 했다. 그런 점에서 『토지』의 제4대가 환국·윤국이라는 아들 형제와 양현이라는 수양딸로 구성된 것은 사뭇 적절하다. 양현의 친모 봉순 – 기화가 서희의 몸종 출신으로 오직 사랑을 갈구하던 존재, 즉 서희의 연약한 분신과도 같은 존재였다는 사실을 생각하면 더욱 그렇다.

　　『토지』보다 앞선 서희의 후손들 또한 『애가』풍의 멜로드라마적 사랑 속에서 태어났지만 『표류도』『김약국의 딸들』『시장과 전장』 등을 통해 생명과 죽음의 근원성 속에서 사랑의 고통을 겪는 존재로 거듭난다. 『표류도』의 현회는 "생명이 있는 한 나는 나에 대하여 거짓으로 살아가지는 않으리라. [⋯⋯] 여하한 고난도 내 마음의 생장을 막지는 못하리라"고 다짐하고, 『김약국의 딸들』의 용빈은 "인간의 운명은 그 죽음 [⋯⋯] 인간은 그 공동운명체 속에 있다"는 사촌오빠의 말을 수긍하며, 『시장과 전장』에서는 지영이나 가화 대신인 양 익명의 여성 빨치산이 "지금 같은 극악의 상태에서 낭만이 없다면 무엇으로 지탱하겠소. [⋯⋯] 나는 이 비참한 비극 속에서 때때로 아니 아주 빈번히 희열을 느끼곤 해요"라고 토설한다.[96] '고통의 미학화'라 할 이 같은 태도는, 성장의 종국이 죽음이라는 명제와 통한다. 이렇듯 성

96.　박경리, 『시장과 전장』, 나남출판, 1999, pp. 451~52.

장·개발의 서사를 여성의 주체성과 생명–죽음의 근친성으로 용도 전환한 것이 박경리의 문학이라면, 1970년대에 오정희·서영은 등이 보여준 '고통의 미학'과 '정념의 폭발성' 역시 그 후예라고 할 수 있으리라.

그로부터 반세기 후, 오늘날 사랑의 양태는 몰라보게 바뀌었다. 1960년대에 축조됐던 도시–중산층–핵가족 모델은 절반쯤 붕괴된 듯 보이고, 이성애 바깥의 사랑이나 비인간 존재와의 반려 관계 등 탈규범의 시도는 늘어나고 있다. 사랑을 수난으로, 또는 찰나적 황홀로 경험했던, 그러면서도 사랑의 자유와 민주주의를 실험하고자 했던 그 시절에서 우리는 얼마나 멀리 와 있는가. 사랑을 저버리기는 어렵다. 자존과 정체성의 토대로서, 감정적·사회적 연대의 기초로서 사랑이 여전히 추구돼야 할 가치라면, 저마다 그 가치를 추구하는 데 있어 반세기 전 경험을 참조해봐도 좋으리라. 김내성과 황순원과 손창섭, 4·19세대 작가들, 강신재와 박경리…… 등을 통해 엿보았듯 그 갈망과 고투의 흔적이 아직 선연한 만큼 말이다.

종언 이후의 사랑

—1990년대 이후의 문학과 사랑

강동호

—1990년대 이후의 문학과 사랑

때가 오리라.

기쁨에 차서 너 자신이 너의 문을 두드리고 들어오며,

거울 속의 너와 서로 미소 짓게 될 때가.

"앉아라. 먹어라"라고 말하리라.

너는 다시 사랑하게 될 것이다, 한때 너였던 그 낯선 이방인을.

— 데릭 월컷, 「사랑 이후의 사랑」 부분

욕망이여 입을 열어라

그 속에서 사랑을 발견하겠다

— 김수영, 「사랑의 변주곡」 부분

1. 프롤로그—내부자가 된 외부자들

어떤 시대의 진정한 기원을 규명하고, 그 기점으로부터 새로운 시대의 분명한 경계를 긋고자 하는 일은 언제나 역사가에게 가장 강력한 유혹 가운데 하나다. 문제는, 역사가의 그런 욕망이 실현 불가능하다는 사실을 역사 스스로가 거듭 일깨워준다는 점이다. 사후적으로는 과거와 명확히 구별되는 시대처럼 보이더라도, 그 차이와 새로움의 맹아가 어디서 자양분을 얻었는지를 가려내기란 생각만큼 쉽지 않다. 멀리서 보면 단절과 분리로 설명될 수 있을 듯한 두 시대가, 가까이 다가가면 서로 다른 시간들이 뒤섞인 혼란스러운 풍경으로 드러나는 경우가 적지 않기 때문이다.

다행인 것은 이러한 혼란이 단지 예외적이거나 모순적인 현상이 아니라, 문화의 역사에서는 반복적으로 나타나는 일반적이면서도 고유한 양식이라는 점이다. 연대기적 서술을 중시하는 역사가들에게 시대 구분의 불명료함은 해결해야 할 곤혹스러운 과제처럼 여겨질 수 있다. 그러나 문화적 변동의 원리에 관심 있는 이들에게, 서로 다른 시간들의 중첩과 교차는 오히려 문화적 역사의 실재를 드러내는 흥미롭고 매혹적인 변화의 징후 가운데 하나다. 이러한 현상을 에른스트 블로흐는 다음과 같은 인상적인 문장으로 표현한 바 있다. "일반적으로, 막 기록되어 현존하게 된 하나의 '연도' 속에는 서로 다른 여러 해들의 울림이 함께 공명하고 있다."[1] 과거와 현재가 중첩된 혼종적 시간에 주목하며, 블로흐가 거듭 강조했던 것은 어떤 급진적 변화도 '과도기' 혹은 '전환기'라 불리는 혼성적 국면(비동시성들의 동시성)을 거치지 않고서는 도래할 수 없다는 사실이다. 요컨대, 낡은 것의 지속과 새로운 것의 출현, 나아가 과거의 종언과 현재의 탄생은 양립 불가능한 두 사건이 아니라, 때로는 구별조차 어려울 만큼 긴밀히 얽혀 나타나는 동일한 역사적 시간의 양면성인 것이다.

지성사가이자 문화사가인 피터 게이가 사용한 '내부자가 된 외부자outsider as insider'라는 표현은, 문화적 전환기에 포착되는 이 같은 혼란과 변화의 양상을 이해하려는 이들에게 중요한 통찰을 제공

---

1.   Ernst Bloch, "Nonsynchronism and the Obligation to its Dialectics", *New German Critique*, no. 11, Duke University Press, 1977, p. 22.

한다. 이 표현은 본래 바이마르 공화국 특유의 지적이면서도 실험적인 분위기, 그리고 나치 집권 직전 사회 전반에 팽배했던 정치적 불안과 공포를 조명하기 위해 제시된 개념이었다. 하지만 보다 넓은 맥락에서 보자면, 이는 전환기의 국면마다 되풀이되는 이질적인 시간들의 충돌과 갈등, 그리고 혁신의 역동성을 가리키는 개념으로도 확장될 수 있다. "바이마르 문화는 외부자들에 의해 창조된 것이었다. 그들은 역사에 떠밀려, 짧고 아찔하며 덧없는 한순간 동안, 내부로 들어왔다."[2] 외부자들에 의해 개척된 것은 비단 바이마르 문화만이 아니었다. 돌이켜보면, 근대 이후 문화적 혁신을 이끈 주체들은 대개 주류적 시간에 충실한 '현재의 총아들(내부자)'이라기보다, 시대착오적이라 조롱받던 당대의 반역자들, 즉 현재와 불화하는 시대의 외부자에 가까웠다. 흔히 통용되는 '시대를 앞선 천재 예술가'라는 이미지는, 그 낭만적이면서도 발전주의적인 뉘앙스를 괄호에 넣는다면, 동시대에 온전히 소속될 수 없었던 혁신가들의 외부자적 운명을 보여주는 문화적 표상으로서 여전히 유효하다.

　　하지만 탁월한 역량을 지녔고, 무엇보다 운이 따랐던 소수의 외부자들이 세계를 혁신하는 데 성공했다 해서, 그 변화 전체를 개인의 성취로 환원할 수는 없을 것이다. 그들을 시대의 외부로 밀어냈던 힘이 역사로부터 비롯되었듯, 다시 그들을 내부로 불러들이는 힘 또한 역사에서 비롯되었을 것이기 때문이다. 외부자들이 시대를 혁신한 것은 분명하지만, 역설적으로 그 혁신을 가능케 한 또 다른 원천은 바로 그들을 외부자로 내몰았던 시대 자체이기도 했다. '내부자가 된 외부자'라는 아이러니한 표상은, 한때 시대착오적으로 여겨졌던 사유가 문화의 중심으로 재배치되는 '문화적 경제의 원리'[3]를 탐구하

2.　　Peter Gay, *Weimar Culture: The Outsider as Insider*, W. W. Norton & Co Inc, 2002, p. xiv.

고, 이를 통해 개인의 창조성과 역사적 구조가 교차하는 지점을 가시화하는 데 도움을 준다.

　‘내부자가 된 외부자’라는 간명한 도식은, 이 글의 주요 테마인 ‘1990년대 이후의 문학과 사랑’을 둘러싼 문학사적 변천을 이해하는 데에도 유용한 틀을 제공한다. 이는 1990년대 문학이 한국문학사에서 외부자와 내부자의 위치가 극적으로 뒤바뀐 전환의 시기로 해석될 수 있기 때문이다. 1990년대 문학에 대한 통설적 서술들은, 이러한 급격한 위치 변동을 설명하기 위해 다양한 비평적 어휘와 설득력 있는 내러티브를 구축해왔다. ‘개인’ ‘내면’ ‘일상’ ‘욕망’ ‘진정성’ 등 1990년대에 각광받던 일련의 개념어들은, ‘민족’ ‘민중’ ‘노동’ ‘혁명’ ‘정치’ 등 1980년대를 지배했던 문학적 기호들과 선명히 대립하면서, 이전 시대에 주변화되었던 외부자들의 위치를 뚜렷하게 가시화했다. 이러한 맥락에서 본다면, ‘사랑’이라는 테마가 1990년대 문학에서 다시 전면에 등장한 현상 또한 자연스럽게 설명될 수 있다. 오랫동안 재현의 가시권 밖에 머물러 있던 사랑이 문학의 장 내부로 복귀할 수 있었던 것은, ‘운동으로서의 문학’을 지탱하던 문학적 헤게모니에 균열이 생기고, 그 이념이 행사하던 일상적 욕망에 대한 통제력이 약화된 결과였을 것이다.

　1990년대 문학을 규정해온 이와 같은 전형적 내러티브의 설득력과는 별개로, 이 글이 주목하는 것은 그 이면에 감춰진 몇 가지 다른 장면들이다. 1980년대와 1990년대를 가르는 명백한 차이에도 불구하고, 두 시기의 관계를 단절로 규정할 수 있을지는 좀더 신중히 검토될 필요가 있다. 멀리서 보면 두 시기는 확연히 달라 보이지만, 1990년대 초·중반의 전환기적 풍경을 가까이서 들여다보면 두 시대

3.　　보리스 그로이스, 『새로움에 대하여──문화경제학 시론』, 김남시 옮김, 현실문화, 2017.

를 명확히 구분하는 일이 그리 간단하지 않다는 사실이 드러날 수 있기 때문이다. 이러한 경계의 모호성은, 1990년대 문학의 성격을 결정지은 작가들과 텍스트들이 '지나간 시간'으로서의 1980년대를 어떻게 사유하고 의미화할 것인가라는 물음과 맞닥뜨렸음을 뜻한다. 이전 시대의 외부자였던 그들은, 자신을 현실의 바깥으로 내몰았던 과거에 대한 복합적 감정 속에서, 과거의 자신과 더불어 새롭게 도래한 현재의 자신 역시 해명해야만 했다. 그런 점에서 1990년대 문학은 어떤 고립된 시간 내부에서 탄생한 자생적 산물이 아니라 1980년대 '이후'라는 시간 속에서, (현재의) 내부자가 된 (과거의) 외부자들에 의해 형성된 것으로 묘사될 수 있다.

대체로 그들이 과거를 긍정하지 못했던 것은, 시대착오적 외부자로 소외되었던 기억이 여전히 그들의 내면을 강하게 지배하고 있었기 때문이다. 그러나 그 어느 때보다 이전 시대에 대한 원한 ressentiment을 노골적으로 드러내고, 그로부터의 해방을 갈망했던 세대의 글쓰기가, 역설적이게도 바로 그 반복적 부정 속에서 1990년대라는 새로운 문학적 시공간을 형성했다는 사실은 역설적이다. '진정한 복수는 망각'이라는 니체의 명제에 비추어 본다면, 몰락한 1980년대에 대한 원망과 환멸, 애증과 노스탤지어가 교차하는 복합적 태도 위에서 등장한 이 시기의 문학은, 실은 이전 시대를 잊지 못한, 혹은 애써 잊기를 거부하는 전도된 애착과 사랑을 표현하고 있었던 것인지도 모른다. "증오 없이는 사랑도 없다. 그가 덜 증오할수록 그는 또한 덜 사랑하게 된다"[4]는 라캉의 전언처럼, 사랑과 증오는 양립 불가능한 두 감정이 아니라, 때로는 구별조차 어려울 만큼 긴밀히 얽혀

---

4.   Jacques Lacan, "love letter", *The Seminar of Jacques Lacan(Book XX)—Encore 1972–1973*, trans. Bruce Fink, W. W. Norton & Co Inc, 1999, p. 89.

나타나는 동일한 감정의 두 얼굴일 수 있기 때문이다.

앞으로 이 글은 1990년대 초·중반의 주요 텍스트들을 통해, '사랑'이라는 테마가 어떻게 한 시대의 전환을 가시화하는 문화적 징후로 표상화되었는지를 탐구할 예정이다. 1980년대의 외부자들이 1990년대에 들어 내부자로 변화해나가는 시간적 경계에서, 사랑은 과거로부터 밀려난 이들이 현재를 감각하고 자신을 재구성하기 위해 선택한 자기 정당화의 언표이기도 했다. 그들의 사랑은 단절과 연루, 망각과 회귀라는 상반된 정념이 교차하는 자리에서 형성되었다. 그리고 그것은 1990년대의 사랑이 되돌릴 수 없는 과거에 대한 애도이자, 부재하는 대상에 대한 노스탤지어적 글쓰기와 긴밀히 연동되어 있었음을 의미했다.

2. 사랑을 잃고 나는 쓰네―전환기의 풍경들

> 슬프다
>
> 내가 사랑했던 자리마다
>
> 모두 폐허다
>
> ― 황지우, 「뼈아픈 후회」 부분[5]

1990년대가 언제 시작되었는지를 단정하기란 쉽지 않다. 이 시기는 애초부터 하나의 분명한 기점으로 시작된 것이 아니라, 역사적 균열과 전환이 연속적으로 중첩된 격변의 시공간 속에서 급격히 열렸기 때문이다. 1987년의 6월 민주 항쟁과 그해 12월 노태우 후보의 대통령 당

---

5.   황지우, 『어느 날 나는 흐린 酒店에 앉아 있을 거다』, 문학과지성사, 1998.

선, 1989년 베를린장벽의 붕괴와 이듬해 독일 통일, 1991년 소비에트 연방의 해체에 이르는 국내외의 사건들은, 한 시대가 하나의 기원에서 출발한 것이 아니라, 수많은 위기와 변동들이 복잡하게 교차하며 열어젖힌 균열의 지점에서 시작되었다는 사실을 새삼 일깨워준다.

반면, 1980년대의 종언에 대해서라면 누군가의 기억 속에서는 보다 단호한 대답이 가능할지도 모른다. 특히 그 시대의 정치적 실천에 깊이 관여되었던 이들, 즉 운동권의 한복판에 있었던 내부자들이라면, 주저 없이 1991년을 떠올릴 것이다. 수많은 젊은이와 노동자들의 목숨을 앗아간, 그해 5월의 좌절된 기억 때문이다.

명지대학교 1학년 강경대의 죽음으로 촉발된 1991년 5월의 투쟁은, 연이은 분신 정국과 "죽음의 굿판을 걷어치우"[6]라는 김지하의 악명 높은 칼럼이 불러일으킨 격렬한 논란 속에서, 결국 처절한 결말을 맞게 된다.[7] 언론은 과거와 달리 학생운동의 폭력성을 부각하며 자극적인 보도를 이어갔고, 사회 여론 또한 이전과는 확연히 다른 싸늘한 시선을 내보이고 있었다. 수많은 청년들의 희생을 남긴 채 끝나버린 이 투쟁은, "90년대는 불길하고 처절한 패배로 시작되었다"[8]는 회고가 말해주듯, 1980년대를 관통하던 하나의 시대정신이 비로소 종언을 고하고 있음을 뼈아프게 체감하게 각인시킨 사건이었다.

1991년 투쟁의 역사적 함의는, 김소진의 「열린 사회와 그 적들」이 인상적으로 재현했듯, "밥풀때기"[9]로 표상되는 민중과 학생운동권 사이의 균열이 되돌릴 수 없을 만큼 깊어졌다는 데 있었다. 김귀

6. 　김지하, 「젊은 벗들! 역사에서 무엇을 배우는가」, 『조선일보』 1991년 5월 5일 자.

7. 　5월 투쟁의 경과와 그 역사적 의미에 대한 자세한 연구로는 다음을 참조할 수 있다. 김정한, 『비혁명의 시대——1991년 5월 이후 사회운동과 정치철학』, 빨간소금, 2020; 김정한, 『대중과 폭력——1991년 5월의 기억』, 후마니타스, 2021.

8. 　천정환, 『자살론——고통과 해석 사이에서』, 문학동네, 2013, p. 13.

9. 　김소진, 『열린 사회와 그 적들』, 솔, 1993, p. 72.

정 열사의 시신을 두고 벌어진 대치 국면을 재현한 김소진의 텍스트가 웅변하고자 했던 것은, 운동권 내부의 폐쇄적 문화와 엘리트주의적 의식이야말로 그 균열을 초래한 '내부의 적'이었다는 사실이다. 그러나 '열린 사회'라는 이상을 가로막는 적은 운동권 내부에만 존재했던 것이 아니었다. 1991년 5월 투쟁의 한가운데 있었던 88학번 김별아가 자전적 텍스트 『개인적 체험』을 통해 그리고 있는, "너무 구차하고 사소한 기억"이라 자조한 일련의 "부스러기 에피소드"[10]들은, 학생운동을 향한 환멸과 적대가 이미 사회 전반은 물론 그들이 '민중'이라 불렀던 동맹 세력 사이에서도 광범위하게 확산되었음을 생생하게 증언한다. 그렇게 학생운동과 민중 사이의 연대가 해체되자 혁명의 주체들은 자신이 더 이상 시대의 중심에 있지 않으며 이미 그 바깥으로 밀려나 있음을 자각하게 되었다. 바야흐로 1990년대는, 내부로부터 추방된 이들이 스스로의 주변적 위치를 인지해야 했던, 외부자가 된 내부자들의 고통스러운 자기 확인의 시간이기도 했던 것이다.

반면, 89학번 김연수의 생각은 조금 달랐다. 그의 판단에 따르면, 해체된 것은 엄밀히 말해 동맹 자체가 아니라, 동맹에 대한 환상이었기 때문이다. 1980년대 중·후반의 급속한 경제성장과 대중문화의 팽창 속에서 '민중'과 '대중'의 경계는 그 이전부터 흐려지고 있었고, 혁명의 언어는 더 이상 당대의 문화적 욕망을 대변하는 언어가 아닌 지 오래였다. 『네가 누구든 얼마나 외롭든』이 그려내는 1991년의 좌절은 세계의 갑작스러운 붕괴라기보다는, 이전 시대의 정신을 지탱하던 "모든 것들이 한낱 환상에 불과하다는 사실을 그 순간 알게 되었던 것"[11]에 불과한 것일 수도 있다. 소위 장벽은 베를린에서만 무

10.　　김별아, 『개인적 체험』, 실천문학사, 1999, p. 115.
11.　　김연수, 『네가 누구든 얼마나 외롭든』, 문학동네, 2007, p. 123.

너진 것이 아니었다.

> 그리하여 그들이 목도하게 된 것은 일찍이 황지우가 시 「이준태의 근황」에서 쓴 것과 같이 "그리고 대뇌와 성기 사이"의 세계였다. 대뇌와 성기 사이의 경계가 허물어지면서 대뇌는 대뇌끼리, 성기는 성기끼리 서로 피곤할 정도로 싸우던 시절은 끝이 났다. "그리고 대뇌와 성기 사이"의 세계에서는 개인들이 저마다 한 시대의 몰락을 주관화하고 내면화시키면서 전면적으로 등장하기 시작했다. 이 말은 곧 한 시대의 상처가 각 개인의 내면, 그러니까 대뇌와 성기 사이에서 치유되어야만 한다는 사실을 뜻했다. 〔……〕 두말할 것도 없이 마광수 교수가 1991년 발표한 『즐거운 사라』로 구속된 것도, "모든 것이 이제 다 무너지고 있어도 환상 속에 그대가 있다"라고 노래한 '서태지와 아이들'이 데뷔한 것도 바로 1992년의 일이었다. 1991년 5월 이전까지만 해도 대뇌의 언어로 말하던 사람들이 1992년부터 모두 성기의 언어로 떠들어대기 시작했다. 그게 바로 1991년 5월 이후의 세상을 살아가던 사람들의 내면 풍경이었다.[12]

황지우의 시를 인용하며 김연수가 묘사한 것처럼, 이념(대뇌)과 욕망(성기)을 가로막던 장벽이 무너지고, 마침내 '성기의 언어'가 시대의 내면 풍경을 지배하기 시작했다. 이념의 언어가 인간을 규율하던 시대가 퇴장하자, 그 빈자리를 채운 것은 대중의 욕망을 조직하고 생산하는 새로운 통치 장치, 즉 대중매체였다. 이는 비단 한국에만 국한된 현상이 아니었다. 세계적으로도 1990년대는, 대중문화가 쾌락과 사랑, 자기표현과 감정의 진정성 같은 코드들을 통해 새로운 감정과 욕

---

12.   같은 책, pp. 48~49.

망을 형성해가던 시기였다.[13] 이 과정에서 '사랑'은 이념을 대체할 욕망의 구심점이자, 자본주의적 이윤을 창출하기 위한 가장 매혹적인 상품으로 포섭되었다. 1990년대 초반, 영화와 드라마, 광고와 대중가요에 이르기까지 거의 모든 문화 텍스트들은 사랑을 개인의 진정성과 욕망을 실현하는 서사적 상상력으로 전시하고 있었다. 문학이 이러한 변화에 예민하게 반응한 것은 당연했다. 당시 새로운 세대의 문학을 전면에 내세운『상상』창간호의 서문은 문학의 죽음에 대한 위기의식과 더불어 대중문화에 대한 경계심을 다음과 같이 비장하게 토로하고 있었다. "우리는 단지 편승해 있을 뿐이다. 원했건 원하지 않았건. 소위 대중문화라는 이름의 전차 위에. 소위 대중문화의 시대라는 폭주기관차 위에."[14]

　　이처럼 도처에서 승리를 구가하던 '성기의 언어'의 영향권에서 노동문학 역시 자유로울 수 없었다는 사실은 특기할 만한 현상이었다. 1990년대 노동소설에서 나타난 변화 중 하나는, 오랫동안 '운동의 대의'에 가려 주변부로 밀려났던 노동자들의 일상적 욕망과 친밀성의 영역이 점차 가시화되기 시작했다는 점이다. "사람들의 관심을 온통 남녀 간의 사랑에만 쏟게 만들잖아. 라디오만 틀면 맨날 사랑타령이고"[15]라는 항변이 암시하듯, 문화적 재현의 장 전반으로 급속히 확산된 사랑의 언어는 '혁명'의 언어 내부로 침투해 그 안에 균열의 씨앗을 심고 있었다. 비록 노동자들의 사랑은 대체로 삽화적이거나 주변적 에피소드로 처리되곤 했지만, 이러한 변화의 이면에는 동지애의 이념으로 환원되지 않는 개인적 욕망을 다시 혁명의 언어로 매개

13.　　척 클로스터만,『90년대 ― 깊고도 가벼웠던 10년간의 질주』, 임경은 옮김, 온워드, 2023.

14.　　주인석,「창간에 부쳐 ― 상상, 넘나들며 감싸안는 힘」,『상상』1993년 가을호, p. 11.

15.　　차주옥,『함께 가자 우리』, 실천문학사, 1990, p. 39.

하려는 당대 노동문학의 새로운 고민이 자리하고 있었던 것이다.[16]

　　이른바 혁명과 사랑은 어떻게 양립 가능한가. 이 물음에 답해야 했던 당시의 노동문학이 그 간극을 메우기 위해 의지한 것은, 아이러니하게도 비현실적인 로맨스의 상상력이기도 했다. 김인숙이 전격적인 변신을 시도하기 이전의 과도기적 작품으로 평가되는 『긴 밤, 짧게 다가온 아침』(동광, 1991)은 이 난제를 해결하려는 과정에서 봉착하는 문학적 곤경을 선명하게 드러낸 사례였다. 운동권 여대생 은재가 투철한 변혁의 주체로 성장해가는 과정을 그린 이 소설은, 겉으로 보기에는 노동소설의 전형적인 성장 서사를 따르고 있다. 그러나 주목할 것은, 은재가 자신을 성폭행한 노동자 만우에 대한 증오를 극복하고 마침내 그를 사랑하게 됨으로써, 운동권 주체와 민중의 결합을 시도하려는 서사적 기획이다. 지금의 시각에서 보면 기괴하고 폭력적이기 짝이 없는 이 로맨스는, 계급을 초월한 사랑이라는 혁명의 서사가 얼마나 많은 폭력과 억압을 은폐해왔는지를 드러내는 문학적 균열로 이해될 수도 있다. 그것은 '혁명과 사랑'을 매개하려는 일이 근본적으로 불가능하다는 사실을, 당시의 노동문학이 (그 의도와 무관하게) 스스로 증언하고 있었음을 시사했다.[17]

　　한편, 혁명과 사랑 사이의 해소 불가능한 간극을 명시적으로, 그리고 역설적인 의미에서 가장 정직하게 드러낸 것은 김윤식이 '후일담 문학'[18]이라 명명한 1990년대 초반의 일련의 작품들이었다. 이

16.　김영혜·오은영, 「노동문학에 그려진 여성과 사랑 ── 최근 장편노동소설을 중심으로」, 『오늘의 문예비평』 1991년 가을호.

17.　이에 대한 연구로는 김은하의 글 「이중의 글쓰기와 비스듬히 읽기 ── 김인숙의 『긴 밤, 짧게 다가온 아침』을 중심으로」(『우리문학연구』 제77집, 우리문학회, 2023) 참조.

18.　김윤식은, 김영현·공지영·김일남·이인화·박일문 등 1980년대라는 정치적 격동기에 이삼십대 시절을 보냈던 작가들이 선보였던 자기 고백적 글쓰기를 일컬어 '후일담 문학'이라고 명명한다. 그가 정의한 '후일담 문학'은 "'운동으로서의 문학'이 가능했던 지난 시기에 대한 반성"(김윤식, 「소설 형식에 대한 성찰」, 『문예중앙』 1992년 가을호, p. 237)을

서사들에서 1990년대의 작가들은 한때 시대의 내부자였으나 이제는 외부자로 밀려난 자신의 삶을, 냉소와 환멸, 애도와 우울이 뒤섞인 감정으로 증언하고자 했다. 흥미로운 점은, 이러한 자기 증언이 표면적으로는 1980년대라는 내부의 시공간을 회고하고 있지만, 정작 그 회고를 통해 말하고자 했던 것은 그 내부에서 철저히 배제되었던 '내부 안의 외부'의 이야기였다는 사실이다. 그러한 '내부 안의 외부'를 가장 직접적으로 노출한 사례는 바로 최영미의 시였다. "물론 나는 알고 있다/내가 운동보다도 운동가를/술보다도 술 마시는 분위기를 더 좋아했다는 걸/그리고 외로울 땐 동지여!로 시작하는 투쟁가가 아니라/낮은 목소리로 사랑노래를 즐겼다는 걸".[19] 이처럼 그를 1990년대의 스타 시인으로 부상시킨 청산주의적 시선 속에서, 사랑은 운동권 주체들의 위선을 폭로하는 은밀한 비밀이자, 1980년대 내부에서 끝내 말해질 수 없었던 욕망의 언어로 상징화되었다.

　　최영미가 사랑을 위악적으로 노래하며 1980년대 내부의 위선을 폭로했다면, 후일담 문학의 또 다른 축을 대표한 공지영은 사랑을 통해 그 시대가 잃어버린 내밀한 진실을 회복하고자 했다. 그가 소설을 통해 회상한 운동의 기억은, 자신들이 먼 미래의 이상을 향한 혁명은 열렬히 사랑했지만, 정작 눈앞의 사랑은 외면했다는 자각에서 비롯된 것이었다. 『인간에 대한 예의』[20]의 「무엇을 할 것인가」나, 그를 베스트셀러 작가로 만든 『고등어』에 서사화된 것은, 혁명가들의 실패한 사랑의 기억이자, 그 실패를 계기로 마주하게 된 1990년대의

운동 주체 당사자의 회고적 시선을 통해 표출하는 작품들을 일컫는다. 그들이 공통적으로 전면화하고 있는 것은 "지난날의 운동권 동료들의 이탈과 원칙주의자들의 비참한 삶, 그것을 보고, 자책감에 빠진 귀순자들의 양심의 아픔"(김윤식, 「후일담 문학과 소설가 소설의 넘어서기론」, 『문예중앙』 1993년 여름호, p. 592) 등으로 요약될 수 있다.

19.　최영미, 「서른, 잔치는 끝났다」, 『서른, 잔치는 끝났다』, 창작과비평사, 1994.

20.　공지영, 『인간에 대한 예의』, 창작과비평사, 1994.

변화된 현실이다. 혁명의 대의에 투신했던 이들이 어떻게 그 엄혹한 시대를 통과했고, 결국 1990년대라는 냉혹한 시간과 조우하게 되었는지를 보여주는 이야기들 속에서, 그들은 왜 자신의 사랑이 포기될 수밖에 없었는지를 노스탤지어적으로 회고한다. "강물을 아름답다고 생각하는 것에조차 죄책감을 가졌던 세대"[21]로 스스로를 일컫는 세대의식은, 지금의 눈으로 보면 분명 다소 비장하게 들릴지도 모른다. 그러나 사랑과 혁명 사이의 이분법이 당시 그들의 내면을 지배하고 있었던 것은 부인할 수 없는 사실이었다. 그런 의미에서 "우리들의 이야기를 써줘. 형이 지금 쓰고 있는 이야기들 말고, 잃어버린 사람들"[22]이라는 『고등어』의 주인공 은림의 유언은, 혁명과 사랑의 양립 불가능성 앞에서 좌초해버린 한 시대의 비망록이자, 명백히 시대의 외부자가 되어버린 과거의 내부자들이 남긴 세대적 유언이었던 셈이다.

　　『고등어』가 거둔 대중적 성공에도 불구하고(혹은 바로 그 이유로 인해), 공지영이 선보인 후일담 서사에 대한 비평적 평가는 그리 호의적이지 않았다. 과거에 대한 퇴행적 집착, 죽음으로 귀결되는 사랑의 전형성, 그리고 그 속에 스며 있는 감상주의는 '86세대'의 자기연민적 나르시시즘으로 비쳐지기에 충분했기 때문이다. 그러나 『고등어』의 비낙적 로맨스가 지닌 통속성에 대한 비판과는 별개로, 혁명의 불가능성과 함께 이루지 못한 사랑에 대한 회한, 나아가 잃어버린 과거를 실패한 사랑과 죽음이라는 테마로 형상화하려는 태도가, 1990년대 초반 문학장을 지배하던 광범위한 정서였던 것만은 분명하다. 동일한 시기에 구축된 기형도 신화는, 전환기의 무력감과 노스탤지어, 그리고 무엇보다 죽음이 시대를 감각하는 주요한 방식으로 부상하던

21.　　공지영, 『고등어』, 웅진출판, 1994, p. 186.

22.　　같은 책, p. 281.

당대의 우울한 정서를 떠나서는 이해될 수 없는 현상이었다.

생전에는 기자로 더 알려졌던 기형도가 시인으로서 1990년대의 감수성과 강하게 공명할 수 있었던 것은, 그가 1980년대를 살았으면서도 끝내 그 시대에 속하지 못한, 예외적인 존재처럼 받아들여졌기 때문일 것이다. 1989년에 출간된 그의 유고 시집 『입 속의 검은 잎』은, 이른바 '시의 시대'로 불리던 1980년대 시의 주류적 경향과는 확연히 다른 색채를 띠고 있었다.[23] 원인 모를 좌절과 도저한 절망으로 스스로의 삶을 묘사하는 비관적 어조, 거침없이 자신의 어두운 내면을 규정하는 직설적 선언의 화법은, 그가 1980년대의 주류적 시간으로부터 이탈한 개인이자 이방인이었음을 거듭 확인시켜준다. 기형도 스스로도 자신의 시가 지닌 외부자적 성격을 모르지 않았다. 그래서 그는 자신의 시가 마주하게 될 소외의 운명을 예언하듯 이렇게 적기도 했다. "나를/한 번이라도 본 사람은 모두/나를 떠나갔다, 나의 영혼은/검은 페이지가 대부분이다, 그러니 누가 나를/펼쳐볼 것인가"(「오래된 서적」).

그러나 그의 자조적 예상과는 달리, 그의 시집을 한 번이라도 펼쳐본 감수성 예민한 새 시대의 청년들은 앞다투어 그의 시 앞으로 몰려들기 시작했다. "낮에 노동시를 읽고 이에 대해 동료들과 토론하였지만, 밤에는 혼자 기형도 시를 읽었다"[24]는 회고가 암시하듯, 과거와 현재의 심리적 경계에 서 있던 많은 청년들에게 그의 시는 노동시로는 표현될 수 없는 개인의 고독한 내면의 고해소에 놓인 일종의 문학적 거울 같은 것이었다. "한때 절망이 내 삶의 전부였던 적이 있었다"(「10월」), "나는 인생을 증오한다"(「장미빛 인생」)라고 토로하는 그

---

23.   기형도, 『입 속의 검은 잎』, 문학과지성사, 1989.

24.   이성혁, 「경악의 얼굴」, 『정거장에서의 충고』, 박해현·성석제·이광호 엮음, 문학과지성사, 2009, p. 405.

의 절망적 화법은, 1990년대에 만연한 정치적 패배주의와 무력감에 명확한 표현형을 제시해주었고, 특히 텍스트 도처에 산재해 있는 '죽음'이라는 기호는 1980~90년대적 정황과 느슨하게나마 환유적 연관성을 맺는 듯 보였다. 결정적으로 그의 생물학적 죽음, 그리고 그 죽음에 헌정된 김현의 비평적 해설은 그에게 "젊어 죽을 수밖에 없었던 시인"[25]이라는 필연성의 이미지를 부여했다. 젊은 예술가의 죽음은 개인의 비극을 넘어, 지나간 시간의 죽음에 대한 헌사로 확장되었고, 당대를 수용하는 하나의 필연적 감각의 내러티브를 강화하는 데 기여하게 된다. 그의 "죽음과 함께 오욕으로 가득 찼던 우리의 1980년대, 그리고 이십대의 청춘은 끝났다"[26]는 선언처럼, 그의 죽음과 더불어 탄생한 기형도 신화는 한 시대의 종언을 예고하는 이른바 시대적 상징이었던 셈이다.

기형도는 혁명에 대해 노래하지 않았지만, 그렇다고 적극적으로 연애시를 쓴 시인도 아니었다. 그럼에도 그의 시 곳곳에 간헐적으로 등장하는 '사랑'에 대한 매혹적인 잠언들, 이를테면 "사랑을 목발질하며 나는 살아왔구나"(「쥐불놀이」), "나의 생은 미친 듯이 사랑을 찾아 헤매었으나/단 한 번도 스스로를 사랑하지 않았노라"(「질투는 나의 힘」), "사랑을 잃고 나는 쓰네"(「빈 집」)와 같은 구절들은 불완전한 사랑, 혹은 잃어버린 사랑에 대한 노스텔지어의 마력을 발휘하고 있었다. 정작 그의 시를 세세히 읽어보면, 기형도가 잃어버렸다고 하는 사랑의 대상이 무엇인지가 명료하게 드러나는 것은 아니다. 그러나 기형도를 잃었다는 분명한 사실은, 불분명했던 그 부재의 정서에 확실성을 더했으며, 당시 사회를 감싸고 있던 우울과 상실에 부인할 수

25.		김현 해설, 「영원히 닫힌 빈방의 체험」, 『입 속의 검은 잎』, p. 156.
26.		남진우, 「숲으로 된 성벽」, 『정거장에서의 충고』, p. 341.

없는 심리적 근거를 부여했다.

물론 돌이켜보면, 그것이 과연 기형도의 시에 대한 타당한 접근이었는지에 대해서는 논쟁의 여지가 적지 않다. 그가 시를 통해 죽음을 빈번하게 언급한 것은 사실이지만, 과연 그의 시가 죽음에 경도되었는지, 죽음이 그의 삶의 실질적 종착지였는지에 대한 반증의 요소들(가령 '희망'이라는 시어들) 또한 적지 않았기 때문이다. 더욱이 그가 1980년대 시적 경향의 중심 바깥에 있었던 것은 부인할 수 없지만, 그렇다고 현실과 무관한 외부에 전적으로 고립되어 있었던 것은 아니었다. 그러나 당대에 편만해 있었던 상실감은, 오늘날까지 이어지는 기형도에 대해 통상적 이미지('죽음의 시인')를 고착시키는 데 일조했으며, 마침내 그의 죽음을 한 시대의 필연적 종말로 해석하려는 시각을 정당화하는 데까지 이르렀다.

그런 의미에서 널리 회자되는 "사랑을 잃고 나는 쓰네"라는 「빈 집」의 한 구절은, 1990년대 문학이 과거를 사유하고 재현하는 데 직면해 있었던 시대적 조건과 그 근본원리를 드러내는 자기지시적 에피그램으로 읽힐 수 있을 것이다. 혁명적 이념의 퇴조와 대중소비사회의 확산이라는 이중의 전환 속에서, 1990년대 문학이 사랑을 다시 쓰기 위해서는 그것을 이미 '잃어버린 것'으로 전제해야만 했다는 점을 상기시켜주기 때문이다. 역설적이게도, 사랑은 그 부재를 매개로만 기억되고, 상상되며, 다시 쓰일 수 있었다. 요컨대 그들은 사랑을 잃고 썼고, 쓰기 위해 사랑을 잃었으며, 때로는 쓰기 자체를 위해 스스로 사랑을 상실한 자가 되어야만 했다. 이른바 기형도 신화는 1990년대 초반의 전환기적 국면에 형성된, 상실과 우울의 분위기가 빚어낸 일종의 역사적 자화상이라고 불러야 할 것이다.[27]

3. 회색 시간의 사랑—최윤의 증언

나는 탈루아르에 있었네. 자네, 회색을 원하는가? 자, 여기 자네가 원하는 회색이 있다네. 그리고 녹색도 있지. 온통 회녹색이지. 주변 언덕은 충분히 높지만, 낮아 보이고, 비는 내리지. 협곡 사이에 호수가 있고, 마치 영국풍의 조경처럼 되어 있네. 나뭇잎에서 수채화된 스케치북 페이지가 떨어지는 듯해. 자연이긴 한데, 내가 보는 자연은 아니야. 자네가 이해하겠나? 회색 위에 회색. 회색을 그리지 못한 화가는 화가가 아니지. 들라쿠라아는 회색이 회화의 적이라고 했지만, 그건 틀린 말이야. 회색을 제대로 그릴 줄 알아야 화가라 할 수 있지.

— 폴 세잔[28]

이처럼 상실의 분위기가 짙게 드리운 시간 속에서, 최윤은 1980년대와 1990년대라는 두 시대를 잇는 경계에서 예외적으로 서 있던 작가였다. 그의 작품들은 한국 사회가 겪은 급격한 변화를 예민하게 반영하면서도, 그 변화만으로는 그의 문학적 글쓰기를 설명할 수 없다는 사실을 끈질기게 증언하고 있었다. 주목할 것은, 그의 글쓰기가 단지 두 시대를 구획 짓는 이분법 속에 포섭되지 않을 뿐 아니라, 오히려 그 양쪽 모두와 불화하는 위치를 택하고 있다는 점이다. 바로 이러한 불화의 지점에서, 그는 어느 한 시대에도 완전히 속하지 않은 언어적 시간, 다시 말해 두 시대의 사이라는 회색 지대에서만 가능한 글쓰기의 가능성을 예고하고 있었다.

---

27. 당대의 역사적 환경 속에서, 기형도의 죽음이 그의 텍스트 수용에 미친 관계에 대한 분석으로는 정과리의 글 「죽음, 혹은 순수 텍스트로서의 시」(『무덤 속의 마젤란』, 문학과지성사, 1999) 참조.

28. Joachim Gasquet, "What he told me···", *Conversations with Cézanne*, ed. Michael Doran, trans. Julie Lawrence Cochran, University of California Press, 2001, p. 118.

　　최윤의 글쓰기에 내포된 이중적 성격이 뚜렷하게 드러나는 작품은, 그의 데뷔작이자 대표작인 「저기 소리 없이 한 점 꽃잎이 지고」(이하 「꽃잎」)이다.[29] 1980년대 문학의 심리적 기원이자 집단적 상처로 작용했던 '광주'의 비극을, 말을 잃은 한 소녀의 고통을 통해 형상화한 이 작품은 최윤의 소설이 지나간 시간의 죽음과 긴밀히 연결되어 있음을 보여준다. 그러나 그렇다고 해서 그가 광주로 상징되는 1980년대의 중심부에 직접 다가서려 했던 것은 아니었다. 「꽃잎」의 예외성은, 과거의 진실을 복원하거나 서사적으로 재현하려는 당대의 요청으로부터 거리를 유지하고 있다는 점에서 더욱 분명해진다. 불명료한 시공간, 끝없이 교차하는 시점의 배열, 현실과 꿈의 경계를 허무는 초현실적 이미지, 그리고 집요하고도 치밀한 묘사적 문체는, 이 소설이 역사적 실재로서의 '광주'에 도달해야 한다는 요구보다 그 도달 불가능성 자체를 응시하고 있음을 암시하고 있었다.

　　「꽃잎」을 관통하는 이러한 독특한 글쓰기의 의지는, 당시로서는 분명히 이질적인 것이었으며, 한편으로는 쉽게 환영받기 어려운 것이기도 했다. 최윤이 이 작품을 발표한 1988년은, 1980년대의 문학적 헤게모니가 여전히 강력한 영향력을 행사하던 때였고, 특히 광주에서 자행된 학살의 진실을 세상에 알리고자 하는 리얼리즘적 문제의식이 글쓰기의 장을 지배하고 있었던 시기였다. 이러한 시대적 요구를 고려할 때, 광주의 역사적 실재를 직접적으로 증언하기보다 그 주변을 돌림노래처럼 맴도는 「꽃잎」의 서사 구조, 그리고 침묵의 결을 따라 고통을 감각화하는 최윤 특유의 매혹적이면서도 파괴적인 문체는 자칫 광주에 대한 무지나 역사의식의 결여로 오해받을 위험

29.　　이 글에서 다뤄지는 최윤의 작품들은 『저기 소리없이 한 점 꽃잎이 지고』(문학과지성사, 1992)를 대상으로 했다. 구체적인 출처는 본문 내 괄호 안의 쪽수로 표기한다.

도 있었다.

물론 그것은 일정 부분 부인할 수 없는 사실이었다. 훗날 저자 스스로 밝히고 있듯, 「꽃잎」의 서사적 형식은 광주의 외부자이자 1980년대의 방외인으로서 과거를 통과해야만 했던 자신의 불가피한 위치성을 정직하게 반영하고 있었기 때문이다. "프랑스의 한 소도시의 유학생"이었던 그는, 광주에서 자행된 학살의 참상을 "이국어로 쓰인 온갖 보도 기사들"[30]을 통해서만 접할 수밖에 없었던 존재이기도 했다. 그의 표현을 빌리자면, 그는 시대의 '외계인alien',[31] 다시 말해 이방인alien으로서의 자신의 위치를 숨기지 않았다. 광주의 진실을 직접 알지 못하는 그에게, 그 고통을 재현하거나 복원하는 일은 경험적으로나 윤리적으로 불가능했으며, 바로 그 불가능성으로부터 그의 글쓰기는 출발하고 있었던 것이다.

따라서 최윤이 완전한 침묵 대신 "조금씩이나마, 그리고 서투르게나마, 그에 대해 쓰는 일밖에는 없었"[32]던 것은, 타자의 고통을 목격자로서 증언하는 것과는 전혀 다른 방식의 증언, 다시 말해 목격할 수 없었기에, 그 불가능성과 더불어 수행되는 글쓰기의 증언이 가능해야 한다는 확신에 도달했기 때문일 것이다. 「꽃잎」을 관통하는 글쓰기의 의지는 바로 그 확신에서 비롯되었으며, 동시에 스스로가 이방인이었기에 더욱 절실했던 '증언의 윤리'에 대한 자각의 표현이기도 했다.

이와 관련하여 특히 주목해야 할 것은, 말로 표현할 수 없는 고통을 짊어진 '소녀'의 실어증, 그리고 그녀와 마주한 인물들이 "한 번 들어서면 감염될 수밖에 없는"(p. 252) '수치'를 문체의 층위에서

---

30.   최윤, 「말로 할 수 없는 것을 말하기」, 『수줍은 아웃사이더의 고백』, 문학동네, 1994, p. 99.

31.   최윤, 「외계인의 사랑」, 『문학과사회』 2005년 여름호, p. 251.

32.   최윤, 「말로 할 수 없는 것을 말하기」, 같은 책, p. 99.

끈질기고도 집요하게 체현하려는 서술적 태도이다. 이는 재현 불가능한 타자의 고통 앞에서 주체가 자신의 언어적 무능을 고통스럽게 자인하는 행위이자, 그 무력감 속에서도 그 고통에 연루된 자신의 위치를 문학적 '감염'으로 드러내는 수행적 자기 증언의 글쓰기였다. 비록 발표 당시에는 여러 오해를 불러일으켰지만, 오늘날 「꽃잎」이 우리 시대의 "가장 뛰어난 증언의 문학"[33] 가운데 하나로 평가받는 이유는, 그것이 타자의 고통에 대한 증언이자 동시에 그 증언을 수행하지 않을 수 없는 자기 자신에 대한 증언이라는 이중의 물음을 끝내 포기하지 않았기 때문이다. 결국 이 작품이 전하는 메시지는, 타자들의 비극적 고통 앞에서 완전히 벗어난 자리는 어디에도 없다는 것, 다시 말해, 역사적 사건의 외부는 있을지언정 '역사의 외부'는 없다는 것이었다.

여기서 거듭 강조해야 할 것은, 최윤의 글쓰기를 관통하는 중간자적 성격이다. 그의 소설은 개인의 삶을 통해 역사를 증명해야 한다는 재현의 강박(1980년대)으로부터도, 역사라는 구조 바깥으로 이탈하려는 개인적 욕망(1990년대)으로부터도 일정한 거리를 두고 있었다. 그가 도달하고자 한 것은 과거에 종속되지 않으면서도 현재와의 긴장을 놓지 않는, 이중의 불화 속에서만 성립하는 시간, 즉 어느 한 시대에도 완전히 귀속되지 않는 '회색의 시간'이었다. 1992년에 발표된 「회색 눈사람」은 한 시대가 퇴장하고 다른 시대가 막 도래하려는 과도기의 국면에서, 그러한 시간이 실제로 존재함을 조용하지만 강인하게 증언하는 기념비적 작품이었다.

「회색 눈사람」은 미국에서 불법체류 중 굶주림 끝에 사망한

---

33. 김병익 해설, 「고통의 아름다움 혹은 아름다움의 고통」, 『저기 소리 없이 한 점 꽃잎이 지고』, 문학과지성사, 1994, p. 304.

한 여성의 기사를 읽게 된 '강하원'이라는 인물의 내면적 회고로 구성
된 작품이다. 현재 시점의 회상을 통해 복기되는 과거의 전말을 요약
하면 다음과 같다. 기사 속 사망자는 주인공이 1970년대 말, 유신 체
제의 억압 아래 잠시 몸담았던 지하조직에서 함께 활동했던 동료 김
희진이다. 소설은 가난과 절망 속에서 방황하던 강하원이 '안'이라 불
리는 인물과의 우연한 만남을 계기로 '문화혁명회'라는 지하 출판 조
직에 가담하게 된 경위, 그리고 조직의 검거와 해체 과정을 중심으로
전개된다. 체포 이후, '안'의 연인이자 조직의 이념적 중심이었던 김희
진은 육체적·정신적으로 극도로 쇠약해진 채 강하원을 찾아오고, 주
인공은 그녀를 돌보다가 끝내 자신의 여권을 내어주며 그녀의 도피
를 돕는다.

　「회색 눈사람」에 그려진 아련하고도 비밀스러운 1970년대 말
의 풍경은, 얼핏 보면 혁명적 주체들의 좌절된 이상과 꿈에 대한 노
스탤지어로 읽힐 수도 있다. 그러나 이 작품의 진정한 위치는, 1980
년대 운동권의 기억을 복원하려는 '후일담 문학'이 하나의 트렌드로
자리 잡던 시기에 발표되었다는 사실과 함께 고려될 때 더욱 뚜렷해
진다. 무엇보다 중요한 것은, 「회색 눈사람」이 전형적인 의미의 후일
담 소설로 분류되기 어렵다는 점이다. 이 작품은 운동의 중심에서 이
루어진 회고나 고백이 아니라, 언제나 그 주변에서 사건을 바라볼
수밖에 없었던 외부자의 시선과 거리감 속에서 씌어진 글이기 때문
이다.

　저자 자신이 그러했듯, 주인공 강하원 역시 혁명의 주체로 호
명되기에는 많은 것을 결여한 인물이다. 그녀는 '안'을 연정과 동경이
중첩된 시선으로 바라보며, 정치적 불온 문서를 제작하는 동료들에
게 일종의 존경심을 품고 있었지만, 혁명에 대한 확고한 신념으로 무
장한 이념적 인물은 아니었다. 당시 "내가 틀림없이 곧 죽게 되리라

고 생각하고 있었”(p. 39)을 만큼, 그녀의 삶을 지배하고 있던 것은 오히려 절망적 가난이 낳은 지독한 염세주의였다. 결정적으로 그녀는 ‘문화혁명회’ 내부에서도 일관되게 주변화된 인물이었다. 신념도 신원도 불분명한 강하원은 조직의 내부자들에게 동지라기보다는 정체를 알 수 없는 회색인에 가까웠고, 실제 그녀의 역할 또한 인쇄와 편집 같은 보조적 업무에 국한될 뿐 조직의 핵심으로부터는 은밀히 배제되어 있었다. 그뿐만이 아니다. 조직이 와해된 이후 등장하는 ‘안’의 연인이자 조직의 이론적 리더 강하원의 존재는, 그녀가 은밀히 품고 있던 ‘안’에 대한 사랑의 좌절을 의미했고, ‘안’이 그녀에게 접근했던 진짜 목적이 실은 그녀의 여권이었을지도 모른다는 것까지 시사했다. 이러한 강하원의 외부자성에 주목해보면 그녀가 사실상 조직으로부터 철저히 이용된 도구적 존재였다는 심증을 제기하지 않기란 거의 불가능해진다.

그러나 조직의 와해 이후 강하원에게 찾아온 것은, 적나라하게 확인된 자신의 주변적 위치에 대한 실망이 아니라, 김희진과 더불어 도착한 ‘희망’이라는 뜻밖의 단어였다. “김희진이 도착하던 날, 그녀의 피곤에 지쳐 눈감긴 얼굴을 쳐다보면서 나는 이미 오래전부터, 나도 모르게 그 성격을 규정하기 어려운 희망이란 것에 감염되었음을 알아차렸다”(p. 67). 스스로 구체화하지 않기에, 그녀가 20여 년 전을 회고하며 반복해서 발음하는 저 희망이라는 낱말에 명확한 정의를 부여하기란 쉽지 않다. 다만 상대적으로 분명한 것은, 그 희망 속에서 이루어지는 일련의 행위들(이를테면 김희진을 돌보고, 그녀에게 여권을 건네는 일들)이 투철한 정치적 신념이나 미래에 대한 낙관적 믿음으로는 결코 설명되지 않는다는 점이다.

이처럼 규정하기 어려운 희망의 모호한 성격을 해명하기 위해 보다 주의 깊게 살펴보아야 할 것은, 강하원이 “오래전부터, 나도

모르게 〔……〕 감염되었"다고 과거 시제로 적시하고 있는 희망이 일
종의 회고적 시선 속에서 재발견되고 있다는 점이다. '안'에 대한 은
밀한 애착이 배반당하고, 조직의 앞날 또한 불투명해지는 시점에 비
로소 형상화되는 강하원의 희망은, 과거나 미래라는 두 시간으로부
터 독립적이다. 실패한 과거나 불확실한 미래 대신, 희망과 더불어 그
녀가 새삼 응시하는 것은 "죽음의 느낌"(p. 39)에 경도되어 있던 한때
의 강하원과는 다른, 변화된 현재의 강하원이다. "비록 외곽에서의 잡
일" 이기는 했지만, '안'과의 만남 이후 참여하게 된 조직 활동을 통해
그녀는 "외로움의 감옥에서 완전히 벗어나"는 시간을 경험했고, 일
이 마무리되는 단계를 상상하며 "이상한 흥분"에 사로잡혀 있던 적
이 있으며, 그로 인해 자신을 지배하던 염세와 비관의 세계로부터 일
시적이나마 벗어날 수 있었던 사람이기도 했다. 이와 관련해 특히 인
상적인 장면은, "눈과 연탄재가 범벅이 된 회색의 비탈길"에서 "볼이
튼 어린 아이들이 재와 흙으로 범벅이 된 회색 눈으로 눈사람을 만들
고"(p. 58) 있었던 장면을 응시하며, 강하원이 그 아이들에게 연민과
애정, 그리고 동일시의 시선을 던지는 대목이다. 거리의 가난과 곤궁
의 알레고리라 할 수 있는 회색 눈으로 빚어진 눈사람은, 아름답지도
순수하지도 오래 지속될 수도 없는 모호한 형상이지만, 무언가를 만
들어가고 있는 현재의 시간 속에서 창조의 기쁨을 느꼈던 자신, 그리
고 그 기쁨 속에서 은밀히 어떤 것을 염원하며 희망에 감염되었던 모
든 사람들에 대한 증언의 형상이기도 했던 것이다.

　　　이 미세하지만 강하원 개인에게는 중대했을 변화는, 조직의
입장에서는 전혀 중요하지도, 고려 대상조차 되지도 않았을 것이다.
그러나 그렇다 해서 강하원이 자신에게 찾아온 변화, 현재의 달라진
자신을 있게 한 그 과거를 부정하지 않는다는 사실, 바로 그 점이 핵
심이다. 조직에 대한 실망에도, 미래에 대한 두려움에도 종속되지 않

는 그녀는, 자신을 주변으로 밀어낸 과거를 외면하지 않고 섣부른 낙관에 기대지도 않으며, 누구보다 현재에 충실한 주체로서 자신을 강인하게 지탱해나간다. 조직으로부터 배제되었던 주변인이 정성스러운 돌봄의 시간을 통해 그 중심 인물을 회복시키고, 동시에 삶에 대한 자신의 의지를 회복한다는 이야기는, 그 자체로 거듭 강조될 필요가 있다. 자신에게 할당된 일 그 이상을 스스로에게 주체적으로 부여하는 강하원은 더 이상 조직의 주변인도 내부인도 아니다. "안의 부탁 편지가 없었더라도 내 자신 그녀에게 잠시 잠적할 것을 제안했을 거"(pp. 66~67)라고 말하는 강하원의 상상은 그런 의미에서 조금도 과장이 아니다.

김희진의 성공적인 도피 이후에도, 강하원의 삶에 전격적인 전환이 일어난 것은 아니었다. 그러나 그녀가 통과한 '희망'의 영향을 기준 삼아 본다면, 현재의 삶은 여전히 몰락한 과거와 긴밀히 연결되어 있다. 비록 "내가 맛본 희망의 색깔을 주변과 나누려고 여러 가지 일을 벌이기도 했다"(p. 71)라고만 소략하게 진술하고 있지만, 과거에 터득한 주체적인 삶의 연대 방식은 지금도 소박한 일상 속에서 조용히 지속되고 있음을 환기한다.

무엇보다 이를 증명하는 것은 과거를 회고하는 현재의 강하원의 태도다. 자신의 이름으로 죽어간 김희진의 소식을 접했을 때, 그녀는 과거로부터 갑작스레 되살아나는 아픔과 마주하지만, 그 감정을 섣부르게 절망이나 패배로 규정하지 않는다. 오히려 그녀의 삶에 내밀하게 각인된 이 희망은, 자신을 끊임없이 주변으로 밀어냈던 과거이든, 그 과거가 몰락해버린 현재이든, 어느 한 시간에도 무조건적으로 동화되지 않게 만드는 내적 원천으로 작용한다. 자신을 조직으로 이끌었던 '안'조차 '유명한 민중예술가이자 운동가'로 변신해 새로운 시대에 적응하고 있을 때, 정작 주변인이었던 강하원이 지나간 시간을 기억하고 수습하는 사람으로 남을 수 있었던 계기 역시 거기에 있었다.

　　이러한 아이러니한 결말은, 다른 각도에서 본다면, 이미 사멸하고 폐허처럼 붕괴된 과거의 기억과 관련하여 더 이상 누구도 소유권이나 주도권을 주장할 수 없는 상태, 즉 중심과 주변의 경계와 위계가 평등하게 해체된 이후의 시간을 표상하기도 했다. 변화된 현재의 풍경을 담담히 응시하면서도 강하원이 실망이나 냉소에 빠지지 않을 수 있었던 원동력은, 어쩌면 바로 그 지점에 있었는지도 모른다. 그런 맥락에서, 과거를 회상하는 시점에도 여전히 그녀가 지탱하고 있는 '희망'은, 몰락한 과거에 대한 패배주의적 절망이나 다가올 미래에 대한 낙관주의적 전망과도 구별되는, 또 다른 태도의 가능성을 제시한다. 강하원이 고백했던 "내가 맛본 희망의 색깔"을 회색빛으로 상상할 수 있는 것은, 그 희망이 회고와 전망, 승리와 패배, 내부와 외부, 과거와 미래 같은 이분법으로는 포착될 수 없는, 그 사이의 회색 시간을 기억하려는 역사주의적 태도를 가리키기 때문이다.

　　최윤이 이미지화하고 있는 회색빛 희망은, 이 소설이 발표되었던 당대의 분위기 속에서 더욱 뚜렷한 역사적 의의를 지니고 있었다. 1980년대가 종언을 고하던 시기, 수많은 후일담 속에서 몰락한 과거에 대한 자기 고백적 노스탤지어가 범람하고 다른 한편으로는 과거를 서둘러 폐기하려는 청산주의적 목소리가 기세를 떨치던 가운데, 이 작품은 양자 어느 쪽으로도 환원되지 않는 '회색의 시간'을 외부자의 시선으로 인상 깊게 증언하고 있었다. 물론 누군가에게 이 회색빛 희망은, 그 불명료한 성격으로 인해 의심스러울지도 모른다. '회색 분자'라는 표현에 함의된 부정적 뉘앙스를 고려할 때, 분명한 입장으로 선명하게 구획되지 않는 이러한 태도는, 당사자성을 결여한 강하원(혹은 최윤)이 보여준 외부자의 허구적 입장에 불과하다는 비판으로 이어질 수도 있다.

그러나 최윤이 피력하는 희망의 회색은 단순한 타협이나 어중간한 중립이 아니라, 오히려 더욱 맹렬하고 생성적인 어떤 것일 수 있다. 흑백 사이에 놓인 수동적인 중간색으로서의 회색과, 이질적인 색채들이 충돌하며 만들어지는 능동적인 회색을 구분한 칸딘스키의 회화 이론에 주목한 들뢰즈는, 진정한 회색을 무언가가 막 솟아오르려는 생성의 조건으로 간주한다. 그의 견해에 따르면 변화나 창조는 과거가 완전히 소멸하지도 않고, 미래가 아직 도래하지도 않은 시간의 중간 지점, 바로 그 회색의 순간에서 시작된다. 이른바 회색은 혼돈과 질서, 소멸과 탄생이 교차하는 '임계의 색'이며, 모든 색과 형태가 잠시 사라졌다가 다시 솟아오를 수 있는 '생성의 틈'이다. 즉 회색은 실패의 잔해가 아니라, 파국을 통과한 뒤에야 비로소 열리는 잠재적 생명의 시간이다.[34] 이러한 맥락에서 본다면 강하원이 품은 회색빛 희망은 이미 지나간 과거나 아직 도래하지 않은 미래가 아니라, 그 둘의 경계에서 무너진 시간과 감정의 잔해를 통과하며 비로소 발견되고 구제된 희망을 가리킨다. 주변인이자 외부인이었기에 도달할 수 있었던 이러한 역설적 희망은, 정치적 신념의 언어나 특정한 역사 서사로는 환원되지 않는, 역사의 폐허 이후에도 여전히 살아남는 존재의 지속성에 대한 신뢰를 증언한다. 그런 점에서 "아프게 사라진 모든 사람은 그를 알던 이들의 마음에 상처와도 같은 작은 빛을 남긴다"(p. 73)는 「회색 눈사람」의 마지막 문장은, 몰락해버린 과거의 꿈을 향한 윤리적 존중과 사랑이 담긴 헌사이자, 1980~90년대라는 회색 시간 속에서 표명된 가장 정직하고도 이례적인 자기 고백이라 할

---

34.   Gilles Deleuze, *On Painting: Courses, March–June 1981*, ed. David Lapoujade, University of Minnesota Press, 2025.

수 있을 것이다.

4. 텍스트 바깥은 없다—신경숙의 에크리튀르

그녀에게 있어서 글을 쓴다는 것은,

그 글 속으로 그녀 자신이 숨는 일이었다.

—신경숙, 「배드민턴 치는 여자」에서[35]

내가 선택한 '글쓰기'와 '숨기기'라는 태도는, 바로 나에게 가장 잘 맞는 방식이다. 내가 숨지 않고 현전했다면, 사람들은 결코 내가 어떤 사람인지 알지 못했을 것이다.

—루소, 「고백록」에서

1990년대라는 전환기적 국면 속에서 신경숙의 부상이 지닌 문학사적 의미는 특별히 강조될 필요가 있다. 잘 알려져 있듯, 신경숙은 1990년대 문학의 특징으로 자주 거론되는 여러 지점들을 상징적으로 대변하는 작가이다. 사회로부터 소외된 개인에 대한 지속적인 천착, 고독한 내면으로 깊이 침잠하는 내성적 목소리, 무수한 쉼표와 말줄임표 속에서 전개되는 치밀하고 감각적인 문체, 그리고 글쓰기의 본질을 집요하게 파고드는 자의식은, 그의 문학이 1980년대의 주류적 문제의식과는 전혀 다른 궤도에 놓여 있음을 분명히 드러낸다. 일각에서는 신경숙 문학 특유의 폐쇄성과 감상주의를 비판하기도 했

35.　이 장에서 인용되는 작품들은 신경숙의 『풍금이 있던 자리』(문학과지성사, 1993)를 저본으로 하였다. 이하 인용 시 괄호 안에 쪽수만 표기.

지만, 1990년대를 통과하는 내내 흔들림 없이 지속된 그의 새로운 글쓰기는 당대를 광범위하게 사로잡는 데 성공하였고, 결과적으로 1990년대 한국문학을 대표하는 표상의 반열에 오르게 된다.

　　이 글의 주제와 관련하여 무엇보다 주목되어야 할 것은, 글쓰기에 대한 신경숙의 비상한 의지와 욕망이다. 이를테면 초기작 「배드민턴 치는 여자」는 신경숙 문학의 저변에 도사리고 있는, 글쓰기를 향한 광기를 여실히 드러내는 문제작 가운데 하나다. 이 소설에서 주인공 '그녀'는 한 사진기자와의 우연한 만남을 계기로, 유년 시절 억압된 욕망의 기억을 불러내고, 동시에 스스로 통제할 수 없는 현재의 내밀한 성적 충동과 마주한다. 문제는 자신의 억압된 욕망을 갑작스럽게 불러일으킨 사진기자가 기혼 남성이라는 점, 그리고 정작 그녀의 욕망을 일깨운 그가 무책임하게 그녀를 잊는다는 사실이다. 사진기자의 욕망의 대상이 되고자 했던 '그녀'의 욕망이 좌절되었음을 자각한 이후, 이야기는 전혀 예기치 못한 방식으로 흘러간다. 엉뚱하게도 '그녀'는 사진기자가 아닌 평소 그가 경멸하던 다른 남성을 호출하고, 그 남성에게 성적으로 비참하게 유린당한 뒤, 폐허와도 같은 공사장에 있는 "포클레인 아가리" 속에 자신의 훼손된 신체 일부를 "매장"(p. 179)한다. 거기서 "그녀가 겨우 한 일은 〔……〕 주머니에서 노트를 꺼내 아무 장이나 펼치고서, 해사하게 웃기까지 하며, 뭔가 꾹꾹, 눌러 적어넣"(p. 180)는 상상, 즉 평소 내밀하게만 감춰두었던 글쓰기에 대한 욕망을 환상 속에서 현실화하는 것이다.

　　다소 기괴하고 한편으로는 그로테스크한 결말로 인해, 「배드민턴 치는 여자」는 당시 독자들로부터 호의적인 평가를 얻지 못했던 것이 사실이다. 그러나 돌이켜보면 이 작품은, 욕망의 대상(시선의 대상)에서 욕망의 주체(글쓰기의 주체)로 거듭나기 위해 신경숙이 얼마나 극단적인 자기 훼손과 상징적 죽음을 감내해야 했는지를 보여주는 일종의 자기 증언적 텍스트이기도 했다. "그녀에게 있어서 글을 쓴다는 것"(p. 154)은 타자의 욕망에 종속된 수동적 존재로부터 벗어나 자신의 욕망을 능동적으로 통제하고 주체화하려는 시도, 다시 말해 스스로에 대한 고유한 주권의 회복을 의미했던 것이기 때문이다.

한편, 신경숙이라는 이름을 당대의 독서 대중들에게까지 널리 각인시켰던 「풍금이 있던 자리」(이하 「풍금」)는, 글쓰기를 통한 그와 같은 욕망의 주체화에 성공하는 텍스트로 읽힐 수 있다. 지금 관점에서 「풍금」이 담고 있는 서사는 비교적 단순하고, 한편으로는 다소 통속적으로 비칠지도 모른다. 서술자 '나'가 기혼 남성과의 불륜 관계를 이어갈 것인지를 두고 전개되는 내면의 드라마를 「풍금」은 '서간체'라는 낯익은 형식을 통해 전시했기 때문이다. 도덕적 금기와 개인의 내밀한 욕망의 중첩 속에서 전개되는 「풍금」의 글쓰기는, 남자의 사랑을 거부할 수밖에 없는 현재의 자신을 그에게, 그리고 무엇보다 스스로에게 납득시키기 위해 그가 간직하고 있던 과거의 비밀을 파헤친다. 어린 시절 아버지와의 혼외 관계 속에서 잠시나마 어머니를 대신했던 '그 여자'의 기억이 펼쳐지고, "이 세상에 태어나서 처음으로 느낀 타인에 대한 사랑"(p. 23)을 그녀에게서 발견했던 자신, 그리하여 "그 여자처럼 되고 싶다"(p. 24)는 희망을 품었던 한때의 자신이 편지라는 글쓰기의 무대 위에서 연출되기 시작하는 것이다.

서사를 중심에 두면 「풍금」의 이야기는, 결국 불안과 파국을 예고하는 금지된 사랑의 모험으로부터 퇴각하여, 다시 일상으로 되돌아오는 주체의 회귀에 불과한 것처럼 보일지도 모른다. 그래서일까. 편지의 화자는 그를 향해, 사실은 자기 자신을 향해 이렇게 거듭 되묻는다. "저는 지금, 당신 말처럼 당신과의 관계가 불륜이었음을 나 스스로가 인정하면서, 자랑할 만한 사랑을 하겠다, 그래서 당신을 잊어야겠다, 이런 말을 하고 있는 중이란 말입니까? 사실은 그렇게 간단한 것을 이렇게 복잡하게 얘기하고 있는 건가요? 제가?"(p. 31) 물론 그렇지 않다. 프로이트적 의미에서의 현실 원칙의 순응과 일상으로의 복귀가 「풍금」이 추구하는 결말이었다면, 그리고 그것을 납득시키기 위한 설득이 편지 쓰기의 유일한 목적이었다면, 우리는 그녀의 편지를 관통하는 주체에의 집요한 의지와 욕망을 간과하게 될 것이다.

이를 살펴보기 위해서는 '나'가 '그 여자'로 인해 발견했다고 밝힌 "처음으로 느낀 타인에 대한 사랑" 속의 어떤 이질적인 욕망을 발견해야 한다. 왜 나는 그녀를 사랑하게 되었을까? 여기서 화자가 고백하는 사랑이 단순히 타자를 향한 정서적 애착이 아니라, 어떤 기호에 대한 매혹과 밀접하게 연관되어 있다는 점이 드러난다.

> 그 때까지 저는 그토록 뽀얀 여자를 본 적이 없었어요. 마을을 단 한 번 벗어나본 적이 없는 어린 저는, 머리에 땀이 밴 수건을 쓴 여자, 제 사상에 오를 홍어 껍질을 억척스럽게 벗기고 있는 여자, 얼굴의 주름 사이로까지 땟국물이 흐르는 여자, 호박 구덩이에 똥물을 붓고 있는 여자, 뙤약볕 아래 고추 모종하는 여자, 된장 속에 들끓는 장벌레를 아무렇지도 않게 지어내는 여자 〔……〕 이렇듯 일에 찌들어 손금이 쩍쩍 갈라진 강퍅한 여자들만 보아왔던 것이니, 그 여자의 뽀얌에 눈이 둥그렇게 되었던 건 당연한 것이었는지도 모릅니다. (p. 15)

편지의 회고 속에서, '나'는 일과 자연의 감각에 찌든 여성들의 육체적 표상에 익숙했던 자신의 눈에, '그 여자'의 희고 부드러운 육체("그 여자의 뽀얌")가 전혀 다른 바깥 세계의 기호처럼 다가왔음을 암시한다. '그 여자'의 몸에서 풍기는 "제가 맡아본 적이 없는 은은한 향내"(p. 16)는, 도덕과 윤리의 금기를 넘어 어머니가 상징하는 농경적 자연성 내부로 "기습"[36]적으로 침투해 들어온 문명의 감각적 기호이다. "그 여자처럼 되고 싶다"는 욕망은, 그녀가 말한 타인에 대한 사랑이 땀, 땟국물, 똥물, 된장 등의 농경적 기표들과의 차이 속에서 현전하는 '그 여자'의 기호("뽀얀 얼굴")를 향한 것임을 보여준다. 한편, 그것은 문명의 냄새를 소유하고자 하는 욕망의 표현이기도 하다. 화자가 고백하는 첫눈에 반한 사랑은 그런 의미에서 라캉이 말한 '상상계적 사랑', 다시 말해 '타자 속에서 우리가 되고 싶어 하는 자기상을 사랑하는 것'[37]의 전형이다. 따라서 화자가 회고하는 "타인에 대한 최초의 사랑"은, 타자에 대한 정서적 애착이기 이전에, 한 번도 접해본 적 없는 세계에 매혹된 자기 자신과의 최초의 접촉, 즉 자기 욕망의 출현을 의미하는 것이기도 하다.

　　물론 현재의 '나'는 과거의 '나'와 동일한 인물이 아니다. 유년 시절의 '나'와 달리, 어른이 된 '나'는 금기의 위력을 알고, 상징계의 질서를 내면화한 존재이며, 무엇보다 글쓰기라는 언어의 세계에 진입함으로씨 능숙하게 편지를 쓸 수 있는 존재다. 이때 편지는 욕망을 표현하는 동시에 그것을 통제하고 지연시키며, 결과적으로 욕망을 지속시키는 기호의 무대로 기능한다. '그 여자'에 대한 기억 속에서 '나'가 얻은 중대한 깨달음 가운데 하나는, 그녀에게서 한동안 사라졌던 매혹적인 향기가, 그녀를 잃어버리려는 순간에 다시금 감각되기 시작했다는 사실이다. "그 여자에게서 느껴지던 어질머리가 그 다음으로 다 사라, 사라졌어요. 그런데 그 여자는, 그 향내를 다시 풍기면서 그 파란 페인트칠 대문을 빠져나갔습니다"(p. 33). 이 장면은 욕망의 경제를 작동시키는 기호학적 원리를 정확히 예증한다. 욕망은 기

36.　　신경숙, 「겨울우화」, 『겨울우화』, 고려원, 1990, p. 49.
37.　　이에 대해서는 다음 글 참조. Bruce Fink, *Lacan on Love: An Exploration of Lacan's Seminar VIII, Transference*, polity, 2016, pp. 55~61.

호의 완전한 소유로 충족되는 것이 아니라, 결여와 부재, 그리고 지연의 구조 속에서만 지속적으로 활성화될 수 있기 때문이다.[38]

그런 의미에서 '나'가 그와의 사랑의 도피를 거절하고 대신 편지를 쓰는 이유는, 단순히 도덕적 질서에 순응해서도, 혹은 자신이 회고하듯 "나…… 나처럼은…… 되지 마"(p. 33)라는 '그 여자'와 맺었던 과거의 "약속"(p. 39)을 지키기 위해서도 아니다. 남자에 대한 사랑의 현실화를 거듭 지연시킴으로써, 혹은 지연시키기 위해 탄생한 편지라는 글쓰기의 공간은, 그 자체로 욕망의 자율적 성격을 함축한다. 이와 관련해 특히 의미심장한 것은, 남자가 일방적으로 지정한 날짜를 넘기고, 결국 편지 역시 그에게 보내지지 않았다는 점이다. 그래서 '나'는 자신이 힘겹게 이어나간 글쓰기에 대해 이렇게 규정하기도 한다. "표적이 당신이었는데, 어느새 제 글은 무목의 화살이 돼버린 것입니다"(p. 40). 역설적이게도, 이 자각적 선언은 「풍금」의 글쓰기를 견인하는 진정한 목적과 그 정체성이 무엇이었는가를 징후적으로 드러낸다. '나'는 왜 그리도 길고도 장황한 편지를 써야만 했던 것일까. 신경숙의 편지 쓰기는 기원과 목적, 원인과 결과가 동일한 원환적 세계, 욕망의 주체가 현전하는 순수한 텍스트의 자율적 공간을 지향한다. 만약 '나'가 편지를 부치는 데 성공했다면, 그녀는 자신의 글쓰기를 잃어버릴 수밖에 없었을 것이다. 「풍금」의 진정한 수신자가 자기 자신이 되기 위해서는, 타자의 희생이 불가피하다. 사랑을 잃고 그녀는 쓰고, 쓰기 위해 사랑을 다시 잃는다. 그녀가 편지를 쓴 이유는, 다름 아닌 편지를 쓰기 위해서이다.

---

38. 이러한 맥락에서 제목에서 직접 언급된 '풍금'이 소설 속에서는 단 한 번도 등장하지 않는다는 사실은 결코 우연이 아니다. 풍금은 기억 속 어딘가에 있었던 것처럼 느껴지지만 실재하지 않는 기호로서, 이 소설 전체에 노스탤지어적 분위기를 조성하는 메타 기표로 작동한다. 풍금의 부재는 냄새처럼 흩날리는 기호의 잔향이며, 그것은 '그 여자'가 발산하던 향기처럼 언제나 도달 불가능한 거리 속에서 욕망을 되살린다.

그런 맥락에서 이 소설이 지닌 문학사적 의의는 단지 '불륜'이라는 일상 속 은밀한 사랑을 다루었다는 점이나, 도덕적 금기 앞에서 고뇌하는 주체의 내면을 섬세하게 그려냈다는 데에만 국한되지 않는다. 「풍금」은 결여와 실패, 그리고 부재의 기호를 통해 욕망의 경제를 유지하고, 욕망의 주권자로서 자신을 옹립하려는 글쓰기 주체의 전략, 더 나아가 욕망을 전유하는 새로운 글쓰기 이성의 재건을 보여주는 작품이기도 하다. 이러한 점을 고려할 때, 신경숙 소설에 자주 붙는 감상적이라는 평가는 그의 작품 전반을 관통하는 주권적 의지를, 욕망을 통치 가능한 것으로 포섭하려는 광기 어린 이성을 과소평가한 것이다. 감정의 격류 속에서 자기 노출적 글쓰기를 밀고 나갔던 루소의 작업이 실은 치밀한 기획의 산물이었듯, 「풍금」을 비롯한 신경숙의 많은 소설들이 지닌 핵심 또한 그와 다르지 않다. 표면적으로는 과잉된 감정을 장황하게 묘사하는 듯 보이지만, 그 감정의 향유를 가능케 한 것은, 그 이면에서 글쓰기 주체를 뒷받침하는 확고하고도 흔들림 없는 이성적 역량이다.

글쓰기 주체를 향한 신경숙의 비상한 집념이 지닌 역사적 의의를 가장 선명하게 드러내는 작품은, 그의 초기 단편 중 하나인 「멀리, 끝없는 길 위에」(이하 「멀리」)이다. 자전적 경험이 짙게 반영된 것으로 보이는 이 소설은, 우울증과 거식증에 시달리다 세상을 떠난 대학 시절 친구 이숙을 회상하며, 그녀가 남긴 노트를 다시 읽는 과정을 통해 글쓰기에 대한 자의식을 펼쳐 보인다. "나는 이 글을 그때 있었던 일 그대로 쓰고자 한다"(p. 235)는 선언이 암시하듯, 화자는 1980년대 "거리의 열풍"(p. 264) 속에서 특유의 소심한 성격과 말더듬는 버릇으로 철저히 주변화되었던 이숙의 존재를 더욱 또렷하게 부각시킨다. 그때나 지금이나 배제되어온 이숙의 삶과 죽음은, 1980년대 열사들의 영웅적 서사나 같은 시기 요절한 기형도에 대한 기억과는 대비되는 존재로, 시대의 중심으로부터 밀려나 있었던 외부자의 전형에 해당한다. 이 과정에서 '나'는 그 누구의 기억에도 남아 있지 않은 이숙을 위해 자신이 할 수 있는 일이 무엇인지를 죄의식 속에서 거듭 자문한다. 마침내 내가 도달한 결론은 역시 '글쓰기'이다. "그녀의 완전한 소멸을 막아볼 수 있"기 위해서는, 현재 내가 쓰고 있는 글이 "그녀의 무덤"(p. 261)이 되어야 한다는 것이다. 글쓰기가 그녀의 죽음을 되돌릴 수는 없다 하더라도, 시대의 기억으로부터 완전히 밀려난 그녀를 텍스트의 무대로 이장(移葬)할 수 있으리라는 믿음이 '나'의 글을 견인하는 문학적 비전인 셈이다.

홍미로운 것은, 신경숙이 문자언어, 즉 글쓰기에 대해 드러내는 믿음이 언제나 양면적이라는 점이다. 그는 많은 작품들에서 "문장으론 삶을 완벽히 다룰 수 없다"(p. 249)는 좌절감을 토로하며, 글쓰기의 재현적 한계를 반복적으로 고백한다. 그러나 그럼에도 불구하고 그의 작품 전체를 관통하는 것은, 음성언어에 대한 불신과는 대조적인, 문자언어의 권능에 대한 예외적이고도 일관된 신뢰이다. 말을 더듬는 이숙의 기억은 어눌하고 파편적인 음성언어로 재현되지만, 그녀가 남긴 노트는 오히려 그 결핍을 보완하며, 더욱 섬세하고 정교한 언어의 공간을 열어 보인다는 것이 그 단적인 예이다. 글쓰기의 세계 안에서, 누구보다 민감하고 예민한 언어적 주체인 이숙을 다시 만나는 '나'는, 음성언어와 문자언어 사이의 낙차 속에서 이숙을 향한 일종의 "외경심"(p. 273)을 느끼기도 한다. 삶의 고통을 정확히 옮길 수 없다는 언어의 무력함 앞에서도, 신경숙은 오직 글쓰기를 통해서만 타자의 결핍을 보완하고, 부재하는 존재를 현전시킬 수 있다는 믿음을 끝까지 고수할 수 있었던 것이다.

「멀리」에서 강조되는 글쓰기의 이러한 대리보충적 성격은, 지나간 시대에 대한 저자의 역사적 항변을 담아내는 하나의 알레고리로도 확장될 수 있다. 1980년대는 이숙의 언어가 철저히 소외되고 정치적 목소리의 현전성과 투명성이 중시되던, 이른바 음성 중심주의의 시대로 비유될 수 있는 시기이기도 했다. 문학사적으로 1980년대가 '시의 시대'로 불릴 수 있었던 배경도, 혁명의 언어를 분출하도록 하는 데 있어서 시라는 장르가 지닌 음성적 목소리의 직접적 현전성이 결정적인 역할을 했기 때문이다. 신경숙은 이러한 음성언어의 헤게모니 속에서 관심의 바깥으로 밀려날 수밖에 없었던 이숙의 외부자적 삶, 그리고 그가 남긴 외부자의 글쓰기를 계승하는 자신의 글쓰기를 통해, 팔루스적 음성언어가 지배하는 현실에서 폄하되어온 문자의 공간, 즉 글쓰기의 영토를 회복해야 한다고 말하는 듯하다. "뭣 때문에 이토록 그녀에 대해 글쓰기를 하려는 거냐"(p. 277)고 묻는 자의식적 질문, 사실상 신경숙의 거의 모든 소설을 관통하는 물음은, 그의 소설 쓰기가 역사의 외부로 소외된 타자의 재현인 동시에, 글쓰기 행위 자체에 대한 재현, 다시 말해 재현에 대한 재현을 지향하고 있음을 거듭 확인시켜준다.

　　1994년에 연재가 시작된 『외딴방』은, 「배드민턴」과 「풍금」이 보여준 글쓰기를 통한 주체의 재건 의지, 그리고 「멀리」에서 본격화된 '재현에 대한 재현'의 욕망을 하나로 결집시킨 텍스트이다.[39] 잘 알려져 있듯 『외딴방』은 "신경숙 문학의 정점"이자 "『난장이가 쏘아올린 작은 공』 이후 가장 감동적인 노동소설"[40]이라는 찬사를 이끌어낸 작품으로, 신경숙의 내면적 글쓰기에 일부 비평의 유보적 시선마저도 일거에 불식시킨 전환점이기도 했다. 진영을 가리지 않고 『외딴

39.　이 장에서 인용되는 신경숙의 작품은 『외딴방』 I, II(문학동네, 1995)를 저본으로 했다. 이하 인용 시 출처는 괄호 안에 표기. 『외딴방』에 대한 보다 자세한 분석은 졸고, 「문학이라는 시뮬라크르──신경숙의 『외딴방』과 문학적 진정성에 대한 해체적 읽기」(『상허학보』 제69집, 상허학회, 2023)에서 확인할 수 있다.

40.　남진우 해설, 「우물의 어둠에서 백로의 숲까지」, 신경숙, 『외딴방』 I, II, 문학동네, 1995, p. 28

방』에 쏟아진 이례적 상찬은, '희재'의 죽음을 중심으로 과거 노동자들의 소외된 삶을 재현하려는 이 작품의 글쓰기가, 여공으로 살아온 저자의 당사자성에 기반하고 있다는 놀라운 사실에서 비롯된 것이었다.

하지만 『외딴방』이 거둔 독보적인 성취는, 단지 과거 노동자들의 삶을 리얼리즘의 방식으로 재현했다는 사실만으로는 충분히 설명되지 않는다. 산업체 특별학급에 다니던 '열여섯의 나'와 현재 '글을 쓰는 나' 사이의 간극을 중심축으로 펼쳐지는 이 작품의 자기지시적 글쓰기의 드라마는, 자전적 고백으로도 노동 현실에 대한 사실주의적 재현으로도 온전히 환원되지 않기 때문이다. 『외딴방』이 당대 독자들을 사로잡을 수 있었던 진정한 매혹의 근원을 밝히기 위해서는, 글쓰기에 대한 저자의 집요한 욕망과 그것이 만들어내는 독특한 현전성의 체험에 주목해야 한다. "이 글은 사실도 픽션도 아닌 그 중간쯤의 글이 될 것 같은 예감이다. 하지만 그걸 문학이라고 할 수 있을 것인지. 글쓰기를 생각해본다, 내게 글쓰기란 무엇인가?"(I, p. 9)라는 문장으로 시작되는 이 소설은 사실과 허구, 나아가 과거와 현재 사이의 모호한 중간 지대를 '문학'이라는 이름으로 현전화하려는 대담한 시도이기도 했다. 이처럼 '문학'이라는 기호에 투사된 저자의 각별한 의지와 욕망은, 1980년대에 분출했던 수많은 노동자 수기들과 『외딴방』이 뚜렷이 구별되고, 나아가 당대에 유행하던 '후일담 소설'이나 포스트모던적 '소설가 소설'과도 명확히 차별화되도록 만든 주된 요인이었다. 결국 『외딴방』이 성공적으로 점유하게 된 '사실도 픽션도 아닌' 그 예외적인 자리는, 폐허처럼 몰락한 1980년대와 관계 맺는 또 다른 동시대적 시공간의 가능성을 예고하는 것이기도 했다.

이와 관련하여 특히 주목할 특징은, 연재 형식과 메타픽션적 구조를 적극적으로 활용한 『외딴방』의 글쓰기가, 실시간으로 전개되는 서사 속에서 과거와 현재를 끊임없이 왕복하는 그 운동성 자체를 핵심으로 삼고 있다는 점이다. 이를테면 실존 인물들의 고유명(최홍이, 한경신), 연재 시점의 실제 사건들(삼풍백화점 붕괴, 오정희와의 만남), 그리고 연재 도중 저자가 받은 편지가 소설 속에 그대로 인용되는 장면 등은 과거와 현재, 허구와 사실, 문학과 역사의 경계를 허물어뜨리는 주요 장치들이다. 그렇다면 관건은, 이와 같은 글쓰기의 운동이 초래하는 경계의 해체가 궁극적으로 무엇을 지향하고 있는가이다.

　　"사실도 픽션도 아닌 그 중간쯤의 글"이라는 표현으로 표명되는 『외딴방』의 진정한 문학적 비전은 결국 '재현에 대한 재현'에 있다. "누구에게나 글쓰는 스타일이 있다면 내 스타일은 바깥에 있다가도 글을 쓰기 위해 집으로 들어가는 스타일이다"(I, pp. 11~12)라는 진술이 암시하듯, 『외딴방』의 글쓰기는 텍스트 외부에 있는 타자의 진실, 다시 말해 "문학 바깥"(I, p. 249)의 진실을 텍스트 내부로 이끌어들이는 역동적 환원 과정을 통해 고유한 문학적 스타일을 형성해낸다. 표면적으로 보면 『외딴방』이 밝히고자 하는 진실은 저자가 사랑했던 '희재'라는 과거의 타자, 즉 타자의 진실인 듯 보이지만, 그것은 결국 글쓰기를 수행하는 '나'의 진실과의 관계 속에서만, 다시 말해 재현에 대한 재현이라는 이중의 진실성 속에서만 성립할 수 있다. "그러려면 언니의 진실을, 언니에 대한 나의 진실을, 제대로 따라가야 할 텐데. 내가 진실해질 수 있는 때는 내 기억을 들여다보고 있는 때도, 남은 사진들을 들여다보고 있을 때도 아니었어. 그런 것들은 공허했어. 이렇게 엎드려 뭐라고뭐라고 적어보고 있을 때만 나는 나를 알겠었어. 나는 글쓰기로 언니에게 도달해보려고 해"(I, p. 248).

　　여기서 공표되는 "언니의 진실"과 "나의 진실"이 중첩되는 세계가 가능하기 위해서는, 무엇보다 텍스트의 진실성이 확보되어야 한다. 그런 점에서 『외딴방』의 비선형적 서사는 단순히 서사의 동일성을 훼손하는 것이 아니라, 오히려 글쓰기 주체의 자기 동일성을 강화하는 형식적 장치로 이해되어야 한다. 이 동일성은 자신이 통과해 온 과거의 진실을 글쓰기라는 현재적 시간 속에서의 반복을 통해 구축된다. 이처럼 『외딴방』은 타자의 진실을 재현하는 데 그치지 않고, 자기 자신의 진실을 창출하는 글쓰기를 지향한다. 과거와 현재, 사실과 픽션 사이의 혼란을 심화시키는 파편적 장면들에 일관성과 체계를 부여하는 유일한 고정점은, 그것을 서술하는 글쓰기 주체 '나'의 현전성에 있기 때문이다. 이른바 글쓰기의 주체의 현전성은 텍스트의 동일성과 통일성을 보증하는, 라캉적 의미의 '누빔점point de capiton'이다.

　　"문학 바깥에 머무르라구? 날 보고 하는 소리야?" "문학 바깥이 어딘데?"(I, p. 249). 유령이 된 희재와 나 사이에서 이루어지는 상상적 대화(사실상 자기 독백적 대화) 속에서 언표 되는 '문학 바깥'은 『외딴방』에서는 존재하지 않는다. "사실도 픽션도 아닌 그 중간쯤"이라는 이중 부정의 원리를 통해 지시되는 텍스트에서 글쓰기의 외부는 언제든 글쓰기의 내부로 편입될 수 있는 잠재적 대상이다. 사실도 픽션도 아니었기에, 역설적으로 사실이면서 동시에 픽션일 수 있었던 『외딴방』의 세계에서 더 이상 '텍스트 바깥이라는 것은 존재하지 않는다 Il n'y a pas de hors-texte'.

　　『외딴방』을 견인하는 욕망이 글쓰기를 통한 자기 현전의 의지에 있다는 것을 확인한다면, 이 작품이 시도하는 희재를 향한 사랑과 애도의 진정한 비밀에 한층 가까이 다가갈 수 있다. 「풍금」의 편지 쓰기가 유지하는 욕망의 경제에 내포된 역설처럼, 잃어버린 타자(희재)를 향한 『외딴방』의 글쓰기 역시 살아남은 '나'의 존재를 증명하고 자신의 위치를 정립하려는 사랑 속의 욕망으로 씌어졌다고 할 수 있기 때문이다. 애도의 대상인 '희재'는 텍스트 속에서 끊임없이 소환되고 회상되지만, 그 기억과 호출은 현재의 글쓰기 속에서, 즉 '지금 – 여기'에서의 자기 현전을 매개로만 가능해진다. 그러므로 『외딴방』의 애도는 단지 죽은 자를 위한 상징적 제의(祭儀)일 뿐만 아니라, 살아남은 자가 스스로의 진실을 구성하고 정립해나가려는 자기 정당화의 형식이기도 한 것이다.

> 아, 나는 다시 우물 속을 들여다보았다. 오랫동안 슬레이트로 덮어놓아서 습한 냄새를 풍기던 물과 이끼가 뚜껑을 열어주자 새로운 공기와 샛별을 빨아먹은 모양이다. 우물 속의 바람이 걷혔다. 별이 걷혔다. 말간 우물 속엔 그녀의 얼굴이 무슨 말씀처럼 떠 있다. 진짜 하고 싶은 이야기를 할 적이면 몹시도 수줍어지던 때의 표정으로.
>
> 나를 가엾이 여기지 마. 네 가슴속에서 오래 살았잖아. (II, p. 254)

우물이라는 저 순수한 텍스트의 공간에 "말씀처럼 떠 있"는 희재의 얼굴은, 실상 지금 이 글 속에 갇혀 있다. 부재의 형식으로만 "오래 살" 수 있는 희재라는 진실, 나아가 지나간 시간의 진실은 오직 글쓰기를 통한 나의 진실, 즉 부재를 확정하는 주체의 애도 속에서만 표명될 수 있다. 진실은 언제나 이미 잃어버린 것의 이름으로만 도달 가능한 어떤 것이기에, 『외딴방』의 주체는 희재를 현재의 '우물'이라는 이름의 텍스트 안에 봉인함으로써 비로소 과거로부터 해방된 자기 자신을 발견하게 된다. 나는 사랑했던 희재를 잃고 글을 쓰며, 글을 씀으로써 마침내 희재를 진정으로 잃는 데 성공한다. 그리고 이 모든 과정이, 과거를 향한 사랑이자 부재를 감내하려는 헌신적 글쓰기의 형식이었음을, 그는 분명한 시대적 지표와 함께 다음과 같이 명확히 기록한다. "그녀는 내게 희망이었고 절망이었다. 그녀는 내게 삶이었고 죽음이었다…… 이 모든 것이 사랑이었다…… 1995년 9월 11일에"(II, p. 280).

이처럼 '재현의 재현' 속에서 신경숙이 실천하는 글쓰기의 애도는, 데리다가 루소의 글쓰기를 통해 밝힌 '대리보충의 경제economie du supplément'와도 밀접하게 연결되어 있다. 『그라마톨로지』에서 데리다는 루소의 『에밀』에 등장하는 역설적 고백(바랑 부인을 향한 사랑이 그녀의 현존이 아니라 부재를 통해 더욱 강렬하게 경험되었다는 고백)에 주목하며, 글쓰기가 단순한 부재의 대체물이 아니라, 현전을 지연시키고 대체하는 이중적 구조 속에서 작동한다고 주장한다. 즉, 글쓰기의 보충은 겉보기에는 결핍을 메우는 듯하지만, 실상은 기원의 순수성을 훼손하고, 원본을 언제나 지연된 부재의 효과로 만들고 만다는 것이다.[41]

신경숙의 글쓰기는 이러한 대리보충의 경제를 구현하는 가장 흥미로운 사례 가운데 하나였다. 『외딴방』을 포함한 그의 많은 작품들은, 대상의 부재와 기원의 결핍에서 출발해, 사랑이라는 매개를 거쳐 부재를 다시 의미로 호출하는 순환적 글쓰기의 회로 속에 놓여 있다. 결핍은 결코 충족되지 않으며, 글쓰기는 그 충족 불가능성을 반복함으로써 오히려 진실의 자리를 열어젖히는 대리보충의 운동을 수행한다. 이때 중요한 것은, 이러한 보충이 결코 완전한 회복이나 재현을 지향하지 않는다는 점이다. 희재라는 부재의 이름을 반복해 써내는 글쓰기의 운동은, 결핍을 메우기 위한 시도가 아니라 도달할 수 없는 진실의 자리를 생성하고 확장해나가는 과정을 일컫는다. 『외딴방』은

---

41.   부재와 욕망에 관한 루소의 흥미로운 고백에 대한 분석으로는 다음을 참조. 자크 데리다,
       『그라마톨로지』, 김성도 옮김, 민음사, 2010, pp. 374~85.

그렇게 잃어버린 과거의 사랑을 끊임없이 호출하면서, 부재를 의미의 기원으로 삼는 새로운 현전의 경제를 창시해낸다. 이때 '문학'은 이 모든 글쓰기의 현전성을 정당화하기 위해 봉헌된 당대의 이름이기도 했다. "이 글은 사실도 픽션도 아닌 그 중간쯤의 글이 된 것 같다. 하지만 이걸 문학이라고 할 수 있을 것인지. 글쓰기를 생각해본다. 내게 글쓰기란 무엇인가? 하고"(II, p. 281).

『외딴방』에 이르는 과정에서 신경숙이 구축한 글쓰기의 신화는, 1990년대 문학의 기원을 탐색하는 데 따르는 흥미로운 아이러니를 다시금 환기시킨다. 그는 1990년대라는 시대 내부에서 출현한 인물이 아니라, 이미 1980년대의 열기가 한창이던 시절부터 그 시대에 속해 있었던 존재였다. 그가 반복적으로 토로해온 소외감과 사라져가는 것들에 대한 애착은, 외부자의 위치에서 그 시기를 통과해야 했던 기억과 결코 무관하지 않았다. 신경숙은 1980년대라는 문학장의 바깥에서 글쓰기에 대한 욕망과 의지를 키워나갔던, 음성 중심주의의 시대로부터 배제되고 주변화된 문자언어의 존재를 끝내 포기하지 않았던 시대의 외부자였다. 그런데 '신경숙 현상'이라는 말과 함께 그가 1990년대를 대표하는 유망한 신세대 작가로 거론되었을 때, 그는 돌연 자신을 향한 세대론적 오해를 불식시키는 자기 증언의 텍스트를 썼고, 그것은 그가 1990년대라는 새로운 시대의 온전한 내부자만은 아니었다는 사실을 유감없이 드러냈다. 한때 소외된 외부자로서의 기억을 지닌 채, 이제는 '성공한 소설가'로서 시대의 내부자가 되어버린 현재의 자신을 대질시키며, 그는 과거와 현재, 외부와 내부가 중첩되고 그 경계조차 모호한 시간이 존재함을, '사실과 픽션 사이'라는 예외적인 당사자성의 공간을 통해 증언해 보였다.

물론 신경숙이 궁극적으로 도달하는 시간은 과거라는 타자가 아니라, 현재라는 자기 자신이었다. 자신을 깊은 좌절과 괴로움, 그리고 죄의식으로 몰아넣는 과거를 통과하면서도, 그는 끝내 현재의 자신을 잃는 법이 없었다. 비유하자면, 그의 글쓰기는 아도르노가 『계몽의 변증법』에서 이성의 상징으로 묘사한 오디세우스를 떠올리게 한다. 세이렌의 노래를 향유하면서도 유혹에 굴복하지 않기 위해 스스로를 배의 돛대에 묶은 이성의 제왕 오디세우스처럼, 신경숙은 죄의식으로 가득한 과거로부터 발신된 메시지에 귀를 기울이며, 그 매혹과 고통을 동시에 향유하는 글쓰기를 견뎌낼 수 있었다. 그가 자신을 묶은 장소는 다름 아닌 '텍스트'라 불리는, 글쓰기의 현전성이 고도로 집중된 현재적 시공간이었다. 『외딴방』에서 반복적으로 호출되는 '문학'은 바로 그 강렬한 글쓰기의 의지가 구축한 텍스트의 제국을 가리키는 이름이자, 곧 도래하게 될 '문학주의'의 시대를 예고하는 이념적 언표이기도 했다.

5. 에필로그―사랑의 유령들

환영들과 함께 사는 법을 배우는 것. 다르게, 더 낫게 살기. 아니 더 낫게 살기가 아니라 더 정의롭게 살기. 그러나 그들과 함께. 함께―존재하기 일반을 어느 때보다 더 우리에게 수수께끼처럼 만드는, 이러한 거기에 함께가 없이는 어떠한 타자와 함께―존재하기도, 어떤 사회적 관계도 없다. 그리고 이러한 유령들과 함께 존재하기는 또한, 단지 그럴 뿐만 아니라 또한, 기억과 상속, 세대들의 정치일 것이다.[42]

지금까지 살펴본 전환기의 글쓰기들을 통해 이 글이 조명하고자 했

---

42.   자크 데리다, 『마르크스의 유령들』, 진태원 옮김, 그린비, 2014, p. 12.

던 것은, 1990년대 문학의 기원에 내포된 복합적이고 중층적인 성격이었다. '개인'과 '내면'의 회귀로 요약되는 1990년대 문학의 특징은 표면적으로는 새로운 주체의 등장을 의미했지만, 그 이면에는 여전히 지난 시대의 흔적과 잔영이 짙게 남아 있었다. 새로운 시대의 문학적 출발을 알린 작가들 가운데 많은 이들이, 실은 지나간 시대에 대한 원한과 애착으로부터 완전히 벗어나지 못했다는 사실은 그 점을 잘 보여준다. 그들은 자신을 외부로 밀어냈던 과거에 대한 입장을 표명해야 했고, 동시에 새로운 현실에 속한 자신의 위치를 해명하고 정당화해야 하는 이중의 요구 속에 놓여 있었다. 1990년대 문학이 이러한 두 시대 사이의 긴장 위에서 형성되었다는 이 글의 주장은, 해당 시기를 단순한 세대 교체나 미학적 차별화의 논리로 규정할 수 없는 뜻으로도 이어질 수 있을 것이다. 그렇다면, 1990년대 문학의 '내면성'은 역사와 무관한 개인의 자율적 공간이라기보다, 하나의 시대가 저물고 다른 시대가 막 열리는 교차의 시간 속에서 가능해진 역사적 애도의 형식이라 불러야 할지도 모른다.

　　물론 과거에 대한 원망과 애착 속에서 현재의 자신을 증명하려는 애도의 글쓰기가 이후에도 흔들림 없이 지속된 것은 아니었다. 상실한 대상에 대한 애도를 완수한 주체는 필연적으로 자신의 리비도를 새로운 애착 대상으로 옮겨가야 했기 때문이다. 프로이트가 말했듯, 성공적인 애도는 상실의 대상을 놓아주는 동시에, 그 자리를 대신할 또 다른 욕망의 대상을 예고하는 법이다.

　　그런 의미에서 "한국 노동문학의 최후의 걸작"[43]으로도 평가받는 신경숙의 『외딴방』은, 과거에 대한 감정적 예속을 끊어내고, 새로

43.　　루스 배러클러프, 『여공문학——섹슈얼리티, 폭력 그리고 재현의 문제』, 김원·노지승 옮김, 후마니타스, 2017, p. 328.

운 애착의 가능성으로 나아가려는 한 시대의 전환적 문턱을 가시화한 아이러니한 작품으로도 읽힐 수 있다. 이 작품이 당대에 발휘했던 강렬한 호소력은 1990년대 문학이 마침내 과거의 부채로부터 해방되었음을, 나아가 새로운 욕망의 대상을 모색할 수 있는 명분과 계기를 스스로에게 부여했음을 알리는 하나의 역사적 징후이기도 했다.

『외딴방』이 씌어지고 출간된 1995년이, 공교롭게도 전례 없는 새로운 문학들이 일제히 분출하던 시기였다는 사실은 그래서 한층 의미심장하다. 그 무렵 나타난 두드러진 현상 가운데 하나는 사랑의 재현 양식과 태도에서 감지된 전격적인 변화였다. 자본주의적 욕망이 전방위적으로 확산되는 시간 속에서, 사랑은 더 이상 타자를 향한 진정성의 열망이나 지나간 시간에 대한 애도의 언어로 신뢰받을 수 없었다. 오히려 그것은 낭만주의가 남겨놓은 시대착오적 환상, 혹은 자본주의가 끊임없이 재생산하는 욕망의 판타지로 간주되기에 이르렀다. 따라서 이 시기 사랑의 문학적 재현을 관통하는 가장 특징적인 흐름을 한 단어로 요약한다면, 그것은 단연 '탈신비화'일 것이다.

이를테면, 1995년에 데뷔한 은희경은 이러한 흐름을 주도한 작가들 가운데에서도 가장 최전선에 서 있던 존재 가운데 하나였다. 그의 이름을 널리 각인시킨 『새의 선물』은, 타자를 향한 사랑 속에 내재한 나르시시즘을 '진희'라는 소녀 화자를 통해 매혹적으로 폭로하는 작품이었다. "나의 분방한 남성 편력은 물론 사랑에 대한 냉소에서 온다. 사랑에 대해 아무것도 기대하지 않는 사람만이 쉽게 사랑에 빠지는 것이다. 그리고 사랑을 위해 언제라도 모든 것을 버리겠다는 나의 열정은 삶에 대한 냉소에서 온다"[44]라는 진희의 역설적 삶의 태도는, '보여지는 나'와 '바라보는 나' 사이의 분리로 공표되었던 그 유명

---

44. 은희경, 『새의 선물』, 문학동네, 1995, p. 11.

한 냉소적 자기 인식을 통해 유지될 수 있는 것이었다. 이때 은희경이 적시했던 자아의 분리는 단순한 자아의 분열이 아니었다. 그것은 타자와 관계 맺고 있는 자기 자신의 정념까지도 통치 가능한 대상으로 포섭하려는 자기 테크놀로지에 대한 욕망, 즉 권력 의지의 표현이었다. 그런 맥락에서 "열두 살 이후 나는 성장할 필요가 없었다"(p. 13)라는 진희의 자기 고백은 징후적이다. 성장할 필요가 없는 진희라는 주체상은, "자네는 노옹일세"(『종생기』, 1937)라는 이상의 자조 섞인 토로나, "나는 이미 늙은 것이다"(「정거장에서의 충고」)라는 기형도의 자기 규정 등에서 발견되는 비관주의적 자기 인식과는 아무런 관련이 없었기 때문이다. 은희경의 주체는 이미 늙은 것이 아니라, 더 이상 성장을 필요로 하지 않는 존재, '역사 이후'를 살아가는 1990년대에 출현한 새로운 주체를 일컫고 있었다. "90년대지만 지금도 세상은 나의 유년과 하나도 다를 바가 없다"(p. 387)는 자기지시적 문장은 그런 점에서 역사의 종언 이후를 살아가는 자기 통치적 주체의 현실 인식을 정확히 반영했다.[45]

그런가 하면, 1990년대의 스포트라이트를 한 몸에 받으며 등장한 김영하는, 이 시기 문학의 흐름 속에서도 가장 급진적인 자기 파괴의 양상을 보여준 작가였다. 그의 소설 세계를 관통하는 핵심 키워드 역시 극단적인 형태의 '탈신비화'였다. 1995년의 데뷔작 「거울에 대한 명상」을 비롯해 이후 그가 써 내려간 문제적 작품들은, 하나같이 사랑·진실·자아·이념 등 근대적 신념의 잔여들을 거침없이 조롱하고 파괴해나갔다. 욕망의 경제에 포섭된 개인들의 나르시시즘적 충동과 그 파국을 집요하게 추적하는 그의 서사는, 자본주의 주체

---

45.   1990년대를 통과하며 은희경이 발표한 작품들은, 부르주아적 일상이라는 자본주의적 욕망의 세계를 살아가면서 자기 자신의 욕망마저 통치하려는 주체가 결국 맞이하게 되는 현대적 비극의 아이러니를 예리하게 포착해낸 수작들이었다.

들의 우스꽝스러운 자화상을 비추는 일종의 파멸의 거울이었다. 김영하의 세계에서 사랑은 자기 자신의 이미지를 향한 욕망에 불과하며, 진정한 사랑의 요구는 허구적 가장(假裝)에 지나지 않는다. 은희경의 인물들이 두 '나'의 분리를 통해 자신을 관리하고 통제하려 했다면, 김영하는 그 경계를 과감히 해체함으로써, 자본주의 현실 속에서 분열되고 해체된 주체의 초상을 일말의 연민조차 없이 밀어붙였다. 폭력과 섹스, 자기 탐닉이 난무하는 그의 사랑 이야기에서 이루어지는 탈신비화는, 동시에 역사에 대한 일종의 반달리즘을 의미하기도 했다. 「전태일과 쇼걸」「삼국지라는 이름의 천국」[46] 같은 작품들은 정치적 상징을 성적 욕망의 대상으로 전락시키고, 1990년대의 일상적 욕망에 순응한 채 살아가는 과거 운동권 주체들을 희화화함으로써, 1980년대의 노스탤지어적 후광마저 가차 없이 해체했다. 이러한 냉소와 조롱의 정서는, 그가 이미 『무협 학생운동』(도서출판 아침, 1992)이라는 패러디적 텍스트의 저자였다는 사실을 떠올릴 때 결코 우연이 아니었다.

이처럼 문학장의 전면에 부상한 '사랑의 탈신비화'는, 문학이 더 이상 사랑의 이름으로 잃어버린 타자의 시간에 얽매여 있을 필요가 없음을 스스로 각인시킨 역사적 징후였다. 1990년대 중반의 새로운 전향적 경향 속에서 그들을 낳았던 역사적 기원, 즉 1980년대가 점차 망각의 영역으로 밀려나는 것은 어쩌면 필연적인 일이었다. 그러나 그것은 결코 이상한 일이 아니었다. 가라타니 고진이 말했듯, 기원은 망각될 때 비로소 진정한 의미에서의 기원이 되는 것이었기 때문이다.[47] 그렇게 '기원의 망각'을 통과하며, 문학은 마침내 자기 자신

---

46. 김영하, 『호출』, 문학동네, 1997.
47. 가라타니 고진, 『일본근대문학의 기원』, 박유하 옮김, 도서출판 b, 2010.

의 내부에서 새로운 질서를 구축하기 시작했다. 이른바 본격적인 '내부자들의 시대'가 개막된 것이다.

*

하지만 사랑에 대한 냉소적 탈신비화와 함께, 역사로부터의 자유를 만끽하던 흐름이 문학장의 전면을 장악했다고 해서, 1990년대라는 시간이 그러한 단일한 시간으로만 설명될 수 있는 것은 아니었다. '내부자들의 시대'는 동시에 또 다른 '외부자들의 시간'이기도 했기 때문이다. 사후적으로 돌아볼 때, 한강은 1990년대라는 주류적 시간의 외부에서, 당대의 흐름으로는 결코 환원될 수 없는 이질적이고 고립된 시간을 끈질기게 탐색해온 예외적 존재 가운데 하나였던 것으로 보인다. 1995년에 출간된 첫 소설집 『여수의 사랑』에 대해 김병익은, 스물다섯의 신예 작가가 선보였던 글쓰기가 당시의 문학적 경향성으로부터 얼마나 멀리 떨어져 있었는지를 가늠케 하는 다음과 같은 인상평을 남긴 바 있다.

> 한강은 우리 문단에서 가장 어린, 그러니까 이른바 '신세대'에 속할 이십대 중반이다. 나이는 그렇지만, 그러나 『여수의 사랑』에 묶이는 그의 작품들은 전혀 '신세대적'이지 않다. 그의 소설들에는 그 또래의 소설이라면 자연스럽게 나올 팝이나 비디오, 영화나 만화가 조금도 비치지 않고, 섹스는커녕, 남녀 간의 사랑 이야기도 없다. [……] 적어도 겉보기로는, 풍요롭고 밝고 미래는 한없이 열려 있는 듯한 이 1990년대의 중반에, 이 시절의 풍속에 어울려야 할 나이의 젊은 작가가, 왜 그처럼 지쳐 있고, 헤매며 지치고, '이곳 아닌 다른 곳'으로, 그것도 아무런 '희망' 없는 길을 떠나서는 어둠의 세계 속을 표류하는

앞 세대의 고생스러운 길들을 밟고 있을까.[48]

김병익의 소회처럼, 한강이 당시 발표한 작품들에서는 '신세대 문학'
으로 범주화되던 새로운 세대의 글쓰기로부터 기대되던 동시대적 요
소들을 거의 찾아볼 수 없었다. 오늘날 그가 지니는 문학적 위상과 상
징성을 떠올리면 다소 의외일 수 있으나, 1990년대 문학의 새로움을
탐색하던 당대의 비평 담론에서 한강의 작품이 중요하게 호명된 적
이 거의 없었다는 사실은 우연이라 할 수 없다. 그렇다고 해서 그를
복고적이거나 "전통의 세계와 정통의 양식"(p. 307)에 기대는 작가로
규정할 수도 없었다. 그의 소설이 당대의 유행과 일정한 거리를 두고
있었던 것은 분명했지만, '나'라는 존재의 내면적 심연을 향해 한없이
침잠해 들어가는 그의 글쓰기는, 전통적 교양주의나 정치적 이념의
세계와도 뚜렷하게 선을 긋고 있었다. 그래서였을까. 4·19세대의 한
사람으로서 김병익은, 그 정체를 쉽게 가늠할 수 없는 이 젊은 작가
의 글쓰기의 기원에 관해 거듭 질문한다. 경제적·문화적 풍요에 대한
믿음과 확신이 팽배하던 "1990년대의 중반"이라는 시간 속에서, 마치
천형처럼 스스로에게 고립의 시간을 부여하려 했던 그의 글쓰기는
과연 어디에서 비롯되었으며, 또 어디를 향하고 있었던 것일까.

　　특정한 시대적 범주와 한강의 글쓰기가 불화하고 있었다는 사
실은, 그의 글쓰기가 자리하고 있었던 규정 불가능한 위치성과도 깊
이 연관되어 있었을 것이다. 그의 초기 대표작 「여수의 사랑」 속 자흔
의 다음과 같은 고백은, 이러한 불확정성을 암시하는 자기지시적 표
현으로도 읽힐 수 있다. "어느 곳 하나 고향이 아니었어요. 모든 도시

48.　　김병익 해설, 「희망 없는 세상을, 고아처럼」, 한강, 『여수의 사랑』, 문학과지성사, 1995, pp.
　　　306~307.

는 곧 떠나야 할 낯선 곳이었어요”(p. 41). 모든 도시를 떠나야 할 장소로 간주하는 자흔은, 세계로부터 철저히 배제되고 고립된 존재이자, 자신이 속할 수 있는 진정한 시간을 소유하지 못한 부유하는 이방인이다. 정착지를 근본적으로 결여하고 있다는 점에서는, 그런 자흔을 경멸과 애착이 뒤섞인 시선으로 바라보는 작품의 화자 '나'(정선) 또한 다르지 않다. 자흔과 달리 정선은 겉으로는 자신만의 삶의 공간을 구성한 듯 보이지만, “하루가 끝나면 차라리 모든 것이 함께 끝나기를 바랐다”(p. 48)고 고백하듯, 생의 의지가 극히 희미한 인물이다. 마치 겨우 생을 연명하듯 지독한 비관 속에서 삶을 견디는 그녀는, 세상 한가운데 있으면서도 철저히 혼자인 존재다. “병원균들에 대한 공포에 사로잡혀 있었”(p. 43)던 “발작증적 결벽증” 환자인 정선은, 타자를 철저히 바깥으로 밀어내는 사람, 동시에 세상 바깥으로 자신을 밀어내며 스스로를 타자화하는 사람이기 때문이다.

상황이 그러하기에, 정선과 자흔 사이에 우연히 시작된 동거가 오래 지속될 수 없다는 것은 예견된 일이었다. 결정적인 계기는 '여수'라는 단어, 그리고 그와 결부된 유령 같은 기억이 자흔의 말로 인해 소환되었을 때이다. “세상에 있는 모든 물은 바다로 흘러가고, 그 바다는 여수 앞바다하고 섞여 있어요”(pp. 27~28). 혼잣말 속에서 자흔이 꿈결의 단어처럼 불렀던 그녀의 여수, 자흔이 자기 자신의 고향이라 믿어 의심치 않는 그 상상 속 갈망의 공간은, 정선에게는 전혀 다른 의미를 지닌 장소였다. '여수'라는 말은 정선에게, 어머니의 죽음과 동생과 함께 생을 포기한 아버지에 대한 증오, 그리고 그 비극 속에서 오직 자신만이 우연히 살아남았다는 사실이 불러오는 끊임없는 수치와 죄의식을 환기시키는 장소였다. 세상에 속하지 못한, 부유하는 존재라는 점에서 정선과 자흔은 닮아 있지만, 그들이 향하는 행선지는 분명 반대였다. 여수를 향해 나아가는 자흔과, 여수로부터 멀어지려는 정선. 두 사람의 동거가 불안과 균열의 징후를 내포하고 있는 것은, 바로 그 엇갈린 행보 때문이다. 자흔을 향한 미묘한 애착에도 불구하고, 정선이 끊임없이 그녀를 거칠게 밀어내려 했던 이유는 "자흔에게서 풍겨오기 시작한 여수의 냄새"를, 그리고 과거로부터 발신되는 그 망령의 목소리를 차단하기 위해서였다. 그러나 정선은 자흔으로부터 '여수'라는 단어를 봉인하려 애쓰지만, 끝내 그것에 실패하고 마침내 자흔 앞에서 붕괴된다. "내 얼굴을 보고 이야기도 하지 말아요⋯⋯/이를 악물며 나는 분명한 말씨로 덧붙였다./더러우니까"(p. 44). 자흔을 향해 이토록 잔인하게 쏟아낸 경멸의 말은, 실은 가족들의 죽음을 뒤로하고 살아남은 현재의 자신을 향한 것이기도 했다.

그러나 정선은 자흔을 실제로 잃어버리려는 순간, 다시 한 번 붕괴된다. "자흔이 떠나기 전날 밤, 이가 부딪치도록 차가운 세면장 바닥에 웅크려 앉아 나는 자흔의 앙상한 팔을 붙안고 애원했었다"(p. 56). 여수를 향해 떠나겠다는 자흔의 결심 앞에서, 그녀의 몸을 붙잡고 애원하는 정선의 태도는 여러 의문을 남긴다. 여수로 가지 말라는 뜻이었을까, 아니면 자신을 떠나지 말라는 간청이었을까. 정선의 의중은 끝내 확인되지 않지만, 결과적으로 그녀는 자흔이 돌아간 것으로 짐작되는 여수를 향해 나아감으로써, 두 사람의 엇갈렸던 행선지는 마침내 중첩되기 시작한다. 그러나 이 돌연한 방향 전환과 관련하여 정선 스스로도 확고한 이유를 갖고 있지는 않은 듯하다. 여수를 향하는 가운데 그녀는 끊임없이 자신에게 되묻는다. "어째서 여수에 가야 한다는 말인가, 하는 생각이 치밀었으므로 나는 말을 끊어버렸다. 그곳에서 누구를, 무엇을 찾을 수 있다는 말인가"(p. 23). 그녀가 찾고자 한 것은 현재의 자흔이었을까, 아니면 과거의 정선이었을까. 명확한 답을 내리기 어려운 이 질문 속에서 비교적 분명한 것은, 자흔에게 느꼈던 애착이야말로 정선을 다시금 여수라는 과거의 시간으로 회귀하게 만든 결정적 원동력이었다는 사실이다.

"그러니까 어디로 가든, 난 그곳으로 가는 거예요"(p. 52)라는 자흔의 말은 일종의 예언처럼, 여수 바깥으로 도망치려 했던 정선이 결과적으로 당도하게 될 진정한 목적지를 예고하고 있었던 셈이다. 사라진 자흔에 이끌려 정선이 마침내 도달하게 될 여수는, 죽음이라는 과거의 진실과 삶이라는 현재의 수치가 중첩된 시공간이자, 역설적으로 그녀를 삶의 편으로 견인하는 장소로 그 의미가 전환된다. 정선은 자흔이 떠난 뒤 아이러니하게도, 자신을 오랫동안 괴롭히던 결벽에 대한 강박이 사라지고, "한 번도 맛본 적 없는 평화가 피로한 육신을 어루만지며 밀려들었"(p. 57)음을 깨닫는다. 물론 그것이 자흔의 부재를 통해 되찾은 평화가 아님은 분명하다. 한강 특유의, 잔인하리만큼 치밀하고 집요한 묘사적 문체가 적나라하게 증언하는 것은 주체의 재건이 아니라, 정선을 향한 사랑의 기억으로 인해 탈주체화된 자신의 언어이다. "내가 뿌리친 자흔의 손, 그녀가 가지런히 허공에 펼쳐 보이곤 했던 열 손가락들이 내 수많은 혈관들을 비집고 살갗 속으로, 숭숭 구멍 뚫린 뼛속으로 파고들었다"(p. 58).

여기서 우리가 새삼 확인하고 싶은 것은 정선이 타고 있는 여수행 기차의 아나크로니즘적 성격이다. 「여수의 사랑」이 씌어지던 시간은, 역사의 종언이 부인할 수 없는 시대의 진실로 받아들여지고, 과거를 뒤로한 채 미래를 향한 욕망의 기차에 탑승하려는 경향이 하나의 뚜렷한 시대적 흐름을 형성하고 있던 시기였다. '신세대'라는 이름 아래 새로운 감수성과 문화적 욕망이 찬란히 부상하던 시간 속에서, 한강은 사람들로부터 잊혀진 과거의 시간이자, 현재의 중심으로부터 비켜선 외부의 장소 여수로 향하는 기차에 자신의 몸을 싣는다. '사랑'이라는, 당시로는 익숙하고도 시대 착오적으로 느껴졌을 단어는, 과거의 목소리를 외면하려 했으나 끝내 그곳으로 되돌아갈 수밖에 없었던 정선의 그 불가해한 여정을 해명하기 위한 단어였을지도 모른다. 그렇다고 해서 정선이(더불어 한강의 글쓰기가) 노스탤지어적 과거에 종속된 존재로 규정될 수는 없을 것이다. 이와 관련하여, 과거를 부정하기 위해 현재의 자신에 대한 부정을 거듭해온 정선이, 그 이중의 부정 사이에서 부유하는 자기 자신을 한 번 더 부정함으로써, 비로소 자흔을 구하며 동시에 자기 자신을 구하기 위한 탈주체화의 선로를 찾을 수 있었다는 것은 의미심장하다. 그리고 이 여정은 훗날 한강의 글쓰기를 낳게 할 어떤 믿음의 원형, 즉 죽은 과거가 살아 있는 현재를 구원할 수 있으리라는 문학적 희망을 예고하고 있었는지도 모른다.

　　「여수의 사랑」을 발표하고 정확히 30년 후, 한강은 자신이 지나온 글쓰기의 궤적을 다음과 같이 회고조로 기록한다. "첫 소설부터 최근의 소설까지, 어쩌면 내 모든 질문들의 가장 깊은 겹은 언제나 사랑을 향하고 있었던 것 아닐까? 그것이 내 삶의 가장 오래고 근원적인 배움이었던 것은 아닐까?"[49] 유토피아적 미래를 향해 달리던 혁명의 기차(마르크스)가 중도에 좌초하던 무렵, 여수를 향해 출발한 사랑의 기차가 실은 역사를 향하는 기차이기도 했다는 사실을, 그때는 저자 자신을 포함해 그 누구도 알지 못했을 것이다. "그러니까 어디로 가든, 난 그곳으로 가는 거예요." 삶과 죽음의 첨예한 경계에서 끝내 삶에 대한 사랑으로 나아가려는, 한강 특유의 처절하면서도 강인한 충동의 글쓰기가, 한국 현대사의 가장 참혹한 실재인 광주와 제주를 향해 나아갔다는 사실은, 어쩌면 우연이 아니었을지도 모른다.

49.　　한강, 「빛과 실」, 『빛과 실』, 문학과지성사, 2025, pp. 28~29.

퀴어 친밀성과
'낭만적 사랑'에 대한 소문들
─문학(사)의 유법과 1990~2020년대
비유법적 친밀성 서사의 도전

오혜진

1. '썩은 여자들'의 사랑

사랑을 팬픽[1]으로부터 배웠다. 분명히 그렇게 말할 수 있다. 1996년에 H.O.T.가 한국 가요계에 데뷔했고 머지않아 중학생이 된 내 방에 개인용 컴퓨터가 놓였다. 'PC 통신'이라는 문물을 이제 막 접한 13세 청소년에게 어떤 중차대한 전자 업무가 있었는지 모르겠으나, 해당 그룹의 한 멤버 이름을 따 개인 이메일 주소를 만든 뒤부터 나는 줄곧 '사이버 스페이스'에 방대하게 형성된 팬 커뮤니티의 일원이었다. 그때부터 H.O.T.가 해체하는 2001년까지 나는 '팬질'이라는, 고도의 끈

[1]　이 글에서 '팬픽fanfic'은 연예인을 모델로 삼아 팬들이 창작한 동성 서사를 가리킨다. 주로 동성 인물 간의 로맨스와 강렬한 성행위를 묘사한다. 여성들이 창작하고 향유하는 남성 동성 서사 일반을 지시하는 용어로는 '야오이(やぉい)'와 'BLboys love'이 있다. '팬픽'은 'BL'의 하위범주로 분류되곤 하는데, 최근 '알페스(real person slash, RPS)'라는 새로운 명칭으로 불리며 '실존 인물에 대한 성적 대상화'라는 문제로 논쟁의 대상이 되기도 했다. '팬픽션' '팬픽' '야오이' 'BL' '알페스' 등은 모두 남성 인물의 성적 대상화를 매개로 '여자들의 시장'(뤼스 이리가라이Luce Irigaray)을 성립시키는 상품이라는 점에서 여성의 새로운 문화적 역량의 산물로 독해된다. 이와 관련해 '슬래시소설'을 중심으로 남성 간의 로맨스 서사를 즐기는 여성들의 문화적 욕망을 분석한 연구로는 도널드 시먼스·캐서린 새먼, 『낭만전사——여자는 왜 포르노보다 로맨스 소설에 끌리는가?』(임동근 옮김, 이음, 2011)를 참조. 여성이 창작하는 남성 동성 서사와 팬픽에 대한 페미니즘적 독해로는 박세정, 「성적 환상으로서의 야오이와 여성의 문화능력에 관한 연구」, 이화여대 석사학위논문, 2006; 류진희, 「팬픽——동성(성)애 서사의 여성 공간」, 『여성문학연구』 제20호, 한국여성문학학회, 2008을 참조.

기와 인내심과 집요함을 요하는 과업에 자발적으로 몰입했다.

팬픽은 두 종류의 사랑을 가르쳤다. 하나는 팬픽을 열렬히 창작·유통·감상하는 여자들의 집단적인 실천에 깃든 거대한 열정과 헌신으로서의 사랑이다. 그건 해당 연예인에 대한 사랑이자, 나와 동일한 대상을 사랑하는 다른 여성들에 대한 사랑이다. 세간의 오해와는 달리, 이성애 제도가 전제하는 모노가미 형식의 배타적 소유욕과는 한참 거리가 먼 사랑인 것이다. 이를테면 '언니 팬'들이 왕성하게 써대는 팬픽들을 지체 없이 수집·분류하고 비평·전파하는 일은 팬질의 가장 핵심적인 과업 중 하나였다. 기껏해야 장편 한두 편과 단편 몇 편이 담길 뿐인 플로피디스크에 여기저기서 수집한 '작품'들을 에러 없이 저장하려 애쓰며 지새운 밤들. 행여 놓친 작품이 있을세라 새벽마다 온갖 팬 카페 자료실을 샅샅이 뒤지고, 그중 몇몇 작품들을 선별해 나만의 신전에 모시는 지난한 노동이자 엄숙한 의례의 수행. 그렇게 점차 '썩은 여자(腐女子)'[2]가 돼가는 줄도 모르고 나는 내 컬렉션에 들여놓을 작품들을 발굴해 그것들을 다른 여자들도 읽게 하는 일에 심취했다. 그렇게 함으로써 이 미친 열정을 소유한 특별한 여자들에게 내 감식안과 심미안을 인정받고 싶었다. 단언컨대 내 삶에서 그토록 엄격하고 편집증적인 독서를 한 경험은 그 전에도 그 후에도 없다.

다른 하나는 팬픽이 재현하는, 더없이 드라마틱하고 장식적이고 관능적이고 폭력적인 감정이자 행위로서의 사랑이다. 「올훼스」

---

2.   '부녀자'는 남성 동성 성애물을 즐기는 여성들이 스스로를 '뇌가 썩은 여자(腐女子)'라고
        자조적으로 지칭하는 말이다. '여성 오타쿠'의 탄생과 야오이/팬픽/BL을 즐기는 '부녀자'
        문화의 동학에 대해서는 김효진, 「후조시는 말할 수 있는가?──'여자' 오타쿠의 발견」,
        『일본연구』 제45집, 한국외국어대학교 일본연구소, 2010; 류진희, 「동성서사를 욕망하는
        여자들──문자와 이야기 그리고 퀴어의 교차점에서」, 『성의 정치 성의 권리』, 자음과모음,
        2012를 참조.

「제로니모」「파애」「샤콘느」『협객기』『새디』[3] 같은 제목에서 암시되듯, 팬픽은 순정과 무협, 멜로와 코믹, 에로와 판타지 등 다양한 장르의 문법과 클리셰들을 무람없이 차용했다. 팬픽의 세계에서는 그 무엇도 평범하지 않다. 카리스마 넘치는 남자 주인공의 턱은 베일 듯 날카로워야 하고, 그의 단단한 팔에 안기는 또 다른 남자의 허리는 반드시 활처럼 휘어져야 한다. 그 세계에서는 시간도 허투루 흐르지 않는다. 『협객기』에서 시간의 경과 및 장면 전환을 표시할 때마다 후렴처럼 등장하는 문장들, 이를테면 "탁자에 놓인 엽차가 거의 식어갈 즈음" "귤 하나를 천천히 까먹고 났을 무렵" 같은 문장들이 아직도 생생하다. 이처럼 서사의 여백과 휴지마저도 장식적으로 꾸미고야 마는 팬픽 특유의 문체는 내가 조금은 '안다고' 믿는 남자들의 로맨스를 기필코 상서로운 것으로 묘사하려는 의지의 산물이다.

　물론 팬픽의 서사는 상서로운 로맨스 그 이상이다. 팬픽 문화가 점차 진화(?)하면서 팬 카페에 업로드되는 작품 제목의 말머리에는 '[준타/톤혁]' 같은 커플링의 정체가 명시되고 해당 인물들이 성행위에서 수행하는 역할이 '[공/수]'라는 용어를 통해 표시됐다. 이런 분류 및 표기 체계의 등장은 인물들의 만남과 이별, 로맨스와 섹스가 더 이상 독자에게 우발적인 미지의 사건으로 경험되지 않는다는 것을 뜻했다. 이제 독자는 자신의 선호에 부합하는 커플링과 그들이 수행하는 특정한 성역할의 묘사를 감상하기 위해 작품들을 사전에 선별할 수 있게 됐다. 로맨스의 정동을 전달하는 '서사'와 동성 성행위를 노골적으로 묘사하는 '신scene'의 분리는 친밀한 개인 간에 일어날 수

3.　하이텔·천리안·나우누리 같은 PC 통신 및 엔티카 등의 포털 서비스가 종료됨으로써 그곳에 있던 팬 커뮤니티의 팬픽 자료실 또한 함께 폐쇄됐다. 상당수의 팬 커뮤니티들이 별도의 백업 사이트를 마련하지 않았기에 그곳에 게시된 팬픽들 또한 지금은 찾아보기 어렵다. 다만, 당시 회자된 몇몇 작품들은 단행본으로 출간된 바 있다. 이지련, 『협객기』(전 5권), 로즈앤북스, 1999; 『새디』(전 6권), 로즈앤북스, 2002.

있는 모든 일, 즉 만남과 정서적 교감, 일상적 스킨십과 성애적 접촉, 사랑과 섹스, 결혼과 번식의 일체화를 주장하는 낭만적 사랑의 신화를 철저히 배반하는 것이었다. 요컨대 팬픽은 로맨스와 섹스를 분절하고, 성행위의 요소들을 코드화·기호화했으며, 성적 쾌락과 폭력의 고통을 뒤섞는 위반을 감행했다. 그렇게 팬픽은 이성애를 강제하는 세계[4]에의 편입을 '성장'으로 의미화하는 여성 교양소설들과는 전혀 다른 방식으로 당대의 젊은 여성들에게 젠더와 섹슈얼리티에 대해 낯선 교양을 학습시켰다.

십대 여성이 팬픽을 읽으며 경험하는 쾌락과 해방감의 정체가 무엇인지 설명하는 일은 간단치 않다. 팬픽은 '소녀'들의 성적 욕망을 허하지 않는 사회에서 분명 예외적인 장소였고, 남성 인물에게 성관계에서의 삽입과 흡입 역할을 모두 할당함으로써 규범적 섹스가 전제하는 성역할 및 젠더 표상의 허구성을 드러냈다. 여성 독자의 자연화된 동일시 대상으로 여겨지는 여성 인물을 서사에서 삭제함으로써 여성 창작자로 하여금 남성들만 존재하는 세계의 전능한 조물주가 되게 했고, 성애화된 남성 이미지를 교환·거래하는 방식으로 여성 간의 유대를 창출한다는 점에서 여성 동성사회를 구현했다. 게다가 '팬픽 이반'[5]의 출현에서 보듯 서사적 차원에서 실험된 남성성의 수행은 서사 바깥에서의 새로운 정체성과 주체화를 추동하기도 했다. 다만, 이처럼 성별 이분법과 이성애 규범에 들어맞지 않는 실천들의

---

4.   에이드리언 리치는 여성에 대한 남성의 신체적·정서적·경제적·성적 접근을 보장하기 위해
       여성이 레즈비언일 가능성을 차단·비가시화하는 사회적 관습을 '강제적 이성애Compulsory
       Heterosexuality'라는 개념으로 설명한다. 에이드리언 리치, 「강제적 이성애와 레즈비언
       존재」(1980), 『우리 죽은 자들이 깨어날 때』, 샌드라 M. 길버트 엮음, 이주혜 옮김,
       바다출판사, 2020.
5.   슬리퍼, 「팬픽 이반? 나는 나일 뿐——레즈비언 집단 안에서도 차별받는 하위집단」, 〈일다〉
       2007년 5월 17일 자.

한가운데 있었던 팬픽은 '동성애' 또는 '음란한 것'으로 분류돼 1997년 청소년 보호법 시행령(대통령령 제28133호)에 따라 청소년 유해 매체로 지정됐다.[6] 팬 카페들은 "팬픽도 엄연한 문학"[7]이라며 표현의 자유를 들어 팬픽을 창작하고 향유할 권리를 주장했지만, '문학'의 영역에서 팬픽의 영토를 구축하는 일도 녹록지는 않았다.

2. 두 겹의 문학사와 봉인된 사랑

H.O.T.의 해체를 계기로 팬픽과 멀어지면서 나의 독서 생활은 한층 적막해졌다. 국어 모의고사 문제의 지문으로 짧게 제시되는 소설 중 흥미가 생기는 작품을 따로 찾아보는 정도였을까. 문학 공부를 본격적으로 시작한 것은 대학에 들어가서부터였다. 1990~2000년대 유명 작가들의 대표작들부터 소급해 읽어나가는 방식으로 근 백 년에 걸친 한국 근현대문학사에 조심스레 접근하고자 했다. 과연 외국 유학을 경험한 중인(中人) 계층 이상의 남성 엘리트들을 비조(鼻祖)로 삼는 고색창연한 문학사 어디에도 내가 읽어온 팬픽과 야오이의 자리는 없었다. 성장이나 번식을 약속하지 않는 로맨스와 섹스, 정치로 승화되지 않는 외설을 우리의 문학사는 결코 허용하지 않았다.

6.　이후 성애 표현의 수위가 높은 팬픽들에 대한 팬 카페의 보안은 한층 강화됐다. 일부 작품들은 해당 카페에 가입한 후 카페 주인의 승인을 통해서만 열람할 수 있게 됐다. 팬픽이 '음지화'된 것은 팬픽이 청소년 유해매체로 지정된 결과이자 효과다. 한편, 2004년 청소년 보호법이 일부 개정됨에 따라 청소년 유해매체물 심의 기준에서 '동성애' 조항이 삭제됐다. 1990년대에 동성애를 규제하는 법적 장치로서의 청소년 보호법과 이에 대한 팬덤의 대응 양상에 대해서는 다음 글을 참조. 류진희, 「'"청소년을 보호하라?", 1990년대 청소년보호법을 둘러싼 문화지형과 그 효과들」, 『상허학보』 제54집, 상허학회, 2018, pp. 108~15.

7.　「"오빠는 내 것이야!"—'스타 오빠' 동성애 다룬 '팬픽'에 10대 열광… 스타에 대한 '소유욕'의 반영」, 『주간동아』 제259호, 동아닷컴, 2000년 11월 16일 자.

정숙한 문학사의 문법에 익숙해지는 데에는 꽤 시간이 걸렸다. 근대문학의 탄생과 젠더 규범의 탄생이 동시적이었듯,[8] 문학사를 학습한다는 것은 문학과 비문학을 가르는 온갖 규칙과 기준들을 학습하는 일이기도 했다. 내가 팬픽 독서를 통해 천착해온 '여성적인 것' '집단적인 것' '성애적인 것' '진부한 것' '장식적인 것' '쾌락적인 것' '과잉된 것' 들은 모두 비문학 쪽에 속했다. 아마 그 무렵 문학사의 미로에 들어선 나 같은 독자들은 좀 외로웠을 테다.

우리는 운동장에 마주섰다. 네가 천천히 다가왔다. 너를 보는 게 마지막이라는 느낌이 든 건 왜였을까. 네 얼굴을 비추는 노란 햇빛은 내가 가게 될 다른 좋은 세상에서 오는 것 같았다. 해를 등지고 있는 내 몸에서 뻗은 그림자는 짧고 짙었다.

"한번 안아보자."

"그래."

나는 처음으로 너의 부탁을 받아주었다. 너는 나를 안았다가 안았던 팔을 풀고 외투 단추를 급하게 풀면서 말했다.

"너, 다시는 안 오겠구나."

"그래."

너는 외투를 벌렸다. 나는 네 품 안에 들어갔다.

"사랑한다."

너는 나를 깊이 안았다.

"나도."

지나가던 아이들이 우리를 이상하다는 듯이 쳐다보았다. 지옥

---

8.   여성성의 규제 및 통제 장치로서 근대소설이 작동해온 역사를 근대 초 '모델소설' 담론을 통해 분석한 논의로는 심진경 평론가의 글을 참고할 만하다. 『여성과 문학의 탄생』, 자음과모음, 2015.

의 빵공장에서 빵 트럭이 쏟아져나오고 딴 세상 바다에선 고래들이 펄쩍 뛰어오르던 그때, 나는 비로소 내가 사내가 되었다는 것을 깨달았다.[9]

처녀는 아직 고스란히 바구니에 담겨져 있는, 자신이 딴 딸기를 한 줌 집어 유의 깨끗한 치마 위에 놓고 이겨버린다. 유는 저항하지 않고 치마에 번지는 붉은 물을 물끄러미 보고 있다. 유의 살빛은 투명하다. 발육은 조화롭다. 비틀리지 않았다. 억압받지 않는다. [……] 처녀가 유의 목구멍 깊숙이 혀를 집어넣었을 때. 돌연 유가 처녀를 밀어젖힌다. "누워!" 돌연 유가 명령한다. 단호하다. 지금까지의 무저항은 "누워!" 그 명령어를 수행시키기 위한 것이었다는 듯. "나를 죽이려 했지!" 유가 돌연 거칠어진다. 처녀를 덮치고 웃옷을 젖히고 처녀의 젖가슴에 딸기를 쏟아붓는다. 유의 손길은 부드럽고 능란하다. 감미롭고 완벽하다. 처녀는 눈을 감아버린다. 뺨에서, 배에서, 허벅지에서 딸기가 으깨어지는 감촉이 유를 거부할 수 없게 한다. 유의 감미로운 손가락이, 입술이. 아무것도 남지 않는다. 어떠한 찌꺼기도. 엎치락뒤치락거리는 욕망 속으로 모든 것이 빠져들어간다. 엷은 땀냄새도 딸기를 키운 흙냄새도 그 남자와의 행위 뒤에 남겨지던 고독까지도.[10]

고독한 날들이 이어지던 중 우연히 기이한 소설 몇 편을 발견한다. 성석제 소설집 『내 인생의 마지막 4.5초』의 수록작 「첫사랑」(1995).[11] 빵을 나르는 트럭이 흙먼지를 피우며 달리고 철없는 소년들은 그 트럭

9.　성석제, 「첫사랑」, 『내 인생의 마지막 4.5초』, 강, 2003, p. 93. 이하 인용 시 본문의 괄호 안에 제목과 쪽수만 표기한다.

10.　신경숙, 「딸기밭」, 『딸기밭』, 문학과지성사, 2000, p. 82. 이하 인용 시 본문의 괄호 안에 제목과 쪽수만 표기한다.

11.　「첫사랑」이 처음 단행본으로 묶인 것은 1996년 출간된 『새가 되었네』(강)를 통해서다.

을 영원히 쫓아다닌다. '나'는 "지옥"(「첫사랑」, p. 71)으로 묘사될 만큼 미래가 보이지 않는, 서울 귀퉁이의 가난한 동네로 전학 온 비쩍 마른 남자 중학생이다. 다른 모든 학생이 '나'를 무시하는 가운데, "깡패"(「첫사랑」, p. 73)처럼 덩치 크고 이미 몸에 털이 많이 난 조숙한 남학생인 '너'는 부러 '나'를 따라다니며 '나'의 환심을 사려 한다. 소설은 졸업을 앞둔 어느 날, 공부를 통해 야만과 빈곤의 세계를 벗어나려는 '나'와 연합고사를 앞두고 진즉 퇴학당한 '너'를 해후하게 한다. 이제 다시는 못 볼 것을 예감한 '너'는 "한번 안아보자"며 '나'를 향해 외투를 열고 '나'도 "사랑한다"고 말하며 '너'의 품 안에 들어간다. "나는 비로소 내가 사내가 되었다는 것을 깨달았다"는 문장을 마지막으로 소설은 끝난다. 개울가에서 개 잡아먹는 아저씨들 이야기(「쾌활냇가의 명랑한 곗날」, 2001)로 독자들을 한바탕 웃기고 울리는 이야기꾼인 줄로만 알았던 작가가 이런 풋풋하고 아련한 이야기도 썼다니 어안이 벙벙해진다.

신경숙의 「딸기밭」(1999)을 읽게 된 것도 우연이었던가. 『풍금이 있던 자리』(1993)와 『외딴방』(1995)에 압도돼 이 작가의 전작(全作)을 모조리 읽어치우겠다고 마음먹을 때였을 것이다. 하루가 멀다고 최루탄이 터지던 1980년대 대학 교정에서 스물세 살의 여대생인 '나'는 하얀 종아리를 자유분방하게 뻗은 여학생 '유'의 화사함에 매혹된다. 어떤 시대적 억압이나 결핍의 흔적도 간직하지 않은 '유'를 선망하면서도 훼손시키고 싶었던 '나'는 '유'와 함께 찾은 수원 근교의 딸기밭에서 서로의 육체를 탐닉한다. 하얀 장갑에 번진 딸깃물, '나'의 가슴 위에 짓이겨지던 붉은 딸기들의 강렬한 심상이 뇌리에 오래 남았다.

한동안 내게 성석제와 신경숙은 그들이 어떤 걸출한 작품을 써내더라도 기어코 「첫사랑」과 「딸기밭」의 작가였다. 다만 훗날 두 소설을 다시 읽어보니 내 기억과 사뭇 달랐다. 「첫사랑」에서 '너'가 '나'에게 환심을 사려고 일부러 연출한 "빵집 계집애"(「첫사랑」, p. 87)와의 정사(情事) 장면, 「딸기밭」에서 '나'가 부재하는 아버지를 연상케 하는 가난하고 못생긴 사내와 강박적인 연애를 하는 이야기 따위는 내 기억에 거의 남아 있지 않았다. 어쩌면 나는 동성 간의 성애적 욕망을 삽화적으로나마 재현한 두 작품이 너무 귀해서 해당 장면을 빼고는 전부 잊어버렸는지도 모른다.

두 소설에서 내가 각별히 기억한 그 장면들은 정작 해당 소설들에서는 철저한 봉인의 대상으로 취급된다. 「첫사랑」은 소년 시절의 동성애적 욕망을 한때 순수했던 자신을 확인하기 위한 나르시시즘의 대상이자 "사내"가 되기 위한 통과의례로서 소환한다. 가난하고 정서적으로 미숙한 시절을 벗어나려 하는 '나'의 성장을 위해 소년에 대한 소년의 사랑은 과거의 일로 정리되며 재빨리 망각돼야 했다.[12] 시대의 억압과 결핍으로부터 벗어나려는 욕망을 '유'에게 투영한 「딸기밭」 역시 이십대 여성 간의 성애를 일회적·우발적인 것으로 재현한다. 및 년 후 '나'는 개울가에서 발을 헛디뎠다는 '유'의 부고를 듣게 되고,[13] 나는 딸기밭에서의 그 일 이후 다시는 "금지된 것들 근처에는 가

---

12.   정상 시민으로의 성장에 복무하는 동성애 서사의 사례로 「첫사랑」을 논의한 다음 글 참조. 김건형, 「2018, 퀴어 전사——前史·戰史·戰士」, 『우리는 사랑을 발명한다』, 문학동네, 2023, p. 21.

13.   얕은 개울에서 실족사했다는 '유'의 느닷없는 죽음은 1991년 지리산에서 실족사한 것으로 알려진 시인 고정희를 연상케 한다. 『딸기밭』에 수록된 또 다른 작품인 「작별 인사」(1998)에는 보다 직접적으로 지리산에서 급류에 떠밀려 목숨을 잃는 '나'가 등장하거니와 이 소설집의 해설 「존재의 괴리, 그 슬픈 아름다움」을 쓴 김병익 또한 고정희를 언급한다. 「딸기밭」에서 '유'의 죽음이 고정희의 죽음과 겹치며 의미심장해지는 것은 고정희의 비규범적 친밀성 또한 그간 한국 여성 문화사와 한국문학사에서 공히 망각·은폐돼온 주제이기 때문이다. 고정희가 속한 여성 네트워크와 비규범적 친밀성에 관해 논의한 다음 글 참조. 정혜진, 「고정희 여성해방시의 집합적 형식 연구」, 성균관대학교 박사학위논문, 2025, pp. 259~83. 한편, '유'의 사인과 '유'의 부고를 전하는 '유'의 어머니의

지 않”게 됐다. ‘유’의 죽음을 통해 딸기밭에서의 예외적인 정동은 결코 회복·재연 불가능한 것으로 확정되고, 이는 “생의 불가능성”(「딸기밭」, p. 85)을 받아들인 ‘나’의 무위에 대한 알리바이로 남는다.[14]

그러고 보니, 동성애적 욕망에 대한 두 소설의 유난한 망각과 봉인은 동성애 서사와 한국문학사의 관계에 대한 의미심장한 제유(提喩) 같다. 「첫사랑」의 ‘나’와 「딸기밭」의 ‘나’를 위시한 고학력 중산층 이상의 주체가 동성 간의 성애적 욕망을 ‘유치한 것’ ‘미성숙한 것’ ‘일시적인 것’ ‘일탈적인 것’으로 간주하며 ‘성장’을 도모해 정상 시민의 경로에 진입했듯, 꽤 오랫동안 한국문학사는 팬픽·야오이·BL 같은, 비규범적 성적 욕망을 다룬 여성과 소수자의 비규범적인 글쓰기를 철저히 문학 ‘외부’에 둠으로써 스스로를 ‘문학’이라는 특권적 지위에 위치시켜왔지 않았던가. “누구에겐가는 생은 두 겹”(「딸기밭」, p. 58)[15]인 것처럼 내게 문학사는 항상 ‘드러난 것’과 ‘봉인된 것’으로 이뤄진 ‘두 겹’의 이야기다.

서신은 고故 안승준의 유고집 『살아는 있는 것이오』(삶과꿈, 1994)에 수록된, 안승준의 부친 안창선이 작성한 글을 인용·변형한 것으로 밝혀졌다. 최재봉 기자, 「왜 신경숙 씨 ‘딸기밭’에 남의 글이 그대로 담겼나」, 『한겨레』 1999년 9월 21일 자.

14. “단 한 번의 외도로 할 수 있는 위반은 다하였다는 듯” 딸기밭에서의 유희를 일회적인 것으로 다루며 “동성애라는 위반은 왜 위반이어야 하는가”를 질문하지 않는 이 소설의 한계를 논한 다음 글도 참조할 만하다. 이경, 「누이야, 대담하게 앞으로 나가라」, 『오늘의문예비평』 제37호, 오늘의문예비평, 2000, pp. 107~108.

15. 신경숙은 소설집 『딸기밭』을 준비하는 내내 키에슬로프스키의 영화 「베로니카의 이중생활」(원제 “두 겹의 삶”)의 사운드트랙을 들었다면서, 이 소설집의 제목을 “두 겹의 삶”으로 삼을까 생각했다고 인터뷰한 바 있다. 박천홍, 「생의 이면을 들여다본 작가의 원숙한 시선 — 소설집 『딸기밭』 펴낸 신경숙 씨」, 『출판저널』 제276호, 대한출판문화협회, 2000, p. 39.

3. 도착적 섹스와 퀴어 멜로드라마의 실험

소설이 "'진짜 짝퉁'의 세계"[16]라고 도발적으로 선언하며 등장한 정이현의 등단작 「낭만적 사랑과 사회」(2002)[17]는 '낭만적 사랑'이라는 이데올로기의 허구성을 적나라하게 폭로한 문제작으로 회자됐다. 소설의 초점화자 '나'는 10여 년 전 강남 반포에 진입함으로써 겨우 중산층에 편입했다고 믿는 평범한 가정의 딸이다. '나'는 '여자 몸은 한번 깨지면 끝'이라는 부모 말에 일견 동의하며 자신의 '순결'을 관리하지만 이는 여성의 '정조'에 대한 구래의 가부장적 규정에 진심으로 동조하기 때문은 아니다. 자신에게 허용된 신분 상승의 유일한 방책이 '부유층 아들과의 결혼'이라는 점을 재빨리 간파한 '나'는 연애 시장에서 높은 가치를 부여받기 위해 비장의 무기로 숨겨둔 자신의 '순결'을 결정적인 순간에 상대에게 전시하려는 것이다. "혼자 힘으로 이 척박한 세상과 맞서야" 하는 '나'는 "진정으로 강한 여성이 되"(p. 25)기 위해, 페미니즘이 이미 오래전에 폐기한 전통적인 '여성적' 가치들을 기꺼이 자원화한다. 이 같은 '나'의 전략은 "소비와 연결되어 있는 여성의 주체적인 선택을 강조하며, 자기경영 신화 속에서 공사 영역 모두에서의 성공을 추구하는 신자유주의적 여성성"[18]과 결합한 포스트페미니즘적 주체성의 산물이다.

이런 '섹스의 자원화' 전략이 가능해진 것은 현대사회에서 섹스에 부여된 새로운 의미 덕분이다. 에바 일루즈는 현대인에게 섹스

---

16. 어수웅 기자, 「'문학과사회' 신인상 정이현 씨 인터뷰」, 『조선일보』 2002년 3월 5일 자.

17. 정이현, 「낭만적 사랑과 사회」, 『낭만적 사랑과 사회』, 문학과지성사, 2003. 이하 인용 시 본문의 괄호 안에 쪽수만 표기한다. 한편, 이 소설의 제목은 재클린 살스비의 저서 『낭만적 사랑과 사회』(박찬길 옮김, 민음사, 1985)에서 따온 것이다.

18. 손희정, 「페미니즘 리부트—— 한국영화를 통해 본 포스트페미니즘과 그 이후」, 『페미니즘 리부트—— 혐오의 시대를 뚫고 나온 목소리들』, 나무연필, 2017, p. 64.

란 "사람을 능력 있는 소비자로 만들어주고 또 모두가 동등한 권리를 가진 주체라는 의식을 일깨우는 주요 무대"로서 선택된다고 말한다. 현대적 섹스는 생물학적 번식이라는 구속으로부터 해방된 쾌락의 체험이어야 하고, 섹시하기를 원하는 사람으로 하여금 끊임없이 화장품과 옷, 성인용품 등에 돈을 쓰게 하며, 남성과 여성으로 하여금 평등과 합의라는 가치를 준수하게 함으로써 나무랄 데 없는 자아를 연출하게 하는 동기부여의 원천이라는 것이다.[19]

> 서울 나와졌지만 이대로 집에 가는 걸 선택당했네…… 서브웨이, 버거킹, 맥도날드, 케이에프씨 모두 망설이다 지나쳤고 강제 체념시키느라 힘 다 썼다. 먹으면 소스 냄새 몸에 배서 박 탈 때 신경 쓰일까봐 안 먹었는데 박도 안 타고 집에 간다. 서울에 나오면 다른 사람은 다른 사람들과 있는데 나는 혼자 있다. 앞에 걸어가며 떠드는 남모르는 사람들이 마치 내 일행인 것처럼 바라보기. 식 되는 아저씨들에게 다정하게 쓰다듬어지고 싶네. 누군가가 저를 아껴줬으면 좋겠네요. 그가 그런 기회를 허락받는다면요.
>
> 오줌 싸러 들어간 화장실에서 정액 냄새 나네……[20]

이럴 수도 있고 저럴 수도 있을 때 힘이 든다. 왜 어떤 사람들은 이런 감정이나 충동을 느끼지 않아도 되는데 누군가는 그러한 감정이나 충동에 '시달려야' 할까. 나는 어떤 사람이 되는가요. 처지를 호소하지 않고 상황을 설명하지 않으려는 자존심 속에서 어떤 패를 까야 원하

---

19. 에바 일루즈, 『사랑은 왜 불안한가 ── 하드코어 로맨스와 에로티즘의 사회학』, 김희상 옮김, 돌베개, 2014, pp. 52~53.

20. 유성원, 『토요일 외로움 없는 삼십대 모임』, 난다, 2020, p. 162. 이하 인용 시 본문의 괄호 안에 쪽수만 표기한다.

는 결과를 얻을까? 원하는 것을 먼저 이야기해야 할까? 나의 소망은 이것입니다, 바람은 이것이에요, 해야 하는 걸까. (p. 276)

하지만 과연 그런가. '현대의 낭만적 사랑을 구성하는 연애와 섹스가 개인의 자유와 자아실현을 지향하는 민주주의적 친밀성의 양식으로 변화했다'[21]는 기든스 식의 주장은 특정한 방식의 섹스와 친밀성을 '병리적인 것' '도착적인 것' '비정상적인 것'으로 간주하는 사회규범과 줄곧 길항해온 비규범적·비순응적 성적 주체들의 실천 앞에서는 공소해진다. 예컨대 유성원의『토요일 외로움 없는 삼십대 모임』에서 '남성과 섹스하는 남성'인 '나'는 콘돔을 사용하지 않은 채 게이 사우나, 찜질방, 공중화장실 등에서 불특정 다수의 남성들과 비규범적인 성적 행위를 지속적으로 수행한다. 다만 '나'는 이를 통해 경험하는 쾌락을 서술하지도, 이 같은 행위에 대한 사회적 인정을 요구하지도 않는다. 의미심장할 정도로 빈번하게 등장하는 수동태의 표현들이 암시하듯, 서술자 '나'에게 섹스는 능동적이거나 적극적인 자아 기획의 일환이 아니다. '나'가 '병리적인 것' '도착적인 것' '위험한 것' '더러운 것'으로 낙인찍힌 비규범적인 성적 행위를 반복하는 것은 자신에게 부여된 자유를 향유하고 자아의 견고한 주체성을 재확인하기 위해서라기보다는 오히려 이런 낙인의 조건을 통해 만들어지는 삶의 양식을 탐구하기 위해서다. 그런 면에서 '나'의 성적 실천이 자기 계발이나 "성적 모험에 대한 것이 아니라 푸코가 말한 일종의 극기 수행"[22]에 가깝다는 서보경의 지적은 적실하다. 저자는 '도착적 성행위'로 분류되는 비규범적인 성적 실천의 반복적 수행을 통해, 현대적 친밀성의

---

21.   앤서니 기든스,『현대사회의 성 사랑 에로티시즘 ── 친밀성의 구조변동』, 배은경·황정미 옮김, 새물결, 2001.

22.   서보경,『휘말린 날들 ──HIV, 감염 그리고 질병과 함께 미래 짓기』, 반비, 2023, p. 331.

양식으로서 사랑과 섹스에 부여된 신자유주의적 자아 기획이 무화되는 장면을 끈질기게 보여준다. 모든 비규범적인 성적 친밀성의 서사를 그저 '사랑의 기획'으로 읽는 일이 무망하고 기만적인 이유다.

'트랜스젠더 소설가'로 알려진 김비가 1990년대 후반~2000년대 초반에 발표한 초기작들 또한 진정한 자아실현 및 타인과의 진솔한 교감을 욕망하는 주체의 수행이 성별 이분법적이고 이성애 규범적으로 구성된 친밀성의 교리로 인해 좌절되는 순간들을 날카롭게 포착한다. 이 서사들은 마니교적 이분법이 작동하는 세속화된 세계에서 주체가 경험하는 극화된 사건과 감정이 현실에서 은폐된 도덕적 비의를 담지하도록 설계됐다는 점에서 근대 멜로드라마의 형식과 상상력을 적극적으로 차용한 것이다.[23]

> 예, 예… 누나가 남자들의 우정을 몰라서 그래요. 그게 여자들 손가락 걸고 팔짱 끼고 화장실 같이 가는 거 하고는 질적으로 틀리다구요. 아니, 내가 무슨 여자를 남자보다 못한 존재로 생각해서가 아니라… 〔……〕 그만해요, 그만둡시다. 내 이제 다시는 남자가 어떻느니 여자가 어떻느니 하는 이야기는 꺼내지도 않을 테니께.[24]

> 누나, 난 솔직히 그 여자가 상처받는 거보다 그놈아 하고 인연이 끊어지는 게 싫어요. 누나도 알다시피 우리 태생까지 다 드러내놓고 알고 있으면서도 곁에 남아 있는 놈들 흔하지 않잖아요? 〔……〕 그래서 이놈을 놓치기 싫어요. 정말 이놈이랑은 불알친구처럼 평생 같이하

---

23. 멜로드라마의 상상력과 그 형식에 관해서는 피터 브룩스, 『멜로드라마적 상상력——발자크, 헨리 제임스, 멜로드라마, 그리고 과잉의 양식』, 이승희·이혜령·최승희 옮김, 소명출판, 2013.
24. 김비, 「나나 누나나」, 『나나 누나나』, 해울, 2006, pp. 19~20. 이하 인용 시 본문의 괄호 안에 제목과 쪽수만 표기한다.

고 싶은데… (p. 23)

그 새끼가 헬스클럽 사람들한테 내가 좆도 안 달린 계집년이라고 불
어버렸단 말요! 그래서 이제 내일부터 헬스클럽 나오지 말랍디다!
(p. 28)

예컨대 단편소설 「나나 누나나」(2006)는 트랜스여성 '누나'에게 트랜
스남성 '나'가 전화를 걸어 일방적으로 쏟아내는 넋두리의 내용을 서
술한다. '나'는 전라도 광주에서 낮에는 헬스클럽 강사로 일하고, 밤에
는 대리운전 일을 하는 하층 노동계급 출신의 이성애자 남성이다. 서
사에서 제시되는 '나'의 핵심적인 문제 상황은 트랜스젠더인 자신을
있는 그대로 인정해주는 남자 후배가 좋아하는 여성이 다름 아닌 '나'
를 좋아한다는 것이다. '나' 역시 그 여성에게 끌리지만 후배와의 유대
관계를 망가뜨리고 싶지 않아서 내적 갈등을 겪는다. 이 과정에서 '나'
가 체현·수행하는 남성성이 성별 이분법적이고 여성 혐오적인 남성
성이기도 하다는 점은 그것이 곧 '남성연대'라는 특정한 친밀성의 네
트워크에 속하기 위한 필수 조건이라는 점을 뜻한다.[25]

　　하지만 이성애적 욕망과 남성연대의 욕망 사이에서 번민하는
'나'에게 닥친 현실은 전혀 다른 차원에 있다. 후배는 '나'가 트랜스젠
더라는 사실을 헬스클럽에 폭로했으며 그로 인해 '나'는 직장에서 해
고당한다. 요컨대 트랜스남성으로서 '나'가 욕망하는 '이성애적 친밀
성'과 '남성연대에의 소속'이라는 이중의 기획은 곧 '나'가 아우팅을

25.　　트랜스 남성의 '남자-되기' 실천에 관해 분석한 다음 저서들 참조.
　　　성적소수문화환경을위한모임 연분홍치마, 『3×FTM ─ 세 성전환 남성의 이야기』, 그린비,
　　　2008; 준우, 「트랜스남성은 어떻게 한국남자가 되는가」, 『한국남성을 분석한다』, 권김현영
　　　엮음, 교양인, 2017.

통해 남성연대로부터 탈락함으로써 이성애적 친밀성의 기획마저 좌절되는 것으로 귀결된다. 이 과정의 전말을 '누나'에게 전하는 '나'의 지배적인 정동은 억울함, 분노, 서러움, 체념, 자기 연민 등이다. 멜로드라마의 특성상 '나'가 경험하는 이 비극적이고 과잉된 정념들은 새로운 사회의 탄생으로 이어지지는 않지만, 응당 있어야 할 도덕적 세계, 즉 '진정성'이 통용되고 보존되는 헤테로토피아의 존재를 강렬하게 암시함으로써 우리가 초월성의 의미가 완전히 고갈되지는 않은 세계에 있다는 점을 환기시킨다.[26]

김비의 장편소설 『플라스틱 여인』 또한 연애와 결혼을 통해 안정적인 친밀성의 영역에 편입하려는 주체의 욕망과 분열을 핍진하게 재현한다. 이 소설은 여러모로 특기할 만한데, 『플라스틱 여인』은 김비가 2007년 제39회 『여성동아』 장편소설 공모전에 당선됨으로써 '여성 작가'라는 제도적 정체성을 획득할 수 있었던 작품이기 때문이다.

이 소설의 또 하나의 장점은 여성만이 표현할 수 있는 세밀한 심리묘사다. 소설 곳곳에 나타나는 섬세하고 세밀한 여성적 언어는 김비라는 신인작가를 여성일 수밖에 없게 만든다. 때문에 이 소설은 아직도 많은 사람들이 가지고 있는, 트랜스젠더의 성적 정체성에 대한 의구심을 버릴 수 있게 하는 시금석과도 같은 소설로 보인다.[27]

정식으로 작가라는 이름을 얻게 돼서… 낡은 단어이긴 하지만 그 앞에

26.　피터 브룩스, 같은 책, pp. 334~37.
27.　하응백 해설, 「제3의 정체성과 소설 영역의 확대」, 김비, 『플라스틱 여인』, 동아일보사, 2007, p. 399.

'여류'라는 말을 당당하게 놓을 수 있게 돼 얼마나 기쁜지 모릅니다.[28]

1967년 '종합생활교양지'를 표방하며 등장한 『여성동아』는 식민지기에 폐간된 『신가정』을 31년 만에 복간한 잡지다. 특히 복간과 함께 지속적으로 실시된 '여류 장편소설 공모'는 불세출의 작가 박완서를 배출하는 등 "독자의 영역에서 필자의 영역으로 넘어가는 가교"[29]라는 평가를 받을 정도로 여성 신진작가들의 등용문 역할을 톡톡히 했다.

김비가 응모하던 2007년 무렵 '제39회 『여성동아』 장편소설 공모'의 고료는 한 편당 2천만 원이었고, 응모 자격은 적시되지 않았다. 다만 응모자가 '여성'일 것은 별도로 명시하지 않아도 당연하게 요구되는 조건이었고, 그럼에도 이 제도가 '신인작가의 산실'로 알려졌기에 남성 응모자들도 종종 있었던 것으로 전해진다. 김비는 '남성'임을 명기하는 주민등록번호를 서류봉투 겉면에 적은 채로 응모했으며, 당시 한 기자가 김비가 운영하던 홈페이지의 방문자였기에 김비가 트랜스여성이라는 점을 알고 있어 주최 측에 이를 고지한다.[30] 심사위원들은 숙고 끝에 "세밀한 심리묘사" "섬세하고 세밀한 여성적 언어" 등 '여성적 문체'를 근거로 김비를 '여성'으로 인정해 심사 대상에 포함시키고 김비의 작품을 당선작으로 선정한다. 김비의 당선은 당대 문학제도가 창안해온 '여성 작가'라는 제도적 정체성이 지극히

28.		김지영 기자, 「"작가 앞에 '여류' 명칭 붙어 더 기뻐요"」, 『동아일보』 2007년 4월 6일 자.

29.		1970년대 『여성동아』의 '여류 장편소설 공모' 제도의 문학사적 의의에 대해서는 홍지혜,
		「『여성동아』 여류 장편소설 공모 연구 — 소설 공모라는 접경지대와 여성들의 소설 쓰기」,
		『현대소설연구』 제93호, 한국현대소설학회, 2024을 참조. 『여성동아』와 1980년대 여성
		독서사의 전개에 대해서는 오혜진, 「할리퀸, 『여성동아』, 박완서 — 1980년대 여성동서사와
		'타자'들의 책읽기」, 오혜진 기획, 『원본 없는 판타지 — 페미니스트 시각으로 읽는 한국
		현대문화사』, 후마니타스, 2020, pp. 236~43을 참조.

30.		2025년 11월 21일, 아트선재센터가 주최하고 김비와 오혜진이 진행한 읽기 모임
		〈트랜지션으로서의 글쓰기〉에서 김비가 직접 언급한 내용이다.

비트랜스젠더 중심적으로 규정된 특정한 여성에 국한된 것이었음을
역으로 드러내는 사건이다. 또한 김비의 등단은 문학 제도를 통해 '작
가'라는 정체성을 획득하는 것이 곧 '여성'으로의 정체성을 사회적으
로 승인받는 일과 중첩돼 있다는 점 또한 보여준다.

> 명숙은 물수건으로 미지근한 물을 적셔 조모의 얼굴 구석구석을 닦
> 아준다. 오늘은 손자며느리를 보시는 날이다. 비록 조금 다른 태생으
> 로 태어나, 조금 다른 삶을 살아온 사람이기는 하지만, 그 어떤 사람
> 보다 이 집안의 든든한 장손 며느리의 역할을 잘 해낼 수 있는 사람
> 이라는 것을 조모도, 그리고 다른 집안 식구들도 모두 다 잘 알고 있
> 는 일이었다. 조만간 호적을 고치고, 조촐하게라도 결혼식을 올리면
> 된다. 아무리 조모의 마지막 소원이기는 하지만, 남편은 사람들에게
> 자신이 그런 며느리를 얻게 되었다는 사실을 알리고 싶지는 않을 테
> 니, 가까운 사람들만 모이는 조촐한 자리가 될 것이다. 〔……〕
>
> 　동상처럼 앉아 있는 부친과, 볼이 퉁퉁 부어 탐탁지 않은 얼
> 굴로 앉아 있는 인영을 제외하면, 사실 인태와 혁은 기대에 부풀어
> 있었다. 인태는 그토록 바라던 '사랑하는 사람'과 평생을 함께하게 된
> 것이고, 그리고 혁은 자신을 사랑해줄 '엄마'를 갖게 되었으니 말이
> 다.[31]

> "어머, 징그러워! 저게 뭐야, 저게!"
>
> 　인영은 얼굴을 일그러뜨리며 눈을 감아버린다. 명숙과 부친
> 도 그 흉측함에 얼굴이 일그러진다. 허물을 벗는지 거뭇거뭇하고 번
> 들번들한 피부. 발가락 끝에 길게 날카로워지고 있는 발톱. 나른한 듯

---

[31]　김비, 『플라스틱 여인』, 동아일보사, 2007, pp. 378~81. 이하 인용 시 본문의 괄호 안에
　　　쪽수만 표기한다.

끔뻑거리는 커다란 눈동자. 조상 중 누군가가 짐승의 몸뚱이를 아귀아귀 씹어 넘겼을 것 같은 그 생물은 어기적어기적 상자 안을 돌아다닌다. 그러고는 가족들과 일일이 눈을 맞춘다. 〔……〕혁은 플라스틱 통을 놓고 갔을 연의 흔적을 찾느라 골목길을 따라 달려 내려가고 있었다. 그녀를 찾지 못한 아이의 안타까운 목소리가 뉘엿뉘엿 해가 지는 동네의 골목길을 크게 울리고 있었다. 그리고 그 부름에 대답이라도 하듯 플라스틱 상자 안에 있는 민수는 잘 훈련된 애완동물처럼 가족들에게 눈을 맞춘다. 인사를 하는 것이다. 이제 인태의 가족들도 민수에게 반가운 인사를 해야 하는 것이다. 그들이 그토록 기다리고 기다렸던 민수에게. (p. 387)

『플라스틱 여인』의 이야기로 돌아오자. 소설은 '연'이 키우는 도마뱀 '민수'를 발견한 미용실 손님이 소스라치게 놀라며 불쾌감을 표하는 장면으로 시작한다. '민수'는 '연'의 본명이다. 얼마 전까지 이태원의 유흥업소에서 일하던 '연'은 현재 난희미용실에서 미용 보조원으로 일하며 남자친구 '인태'와의 결혼을 앞두고 있다. 인태는 자신의 가족에게 '연'을 소개하지만, '연'이 트랜스여성임을 알게 된 인태의 가족들은 '연'을 쉬이 받아들이지 않는다. 특히 인태의 사촌동생으로 소개되는, 실은 인태의 작은아버지가 국회의원 선거에 출마할 때 이미지메이킹을 위해 입양한 뒤 방치한 아이인 '혁'과의 관계가 주목된다. '혁'은 '연'을 "변태"(p. 262), "형아"(p. 302)라고 부르는 등 '연'의 성 정체성을 폭력적으로 전시하지만 종국에는 '연'과 각별한 돌봄 관계를 형성한다. 한편, '연'을 만난 후 인태의 가족들은 충격을 받아 차례로 쓰러지고, 이 사태에 죄책감을 느낀 '연'은 남성의 모습으로 인태의 가족을 헌신적으로 돌본다. 결국 '연'의 돌봄 끝에 인태의 가족은 '연'이 "그런 태생을 가지고 있었다는 사실을 모르는 거"(p. 383)라는 전제로 '연'을 가족으로 맞이하기로 한다. 그러나 예비 며느리로서 인태의 가족을 다시 만나기로 한 자리에 '연'은 나타나지 않고, 대신 '연'이 키우던 도마뱀 '민수'가 인태의 집 문 앞에 놓여 있다.

핵심 질문은 소설 초반부에 이미 제시된다. 연은 '리나'라는 이름으로 유흥업소에서 일하던 시절에 알고 지낸 '언니'를 오랜만에 우연히 만난다. 운동선수인 호남형 남자와 결혼한다던 '언니'는 결국 사기를 당하고는 다시 업소에서 일하고 있다. "니미럴. 우리 같은 년들이 결혼은 무슨 결혼이야? 그따위 걸 꿈꾼 것 자체가 또라이 짓이지"(p. 26)라며 분노하는 '언니'의 하소연은 '연'으로 하여금 자신에게 인태와의 결혼이 무엇을 의미하는지 성찰하게 만든다.

소설의 대부분은 아들의 결혼을 막으려는 가족들, 그 과정에서 '연'이 느끼는 감정을 서술하는 데 할애된다. 인태의 새어머니이자 난임 판정을 받은 '명숙'은 재생산이 불가능한 자신과 '연'을 겹쳐 보면서도 '연'에 대한 사회적 낙인을 감당할 자신이 없어 '연'과 거리를 둔다. '연'이 애써 머리를 자르고 남자 옷을 입는 등 '남자-되기'를 수행하면서까지 인태의 가족을 돌보는 과정, 남자의 모습으로 '돌봄'이나 '모성'과 같은, 일견 성별화된 것으로 여겨지는 "엄마" "아내" "며느리" 역할을 수행하는 장면은 '연'에게 연애와 결혼이라는 낭만적 사랑의 장치가 이처럼 작위적인 실천을 요하는 과업임을 역설적으로 드러낸다. 그리하여 결국 '연'은 인태와 그의 "사랑하는 사람" 그리고 '혁'의 "엄마"로 이루어진 정상 가족의 자리를 완곡히 그러나 단호히 거절한다. '연'이 자신의 본모습을 투영한 도마뱀 '민수'로 하여금 인태 가족과 눈을 맞추게 하는 것은 성별 이분법적이고, 이성애 규범적인 제도 안에서 낭만적 사랑의 신화가 은폐해온 것들을 직시하게 만들려는 저항의 기획이기도 하다. '연'의 부재와 '민수'의 눈맞춤은 "객관 세계에 대한 주체의 절대적인 무력감 속에서도 이를 완전히 수락하지 않는 주체의 이율배반적인 태도"[32]를 보여준다는 점에서 퀴어 신파[33]의 미적 특질을 내장하고 있다.

4. 불가능한 퀴어 로맨스, 회복되는 퀴어 에로스[34]

"사랑은 언제나 환상의 결과"라고 단언하는 로런 벌랜트에게 '로맨스'라는 장르는 단지 관습적인 것이 아니라 "무의식중에 살 만하다고 느껴지는 세계를 지탱하는 강렬한 감정들을 직조"해내는 장치다. 로맨스의 서사와 제도 들은 "사랑과 섹슈얼리티와 재생산의 드라마를 생활의 중심적인 드라마들로 확립하고, 친밀성의 제도들(명시적으로는 부부와 부모자식 세대로 이루어진 가족)을 '하나의 인생'과 미래가 있는 주체의 삶의 플롯을 제공해주는 적절한 장소로 정착시킨다." 미셀 푸코의 말을 빌리자면, 분류법을 사용하는 국가, 자본주의의 신체화된 위계들, 그리고 의료·사법·교육·종교의 실천들을 통해 작동하는 정상성의 이데올로기는 특정 주체들을 '인구 집단'으로 만드는데,[35] 이처럼 규범화된 주체들은 '살 만한 삶'에 대해 '하나의 플롯'으로 환원되는 환상의 형식과 동일시하도록 훈련받는다.

---

32. 이승희, 「기표로서의 신파, 그 역사성의 지향」, 『한국극예술연구』 제23호, 한국극예술학회, 2006, p. 37.

33. 김건형은 "퀴어 신파"가 "사랑과 관계에 대한 '감정교육'"으로서, "퀴어와의 관계 맺음을 발명하고 감정구조를 분화하는 개념"이라고 설명한다. 다만 이 서술만으로는 '신파' 고유의 미적 자질과 태도가 퀴어 서사에서 어떤 방식으로 작동하는지 파악하기 어렵다. 김건형, 「'퀴어 신파'는 왜 안 돼?——퀴어 서사 미학을 위하여」, 같은 책, p. 156.

34. 이 장의 일부는 오혜진의 「'표표, 파파야, 모모'가 있는 풍경——김멜라 「저녁놀」의 에로스에 부쳐」(『문학과사회』 2022년 봄호)를 축약·수정한 것이다.

35. 로런 벌랜트, 「사랑」, 『젠더 스터디——주요 개념과 쟁점』, 캐서린 R. 스팀슨·길버트 허트 엮음, 김보명 외 옮김, 후마니타스, 2024, p. 352~70.

하지만 퀴어한 성적 주체들은 종종 이처럼 이성애 규범적으로 약속된 '살 만한 삶'이라는 환상에 좀처럼 몰입하지 못한다. 이들에게는 이 같은 환상을 떠받쳐줄 수 있는 법과 규범이 (20세기 중반까지) 확고하게 존재하지 않았기 때문이다.[36] 그러므로 안정적인 사회적 소속과 신분 같은 규범적 범주를 통해 '유적(類的) 존재'로 재현되지 않는 비규범적·비순응적 성적 주제들은 규범화된 언어와 정체성의 양식이 아니라, "광경, 냄새, 미완의 강렬한 감각들로 이루어진 친밀성의 형태"[37]를 파악하고 발명해낸다.

이곳 어딘가에 당신이 있나? 하나둘 불이 켜지기 시작하는 병원을 올려다보았다. 급작스럽게 토기가 치밀었다. 형이 여기 있다는데, 당ㅡ신인데, 마땅한 몸이 눈앞에 없었다. 솜털, 저걸 다 뽑아 버리거나 이로 물어뜯고 싶다고 거의 난폭한 마음이 들게 했던 당신 목 뒤의 털. 치노 팬츠에 오줌을 한 방울 묻혀 와서는 어쩔 줄 몰라 하며 그곳을 계속해서 가리던 당신의 손. 어떻게 이렇게 봉긋하게 아름다울 수 있냐고, 어떻게 이렇게 마른 몸에서 이곳만 살찔 수 있냐고 내가 얼굴을 파묻던 엉덩이. 당신의 고간에서 나던 달고 매운 냄새, 그게 여기에 있냐고 물어보지만 있는지 없는지조차 나는 분명하게 말할 수 없다.[38]

김봉곤의 「라스트 러브 송」은 '나'가 자신과 보름간 연애하다가 갑자기 잠적한 '형'에게 절망 혹은 분노하려던 찰나 전해진 '형'의 부고와

---

36.   같은 글, p. 370.

37.   같은 글, p. 366.

38.   김봉곤, 「라스트 러브 송」, 『여름, 스피드』, 문학동네, 2018, pp. 148~49. 이하 인용 시 본문의 괄호 안에 쪽수만 표기한다.

함께 시작된다. '형'과 보낸 시간은 보름에 불과했기에 이들의 연애는 "세월이 쌓이지 않은 사람과의 얕은 층위의 대화"(p. 146)를 해소하려던 단계에서 멈췄다. '나'는 '형'과 보낸 시간을 강박적으로 복기하면서 '형'에 대해 '나'가 알고 있는 정보를 복구하고자 필사적으로 애쓰지만, "일기"(p. 147)조차 쓰지 않은 '나'가 확신할 수 있는 것은 아무것도 없다. 우연히 만났고 불시에 떠나버린 '형'이라는 존재, 그와의 친밀한 관계가 대체 무엇이었는지를 설명해보려는 '나'의 시도는 오직 '형'의 목 뒤에 난 솜털을 본 기억과 그것에 대한 '나'의 즉각적인 욕망, 몸의 굴곡과 피부와 접촉했을 때의 촉각적 기억, "고간에서 나던 달고 매운 냄새"와 같은 후각적 기억 등의 파편들을 통해서만 가능하다.

> 넥타이를 매면서, 언젠가 글이 아닌 목소리로 된 부음을 듣게 된다면 그건 아주 중요한 사람의 죽음일 거라고 생각해왔다는 걸 떠올렸다. 하지만 나는 고민해, 형은 내게 어떤 사람인 거냐고, 어느 정도의 사람인 거냐고 내가 형을 사랑하는 모든 이유가 형에게 있는 건 아니겠지만, 그래도 좀 알려달라고. 이젠 당신과도 나와도 무관하게 증폭되는 이 감정 속에서 여전히 나는 좀 멍하고. 마침 기다린 사람처럼 처량함을 연출해 한탄하고 비통에 빠진 나를 감상할 여력이 이번엔 없으며, 구두에 발을 집어넣는 순간까지도 내 머릿속을 지배했던 질문은 다른 모든 게 아니라 과연 내가 그곳에 갈 자격이, 아니 이유라도 있느냐는 것이었다. (pp. 138~39)

'나'는 '형'과의 관계를 묻는 유족들에게 "아는 동생" "같이 공부하는 사이"(p. 137)와 같은 어긋난 답변만을 떠올린다. "연인이 죽었다고, 사랑하는 형이 죽었다고"(p. 148) 끝내 말하지 못한 것은 '나'와 '형'의 관계를 아우팅해서는 안 되기 때문이기도 하지만, 애당초 안정적인 소속과 규범적 미래가 약속되지 않은 '형'과 '나'의 비규범적인 친밀한 관계가 무엇을 의미하는지 스스로 설명할 수 없었기 때문이기도 하다. "형은 내게 어떤 사람인 거냐고, 어느 정도의 사람인 거냐고" 재차 물어도 답을 찾을 수 없는 '나'에게 로맨스는 '하나의 플롯'으로 환원되는, 그저 미래를 약속하는 관습적인 장치가 아니라, 자신들의 이름 붙이기 어려운 친밀한 관계가 언제든 중지되거나 박탈될 수 있는, 불안정하고 예측 불가능한 것임을 확인시키는 장치다. 그리하여 눈앞에 있어 마땅한 '형'의 몸이 없는 지금, '나'가 '형'과의 로맨스를 지속시키는 유일한 방법은 영원히 해소되지 않을 애인의 불가해함을 재차 질문하고 복기하는 것이다.

어쩌다 여자들이 이토록 섹스를 업신여기게 된 걸까. 섹스 없인 태어나지도 못했을 것들이, 섹스 없인 존재하지도 못했을 것들이, 섹스에 등돌리고 섹스의 상징이자 육체의 중심인 나를 버리겠다니. 나는 두 여자가 미웠다. 날 이렇게 만든 너희, 너희 두 여자. 죽을 때까지 함께 살기로 한 여자들. 질 좋은 음식을 요리해 먹고 안전하고 깨끗한 집에서 잘 살아보겠다는 너희 여자들![39]

나는 두 여자가 가증스러웠다. 먹기 위해 키우는 파를 애칭으로 부르며 위선을 떠는 너희의 이중성을 낱낱이 폭로하고 싶었다. 날 사자고 할 땐 언제고 먹고사는 문제에만 매달려 성욕을 잊은 너, 먹점! 유통기한이 지난 단무지는 그대로 두면서 날 버리자는 말엔 끝내 버티지 못한 너, 눈점! 〔……〕 자립하고 독립해 늙어 죽을 때까지 같이 살겠다

---

39.   김멜라, 「저녁놀」, 『제 꿈 꾸세요』, 문학동네, 2022, p. 118. 이하 인용 시 본문의 괄호 안에 쪽수만 표기한다.

는 너희의 헛된 꿈. 그 꿈이 너희를 고립시키리란 것을 나는 알았다. 날이 따듯해지고 대파가 자랄수록 너희는 더 좁고 옹색해지는 살림살이 안에서 질식해가리라는 것을 나는 예감했다. (pp. 119~20)

김봉곤이 상실된 퀴어 로맨스의 순간을 포착한다면, 김멜라는 퀴어 에로스가 범람하는 장면을 발명해낸다. 김멜라의 「저녁놀」(2021)은 레즈비언 커플로부터 버려질 위기에 놓인 자신을 "무쓸모의 쓸모"(줄여서 '모모', p. 127)라 일컬으며 자조적으로 한탄하던 딜도가 마침내 자신에게 부여된 새로운 용도의 가능성을 받아들이며 수행하는 성찰을 유머러스하게 서술한다. 소설의 핵심에는 '여자들이 선망해 마땅할' 것으로 여겨져온 남근, 그리고 전 인류의 문명사와 지성사에서 중심축으로 작동해온 남근지상주의에 대한 통렬한 풍자가 있다.

흥미로운 것은 모모가 "무쓸모"의 사물이 된 경위다. 소설은 "대파 한 단이 육천칠백원 하던 시절", 즉 '파테크'라는 말이 생겨날 만큼 물가가 올라 서민들의 경제적 생존이 어렵게 된 시기를 배경으로 한다. 한 예술대학교에서 만난 가난한 레즈비언 커플 '눈점'과 '먹점'은 그럼에도 성욕은 대단해서 DVD 방을 전전하며 서로를 만지곤 했다. 이들은 아르바이트에 시달리며 늘 "쉬고 싶어"(p. 95)라고 한탄하면서도 섹스가 선사하는 도저한 열락에 심취한다. 그리하여 둘은 사귄 지 5주년이 되던 때 드디어 딜도를 구입한다. 퇴직금에 강사비를 보태 월세 보증금을 만들어 비로소 두 사람이 함께 지낼 "다세대 빌라의 옥탑방"(p. 101)을 구했고, 이제 딜도를 보관할 공간이 생겼기 때문이다.

그러나 열악한 노동환경에서 과로하다가 "만성피로"(「저녁놀」, p. 105)에 찌든 먹점과, 버스 사고를 당하고도 버스 기사와 버스 회사에 항의하지 못해 트라우마에 시달리며 그들의 좁은 집에 유폐된 눈점은 딜도를 활용한 실험적 섹스에의 의욕을 빠르게 상실해간다. 눈점과 먹점이 경제적·정신적으로 피폐해지며 "점점 점이 되어가는"(p. 108) 시간과 "먹고사는 문제에만 매달려 성욕을 잊"어가는 시간은 오롯이 겹친다. 눈점과 먹점이 대파 값의 폭등과 함께 살림을 줄이고 욕망의 크기를 줄여가는 과정은 점차 하락하는 자신의 존재감에 대해 사자후를 토하는 모모의 절규만큼이나 진한 페이소스를 남긴다.

두 여자에게 가해지는 모모의 훈계는 매섭다. 모모는 두 레즈비언이 "죽을 때까지 함께 살기로" 약속한다거나, "질 좋은 음식을 요리해 먹고 안전하고 깨끗한 집에서 잘 살아보겠다"고 다짐하는 등 '안정'에 대한 욕망을 키워갈수록 에로스의 욕망을 잃어버렸다는 것을 신랄하게 폭로한다. 그도 그럴 것이, 대파 값이 폭등함에 따라 직접 대파를 키워온 눈점과 먹점은 대파 취식 문제로 다툰다. 이는 경제적으로 쪼들리고, 버스사고에 대해 즉각 항의조차 못할 만큼 여성의 경제적·사회적 위상이 쪼그라들면서 마음조차 가난해진 풍경의 단면이다.

그리하여 소설은 눈점과 먹점이 에로스를 회복할 계기를 마련한다. 몸과 마음이 취약해진 눈점은 어느 날 "여자 둘이 살기엔 너무 힘든 세상"이니 "남자 만나서 혼인신고 하고 신혼부부 대출 받아서 좋은 집 가"(p. 130)라고 먹점에게 당부하는 짐짓 신파적인 장면을 연출한다. 그러고는 자신의 "마지막 소원"이라며 말한 것은 "하고 싶"(p. 130)다는 것이었다. 이제 먹점은 "버리기 전에 한 번 해볼까?"(p. 132)라며 모모를 소환한다.

　　—어떤 거 틀까?
　　—〈팔도 여자랑〉.

눈점과 먹점은 일레트로닉 댄스 뮤직과 믹스한 아리랑 메들리를 들으며 했다. 아리 아리랑 쓰리 쓰리랑 진도아리랑에 맞춰 전희를 했고, 날 좀 보소 날 좀 보소 밀양아리랑에 달아올랐으며, 아리 아리 쓰리 쓰리 강원도 고개로 넘어갈 때 희열의 고개를 넘었다.

— 좋다, 흥거워.

허리를 움직이며 눈점이 말했다.

— 애국자 된 거 같아.

손목에 힘을 주며 먹점이 말했다.

— K레즈다. 우리, K레즈야. (p. 133)

"일렉트로닉 댄스 뮤직"과 믹스한 민요「팔도 여자랑」의 남도 사투리에 맞춰 눈점과 먹점이 흥겹게 '박 타는' 장면은 소설에서 가장 역동적이고도 관능적인 대목이다. 생존 위기에 내몰려 "점점 점이 되어가"던 두 여자의 "몸 깊숙한 곳에 가라앉아 있던 단단한 점들이 빙글빙글 돌"고, "세포 하나하나가 넓고 길게 펼쳐지는 듯"(p. 133)하다. 각박해져만 가는 생존경쟁, 견고한 착취 구조 속에 놓인 청년들의 '젊음'이라는 자원, 너무나도 손쉽게 삭제·왜곡되는 여성의 사회적 발언권, 차별금지법이 발의된 지 18년이 지나도록 여전히 진전 없는 성소수자의 시민권…… 한국 레즈비언들이 겪어온 한 많은 세월과 무수한 상처들이 한판 섹스의 구성진 리듬에 맞춰 그로테스크하면서도 신명나게 승화된다. "K-레즈"들의 순정한 황홀경인 것이다. 이제 모모는 탄력적인 "안마기"가 될 수도 있고, 눈점의 유희적인 붓 터치에 힘입어 "과일 나오는 도깨비방망이"(p. 134)가 될 수도 있다. 소설은 남근이 더 이상 남근으로만 존재하지 않아도 될 때, 비로소 여자들은 물론 '남근(남성성)' 자신도 해방돼 가능성의 세계를 만끽할 수 있다는 교훈을 우아하게 전파한다. 자기 변신을 꾀한 유연한 신체들에게 선사된 풍요로운 에로스, 지상의 에덴. 그렇게 퀴어 에로스의 서사는 자본과 국가가 군림하는 성 전쟁sex war의 시대에 가장 평화롭고 목가적인 풍경을 그려 보인다.

사된 풍요로운 에로스, 지상의 에덴. 그렇게 퀴어 에로스의 서사는 자본과 국가가 군림하는 성 전쟁sex war의 시대에 가장 평화롭고 목가적인 풍경을 그려 보인다.